主　编：陈　恒　孙　逊

光启文库

光启随笔

光启文库

光启随笔　　光启讲坛
　光启学术　　光启读本
　光启通识　　光启译丛

主　编：陈　恒　孙　逊

学术支持：上海师范大学光启国际学者中心

责任编辑：陈　雯
装帧设计：纸想工作室

生命是一种充满强度的运动

汪民安 著

图书在版编目(CIP)数据

生命是一种充满强度的运动 / 汪民安著. — 北京：商务印书馆，2018

（光启文库）

ISBN 978 – 7 – 100 – 16210 – 4

Ⅰ. ①生… Ⅱ. ①汪… Ⅲ. ①随笔—作品集—中国—当代 Ⅳ. ①I267.1

中国版本图书馆 CIP 数据核字（2018）第122238号

权利保留，侵权必究。

生 命 是 一 种 充 满 强 度 的 运 动

汪民安　著

商 务 印 书 馆 出 版
（北京王府井大街36号　邮政编码100710）
商 务 印 书 馆 发 行
山 东 临 沂 新 华 印 刷 物 流
集 团 有 限 责 任 公 司 印 刷
ISBN 978 – 7 – 100 – 16210 – 4

2018年8月第1版　　　开本 889×1194　1/32
2018年8月第1次印刷　　印张 12

定价：66.00元

出版前言

梁启超在《清代学术概论》中认为,"自明徐光启、李之藻等广译算学、天文、水利诸书,为欧籍入中国之始,前清学术,颇蒙其影响"。梁任公把以徐光启(1562—1633)为代表追求"西学"的学术思潮,看作中国近代思想的开端。自徐光启以降数代学人,立足中华文化,承续学术传统,致力中西交流,展开文明互鉴,在江南地区开创出海纳百川的新局面,也遥遥开启了上海作为近现代东西交流、学术出版的中心地位。有鉴于此,我们秉承徐光启的精神遗产,发扬其经世致用、开放交流的学术理念,创设"光启文库"。

文库分光启随笔、光启学术、光启通识、光启讲坛、光启读本、光启译丛等系列;努力构筑优秀学术人才集聚的高地、思想自由交流碰撞的平台,展示当代学术研究的成果,大力引介国外学术精品。如此,我们既可在自身文化中汲取养分,又能以高水准的海外成果丰富中华文化的内涵。

文库推重"经世致用",即注重文化的学术性和实用性,既促进学术价值的彰显,又推动现实关怀的呈现。文库以学术为第一要义,所选著作务求思想深刻、视角新颖、学养深厚;同时也注重实用,收录学术性与普及性皆佳、研究性与教学性兼顾、传承性与创新性俱备的优秀著作。以此,关注并回应重要时代议题与思想命题,推动中华文化的创造性转化与创新性发展,在与国外学术的交流对话中,努力打造和呈现具有中国特色的价值观念、思想文化及话语体系,为夯实文化软实力的根基贡献绵薄之力。

文库推动"东西交流",即注重文化的引入与输出,促进双向的碰撞与沟通,既借鉴西方文化,也传播中国声音,并希冀在交流中催生更绚烂的精神成果。文库着力收录西方古今智慧经典和学术前沿成果,推动其在国内的译介与出版;同时也致力收录汉语世界优秀专著,促进其影响力的提升,发挥更大的文化效用;此外,还将整理汇编海内外学者具有学术性、思想性的随笔、讲演、访谈等,建构思想操练和精神对话的空间。

我们深知,无论是推动文化的经世致用,还是促进思想的东西交流,本文库所能贡献的仅为涓埃之力。但若能成为一脉细流,汇入中华文化发展与复兴的时代潮流,便正是秉承光启精神,不负历史使命之职。

文库创建伊始,事务千头万绪,未来也任重道远。本文库涵盖文学、历史、哲学、艺术、宗教、民俗等诸多人文学科,需要不同学科背景的学者通力合作。本文库综合著、译、编于一体,也需要多方助力协调。总之,文库的顺利推进绝非仅靠一己之力所能达成,实需相关机构、学者的鼎力襄助。谨此就教于大方之家,并致诚挚谢意。

清代学者阮元曾高度评价徐光启的贡献,"自利玛窦东来,得其天文数学之传者,光启为最深。……近今言甄明西学者,必称光启"。追慕先贤,知往鉴今,希望通过"光启文库"的工作,搭建东西文化会通的坚实平台,矗起当代中国学术高原的瞩目高峰,以学术的方式阐释中国、理解世界,让阅读与思索弥漫于我们的精神家园。

上海师范大学光启国际学者中心
2017年3月

目 录

一 同代人

本雅明：我们的同代人　　　　　3
生命是一种充满强度的运动　　　8
何谓赤裸生命　　　　　　　　14
在语言和身体之间
　　——纪念罗兰·巴特百年诞辰　21
法国理论在中国　　　　　　　39
中国学派？这绝对是一个幻觉　49

二 绘 画

何谓展览：艺术、物质性和体制　63
平淡的颂歌　　　　　　　　　70
绘画的童年与激进　　　　　　76
绘画、盲视和秘密　　　　　　82
作为考古和景观的废墟　　　　90
画布的监禁和反监禁　　　　　96
迷人的异托邦　　　　　　　　101

物化身体	107
亵渎与绘画	113
线与事件	119
私人艺术史	126
绘画的低语	133
情动的感应	138
绘画的嫁接和摹写	142
李津的欢笑和悲凉	149

三 福柯

福柯对我们有何用	159
我只要记录毫无修饰的哲学谈话	172
纪录片《米歇尔·福柯》，	
法国理论和当代艺术	191
用一部电影的时间读懂福柯	199
福柯在中国，无处不在又毫无影响	211

四 艺术何为

艺术批评何为	217
当代艺术最显著的特征就是自我重复	225
知识型与艺术史	234
争夺真理的屏幕	238

纪念碑的摄影和摄影的纪念碑	242
温柔的折磨	254
拍摄是一种攫取	259
腾空和下坠	262
作为事件的舞蹈	268

五 友谊与潜能

亲密关系的核心是友谊	279
个人经验有普遍性吗？	287
13幅名画中的手	294
关于手的札记	316
关于脚的札记	325
写作生活的勇气	331
有欲望就写，没有欲望就不写	334
《法兰克福学派内外》的内外	340
城市如何进入文学之中	350
丛书翻译和知识共同体	359
人有不去做的潜能	367

后　记　　　　　　　　　　　　372

一　同代人

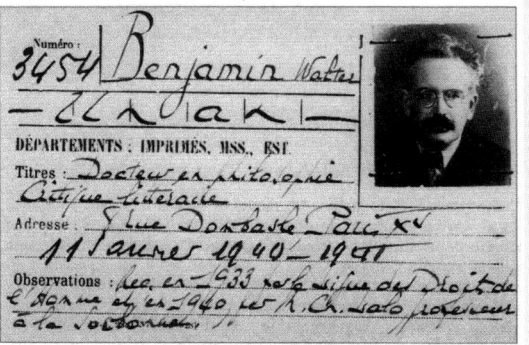

本雅明在法国国家图书馆的会员证

本雅明：我们的同代人

本雅明（Benjamin）是20世纪最为独特的文人之一。他的特征如此之突出，以至于很难找到一个类似的形象。他既无可替代，也难以模仿。他去世已经七十年了，可是人们对他的兴趣不仅没有减弱，反而越来越强烈。通常，面对一个重要的思想家，人们会集中一段时间将他进行消化、吸收。但一旦其思想被耗尽之后，这个思想家也就枯竭了，就被供奉到思想的博物馆中。或许再需要很长一段时间，历史的狡黠诡计才将他从坟墓中请出来，让他面对历史再度发言。今天，在一个一切都通货膨胀的时代，许多思想家从流行到被遗忘只有短短数年的时间，但是，像本雅明这样的思想家如此之久地引起注目确实非常少见。

这既跟他的深邃有关，也跟他的风格有关。本雅明并没有什么长篇大论（他为了申请教授资格而被迫以"著作"的形式写了一部书，很不幸这部著作让所有的评委无法理解而导致了申请的失败），他的许多思考都藏在他的那些短小论文之中。这些论文涉及了许多重要的主题。人们不仅对本雅明的书，而且也对他的各种长短不一的"文章"进行了广泛的讨论。或者说，他的单篇文章激发的反响有时甚至超过一本重要著作所引发的效应。他的文章甚少重复，他常常是用一篇文章来讨论和解决一个问题。事实上，他关于历史、语言、暴力、律法、翻译、救赎神学、作者、技术、故事和小说、记忆、商品、摄影和电影、新闻和戏剧、都市、金钱与资本主义等诸多问题的讨论，都以论文的形式展开，这些论文在今天都成为无可争议的经典之作，并主宰着人们在相关议题上的讨论。

他的这些论文之所以不断地引起关注和解读，一方面是因为这些问题在今天越来越显示出它们的迫切性。它们至今还缠绕着我们。本雅明在这些问题刚成为时代种子的时候就敏感地触及了它们。现在，几十年后，这些问题已经长成显赫的大树，吸引了无数人的目光。遗憾的是，人们并不比本雅明思考得更深入，相反，人们要不断回到这个最初的现代生活的阐释者那里去寻找解释这些问题的灵感。他对现代生活的变化，对现代的各种"新"的特征有无与伦比的洞见，更重要的是，他将时代的忧郁气质展现在自身身上。因为，他总是将现代同过去进行对照，相对于"新"所代表的进步和未来而言，他更愿意跳跃到过去。过去与现在在他这里并置地挤压在一起，时间和历史因此形成了一个星座般的立体空间。他是诊断和记录现在的历史学家。他如此的敏感，以至于他在讨论这些问题的时候，远远地走在同代人的前面。他成为他那个时代的陌生人，但是，却成为了今天的我们的同代人，他似乎作为我们的一个同时代人在讲话，他的讲话不仅是预见性和开拓性的，而且，他独树一帜的思考甚至支配和启发了几十年后人们的思考方式。

由于有犹太教的背景，加上自己所特有的禀赋，他的写作和思考甚至显得有些神秘。而这正是他的魅力所在。本雅明开创了一种特殊的写作方式，一种不同于所有传统的思想写作方式。他像诗篇一样的思想写作，在严谨而刻板的德国传统中尤其显得另类。他不可思议地将优雅的语言和深邃的思想巧妙地糅合在一起。珍珠般的句子不时地散落在他的作品中，它们如此地被精雕细刻并表现出一种谦逊的美妙。他故意地不推论，不受逻辑的摆布。他没有明确、直接而清晰地说出一切，或者说，他的想法总是以一种迂回的方式表达，他有许多形象的勾勒和情绪的抒发，他的行文中常常出现各种岔道，他享受在行文中不停地逗留。因此，他的写作总是呈现碎片般的发散状态。句子的递进就像他笔下的那个著名的浪荡子的脚步一样，走走停停，四处徘徊。它们往各处延伸，就是不通向那个笔直的进步终点。他也喜欢借用别人的说法，将各种不同时空中的其他作者的引文并置在一起。他的最著名的文章（《历史哲学论纲》《单向街》）也将看上去似乎毫无关联的段落拼贴起来——他是将蒙太奇引入哲学写作的第一个作家。就此，这些文本充满着显而易见的空间感，它们仿佛是由一堆意象来并置，而不是以一种成串的念珠来贯穿。所有这一切，这些并置、拼贴、逗留、徘徊，都使得那些习惯寻找逻辑，喜欢在最后的句子中读到终极结论的读者，感到困惑不已。

为什么要采用这种写作方式？这种碎片式的，以空间形式而不是时间线索呈现的写作意图何在？人们是不是在这些碎片中难以找到一个确切的结论？这些碎片之间到底有何关联？事实上，本雅明的写作方式深深地植根于他的神学背景，对于他来说，历史就是一个碎片化的过程，原初的那个完满的总体性在不断地被打碎，现代性正是各种碎片化的大爆发。现代的碎片，就以诸多的现代形象（以街头琳琅满目的商品为代表）来展现。对于本雅明来说，重要的任务就是要阻止现代的进步观念，将各种各样的碎片缝合起来，使之重新回复到先前的总体性中。碎片，就是分离之物，而本雅明的写作，就是将这些分离之物重新聚集，就是将它们重新缝合，就像将一个破碎的瓶子重新缝合起来一样，就像是将各种各样的语言相互翻译进而将它们纳入到原初语言的总体性中一样。这些并置的碎片，从它们原有的位置被强行劫持过来，在本雅明的文本中，被刻意而巧妙地缝合在一起。它们在一个总体性中获得了新生。

这些碎片还以形象的方式呈现。尽管是一个思考者，本雅明有时候还扮演一个作家的角色，即对事物的现象进行直接的感官描述。用他的说法是，他偏爱作家歌德（Goethe）而不是哲学家康德（Kant）。他的形象总是一种揭露，一种展示。他只展示，而不评述，他直接让现象本身说话，而不让自己说话——这是典型的作家方式。他相信，每一个碎片都是总体事物的闪现，就像一片叶子可以反映出它所在的整棵大树的生命一样。这样，无论他写得多么短小，他总是在一个宏大的主题中探索。本雅明几乎没有鸿篇巨制，但是，这些碎片式的写作中，总是包蕴着绵密而深邃的主题。

这样的结果是，由于过于形象化，人们很难发现它的底部；由于过于碎片化，人们很难发现它的总体。人们无法彻底地耗尽他的作品。但是，他又不是那种完全将读者拒之门外的人，他的文章充满着各种可见的甜蜜的诱惑，就像一间神秘的房间里有各种各样的细小窗口一样，它们有太多的启示。它们还有一种令人着迷的优雅。这是本雅明的独一无二之处：他将抽象的思想赋予一种可见的形象。在说着这些复杂的理念的时候，他可以写出各种各样美妙绝伦的句子。所有这些，都引诱着人们去反复地咀嚼。是的，本雅明的作品不是用来阅读的，而是用来咀嚼的。

本雅明是无从替代的，用他说波德莱尔（Baudelaire）的方式来说，他是被无数颗星星包围着的一颗孤星。他生活在他的时代，但是，他从来没有进入那个时代的主流，无论是学术的主流还是职业的主流。他是他的时代的产物，但他也是这个时代的陌生人，是这个时代的异己者，是这个时代的多余人。他总是冷眼旁观他的时代，和他的时代格格不入。这是他的形象，也是他晚年笔下的flaneur（游荡者）的形象。这个游荡者的犹豫不决，对人群的拒绝，对各种细小事物的兴趣，对未来的惶恐，他踌躇的历史脚步和回望的敏感目光，最终，他对现代这样一个大废墟的洞察和揭示，无一不是本雅明的夫子自道。他被他的时代所淘汰，但幸运的是，他成为我们这个时代的同代人。

生命是一种充满强度的运动

如果说,新世纪的哲学有什么新动向的话,其中一个明显的征兆就是,德勒兹(Gilles Deleuze)在哲学的天空中越来越璀璨,我甚至会说,越来越表现出一种类似于魔教的魅力。似乎在全球各地都在形成一个神秘的德勒兹圈子,他们虔诚、自负、抱团,具有排他性——喜欢福柯(Michel Foucault)的读者可能还会喜欢其他的哲学家,但是,深受德勒兹快乐感染的人通常难以接受其他的哲学,尤其是海德格尔(Heidegger)的悲苦哲学。德勒兹多次或明或暗地表示海德格尔才是自己的真正哲学对手,他的尼采(Friedrich Wilhelm Nietzsche)解释同海德格尔的解释相向而行,他肯定尼采著作中的朗朗大笑。《尼采与哲学》虽然短小,但是,和海德格尔的关于尼采的鸿篇巨制一样精彩绝伦。

不过,人们并不容易进入德勒兹的神秘领地。德勒兹给自己划定了一个特殊的边界——他在哲学方式上如此地激进——无论是写作方式还是思维方式——他自己把自己置入一个新的无人探险的哲学地带。在20世纪最后的岁月,在被称为哲学终结的时代,也许他是最严肃地思考何谓哲学的人物。他嘲笑过提出"后哲学"的美国人理查·罗蒂(Richard Mckay Rorty)(他在《何谓哲学》中故意轻蔑地拼错了罗蒂的名字)。在整个哲学传统中,没有人像他那样写作。德勒兹远远不是发明概念的哲学家,尽管他发明了众多的哲学概念,而且这些概念已经声名卓著。他更是发明哲学的人物,他是哲学史上独一无二的人物。在某种意义上,他是尼采一类的哲学家,人们在他这里发现了一种特殊的书的形式。用他的说法,这是一种根茎之书:书的编排如同根茎一样,到处枝蔓丛生。它如此的繁复多样,仿佛遁入到巴洛克式的富丽堂皇中。但是,如同他推崇的莱布尼茨(Leibniz)一样,无论书如何的丰饶,书中每一片细小的单子却丝毫没有被遮蔽。就如同乔伊斯(Joyce)刷新了小说的形式一样,德勒兹刷新了哲学的形式。这诸多的丰富枝节,并不是长在一棵大树上,主次分明。相反,书的迥然不同的材料彼此嬉戏,它们没有通盘性的树干,而只是彼此缠绕、交织、共鸣、合奏。斯宾诺莎(Spinoza)和柏格森(Bergson)的哲学,麦尔维尔(Herman Melville)和卡夫卡(Kafka)的小说,戈达尔(Godard)和沟口健二的电影,塞尚(Cézanne)和培根(Bacon)的绘画,古尔德(Gould)和布列兹(Boulez)的音乐,它们出没于德勒兹的不同著作中,相互繁殖、衍生、嫁接,产生无数的高潮般的彼此震荡。

熟悉哲学传统的人在《千高原》和《反俄狄浦斯》这样的书

面前会感到目瞪口呆。这些犹如梦呓的话语，毫无逻辑的布局，会令人们无所适从。德勒兹的哲学就此表现出一种强大的排斥能力，它让许多人难以进入。但是，反过来，对于那些对哲学传统感到厌倦的人，对于那些一直有越轨倾向的人，德勒兹的哲学打开了另一个奇特的世界，这个世界犹如一个深邃而秘密的黑洞，具有一种奇妙的引力，令人们不能自已。

书的形式就是书的思想，或者说，有什么样的书的思想，就有什么样的书的形式。这种创造性和实验性的哲学形式背后，是德勒兹创造性的哲学思维。与其说人们难以接受他的书的形式，毋宁说人们难以习惯他的思想方式。这种特殊的思想方式，可以以德勒兹的概念命名，即根茎思想，也可以像德勒兹称呼尼采的思想那样来命名：游牧思想。

无论是根茎思想还是游牧思想，它们都是对一种内在性和中心性思想的批判。拒绝内在性，意味着哲学既不再寻求超验，也不再寻求深度；拒绝中心性，意味着哲学不再有一个内聚性的焦点，不再有一个目的论统摄。哲学成为一种差异性的嬉戏活动。在此，人们马上就会想到德里达（Derrida）的解构，这难道不是德里达所倡导的"延异"吗？

德勒兹和德里达彼此都承认了他们哲学的相似之处。但是，二者的区隔依然醒目。差异对德里达和德勒兹来说，都意味着对形而上学的驳斥，但二者的来源和目标都不同。虽然他们共同的来源是尼采，但是，德里达的差异融入了语言学的特征，德里达的差异所要攻击的目标还包括结构主义的系统性，它强调系统的不可能性，结构的不可能性，逻辑和秩序的不可能性，他的差异总是停留在界线的绝境或者两可上面，他的差异令人踌躇，令人感到身处绝境，难以决断。这是可能性的不可能性，正是这些构成了德里达哲学层峦叠嶂般的复杂性，它在任何一个地方既不能轻易地肯定，也不能轻易地否定，这既是一种迟疑的忧郁，也带有一种轻微的悲凉——德里达的哲学从不流畅而欢快。

尽管德勒兹分享了同德里达一样的差异，都反对任何的还原论，反对将诸多的差异归纳和还原为"一"，都不信奉形而上学，但是，同德里达不一样的是，德勒兹的差异，从根本上而言，是着眼于生命本身。如果说，德里达的差异主要是来自索绪尔（Saussure）的语言学，德勒兹的差异则来自尼采的永恒轮回和柏格森的绵延概念。差异的目标不同。在黑格尔（Hegel）那里，差异意味着彼此的否定，意味着没完没了的战争结局，意味着对差异的消除以及消除后的再生；在德里达那里，差异或许就是一种难以破解的永恒矛盾，一种各要素彼此难以同化的绝境；而在德勒兹这里，差异意味着一种生成和变化的活力，差异一定导致变化和运动，差异一定是针对固化的，差异滋生了流动。更具体地说，流动总是力的流动，差异是力的不停的运转形式，力总是在差异中流淌。没有完全的绝对同一样的力。让我们这样说吧，差异就是力的差异，是力的嬉戏。如果说我们在德里达那里看到了差异令人难以取舍因此带给人们满脸困窘的话，我们在德勒兹这里看到了差异带来的活跃的喜悦。我们看到了德勒兹的写作活色生香，他的著作充满了欢闹、嬉戏、涌动，它们松弛、解放，无目的地勾连，肆无忌惮，疯狂联想，释放幻觉——它不仅在倡导运动，而且在身体力行地运动，是让身体解体般地运动，让身体（生命）向各种方向运动，让身体保持潜能状态地运动，让解体的身体快乐地运动。

在这个方面，德勒兹无限地接近尼采和斯宾诺莎。生命只能从运动中去衡量。它是因为差异而运动，是因为差异产生的障碍进而要克服这障碍而运动。生命因为克服障碍的运动而欢笑，因为欢笑而肯定了生命。我们看到没有一个人比德勒兹更强调运动和变化了。他有如此之多的运动感，有诸多的运动姿态：生成，游牧，逃逸，流动，共振，重复，分裂，解域化，解码，繁殖——对于德勒兹来说，最重要的概念是动词，而且是进行中的动词。它们在绵延的时间中运动，在无边无际的空间中运动。运动总是突破，在时间上是对黑格尔式的目的论的永恒轮回般的突破，在空间上是对一个固化的条纹空间的突破，是像游牧民那样在平滑空间中肆意地闯荡，永无止境。如果是这样的话，运动就不会有固定的形象，它恰恰是摧毁固定的形象。运动身体就不再是一个稳定的身体，而恰好是一个无器官的身体。它不需要精神分析将它稳定化，而是要精神分裂分析将它进一步地崩裂，因此，这种运动不是轻飘飘的移动，而是充满强度地运动，也正是因为强度，它也是充满情感的运动。

我们就此接触到了德勒兹的真正核心：生命是一种充满强度的运动。越是充满强度，就越是有力；越是有力，就越是能够克服障碍；越是克服障碍，就越是能够不停地运动；越是运动，就越是丰富、扩大、自满、爽朗；最终是真正的喜悦。就此，生命与力相关，而不是与个性相关。这也是德勒兹所说的生命的内在性："一个单一生命甚至看上去没有任何个性，没有任何其他使其个性化的伴随状态。比如，非常小的儿童都相像，几乎没有什么个性，但他们都有特性：一种微笑，一个姿势，一个鬼脸——不是主观属性。小的儿童在克服了各种痛苦和软弱后融入了一种内在生命，这种内在生命就是力，甚至是快乐。"

何谓赤裸生命*

我们今天的生命（life）概念，在古希腊则有两个词来表达：一个是zōē，一个是bios。zōē指的是动物生命，它仅仅意味着活着的生命，在这个意义上，它指的是动物和人所共有的生命形式，即纯粹的只是活着的生命。而bios指的是生存形式或者生存风格。它意味着生命应该有一种特殊的形式，生命应该建立自己的具有某种特殊风格的生存形式。这样，bios就排除掉了动物的生命——动物不可能给自己建立一个生活形式，它是按照本能行事的。因此，我们可以说bios指的是人所特有的生命形式。但是，人可以给自己建立什么样的生命形式呢？或者说，人怎样超出自己的动物生命而获得属于人所特有的生命形式呢？也就是说，人怎样从zōē的状态进入到bios的状态呢？

---

* 本文根据2017年5月6日阿甘本会议发言记录整理。

我们可以看到，在不同的人那里，生命从 zōē 到 bios 的途径是不一样的。对于亚里士多德（Aristotle）来说，只有参与公共生活，只有进入公共领域中，只有参与到城邦生活中，也就是说，只有参与公共政治，人才能获得一种 bios，动物性的生命才能转化为政治生命，人才获得一种特殊的只属于人的政治生命。这就是说，人是动物，但是，它是从事政治的动物——他特别强调人的参与政治生活的重要性，或者说，只有参与城邦生活，人才能从动物生命转化为人的生命。阿伦特（Arendt）受到了亚里士多德的影响，对她来说，行动，积极行动，人只有和人打交道，人只有进入公共生活中，才能获得政治生命。但是，人为什么要过政治生活或者公共生活呢？或者说，公共生活的意义在哪里呢？对亚里士多德来说，过城邦生活是人的本性，一个脱离城邦生活的人，要么是神，要么是动物。城邦生活是良善生活，人的本性也只有在这里才能充分实现。对阿伦特来说，参与公共生活，建立一个政治共同体，一个很重要的原因是这个共同体能给人以保护，一个人只有从属于政治共同体，他才能获得安全。进一步地说，一个人只有置身于主权这个政治框架之内，只有享受公民权利的时候，他才可能得到政治和法律的保护，他才可以穿上政治的外套，也就是说，他过的才是一种 bios 的生活。显然，阿伦特的观点同她的遭遇相关，她本人作为犹太人被驱逐过，犹太人曾经被剥夺了国家公民资格。她分析过民族国家的衰落和人权的危机这二者之间的关联。一旦一个人所属的主权框架（民族-国家框架）被剥夺了，或者说，一旦他不再是一个公民了，他就可能得不到任何的保护，他的保护性的政治外套就被脱掉了，就成为赤裸生命（bare life，naked life），就重新回到zōē（动物生命）的状态。

阿甘本（Agamben）正是从阿伦特这里受到了启发，他研究了德国是怎样将犹太人的公民资格剥夺的；也就是说，德国的主权权力是如何排斥犹太人的，它如何剥夺他们的公民权从而彻底地剥夺他们的政治生命，最终让他们回到了赤裸生命的状态。而赤裸生命就是动物生命，得不到任何的法律和政治保护，因此，他们可以像动物一样被随意地投入集中营，可以像动物一样被杀死而不用负担任何职责。而主权权力恰好是通过这种对政治生命的排斥和剥夺才自我肯定和自我证实的。这也就是阿甘本的 *Homo Sacer* 一书的副标题所表明的，主权权力与赤裸生命（*Sovereign Power and Bare Life*）存在着一种特殊的关系。就此，我们在这里看到了两段相向而行的路径：赤裸生命是如何获得政治生命的，而他获得了政治生命后，又是如何被剥夺了政治生命从而再次回到赤裸生命的状态的。也就是说，bios既可以被获得，也可以被剥夺。被剥夺了bios的zōē就是赤裸生命。犹太人大屠杀的事实证明了这点。

但是，赤裸生命，动物生命，仅仅是对人的政治和法律权利的剥夺吗？阿甘本并没有讨论这一点。对于他来说，bios更多的是指政治生命。在他那里，似乎只有动物生命和政治生命。事实上，如果一个人仍旧是公民，仍旧是在主权国家框架内存活着，仍旧享受着公民权利的话，他就不可能是赤裸生命吗？或许我们可以扩大阿甘本意义上的赤裸生命的概念。如果我们转向洛克（Locke）的话，或许会有另一种对赤裸生命形式的理解。对于洛克而言，人的生命和动物的生命最主要的差别不是政治，而是经济。如果说，亚里士多德传统强调人是政治动物的话，那么洛克强调人是经济的动物。洛克相信，人如果没有财产的话，就是动物；财产是生命和自由的保证。没有财产权就没有自由，就没人的独特的生命形式。人权的核心是财产权。尽管马克思（Marx）在许多方面同洛克完全相反——洛克强调的是私有财产，马克思强调的是公共财产——但是，马克思同样将人看作是经济动物。因此，一旦财产被剥夺了，那么也意味着人权的剥夺。一旦没有财产了，也就意味着人进入动物状态，也就是赤裸生命的状态。

在这个意义上，如果说，被剥夺了政治权利的阿伦特笔下的难民、阿甘本笔下的犹太人是赤裸生命的话，我们同样也可以说，马克思笔下的无产阶级也是赤裸生命——资产阶级就通过各种方式的财产剥夺，制造了一大批无产阶级。什么是无产阶级？马克思说，工人"雇佣劳动的平均价格是最低限度的工资，即工人为维持其工人的生活所必需的生活资料的数额。因此，雇佣工人靠自己的劳动所占有的东西，只够勉强维持他的生命的再生产。工人仅仅为增殖资本而活着，只有在统治阶级的利益需要他活着的时候才能活着"（《共产党宣言》）。也就是说，他仅仅是活着而已，仅仅是作为资产阶级的生产工具活着而已——在这个意义上，他活着，仅仅是作为动物而活着，而且是作为能够被利用的动物而活着，就是做牛做马地活着。他毫无人权。如果说仅仅是活着，那就是在zōē意义上的生命，就是动物一般的生命，就是赤裸生命，它没有自己的生命形式。从洛克到马克思的这一传统，特别强调的是，人是经济的动物。人只有活在财产中才能有自己的超出动物一般的生活，就像亚里士多德传统所说的，人只有活在政治中才能超出动物一般的生活。被资产阶级剥夺财产的无产阶级就是赤裸生命——在今天的地球上还有无数的财产上的赤裸生命，哪怕他们没有被政治权利所排斥。

如果说，在阿甘本那里，赤裸生命总是跟政治相关，总是反射了主权权力的话，那么在马克思这里，赤裸生命则和经济相关，它反射的是经济权利。对马克思主义传统而言，他们可以质疑阿甘本的是，拥有公民权利并不意味着你不是赤裸生命：无数的在民族国家的框架内的享有政治法律保护的公民都可能是赤裸生命。（大街上的乞丐不就是活生生的范例吗？）事实上，阿甘本也可以向马克思主义提出这样的问题：有财产权难道就不是赤裸生命吗？犹太人有大量的财富但还是沦入赤裸生命的状态。当然，经济和政治并非没有关联，没有政治权利的人通常没有财产权利，没有财产权利的人通常没有政治权利——但这两种权利毕竟不能替代。无论如何，我们要说的是，赤裸生命或许还应包括经济上的无产者，对他们而言，财产权才是人的保护性外套。一旦没有财产权，就相当于脱掉了保护性外套，就是动物性生命。他们并没有被可见的暴力所镇压，而是被一无所有的贫困所湮没。

最后，我要强调的是，也许还可以从文化上讨论赤裸生命。不同于马克思和亚里士多德，尼采更像是一个文化主义者。对他来说，人和动物的差异是人披上了道德和文化的外套。何谓"道德的谱系学"？无非就是动物如何在漫长的历史中将文化和道德内化于自身之中。文化和道德，是人区别于动物的主要特征，是人所独有的生命形式和风格。只有赋予动物的生命以文化和道德才能使之变成为人。尼采讨论了各种各样的文化习得的方式——这甚至包括残酷的惩罚方式。但是，难道没有一种反向剥掉道德外套和文化外套的人吗？古代的犬儒主义者是最好的例证。福柯在他最后的研究中发现了古代犬儒主义者这些所谓"声名狼藉者的人"（德勒兹有一次大胆地推测说，福柯内心深处其实是想让自己变得声名狼藉），他们的特点之一就是重新返归到动物的生存状态。福柯这样描述他们的生活方式："犬儒主义者，就是拿着棍子，拿着褡裢的人，留着大胡子的人，肮脏的人。他也是到处游荡的人，他不属于任何社会，他没有房子、家庭、家乡和祖国，他是乞丐。"他决心在任何地方吃饭、睡觉和说话。他过的是一种绝对简单的生活，或者说，他将生活条件削减到极致，以至于他不占有和依赖任何的外物和财富。他对物质的要求仅仅是能够让自己活着，就像动物那样活着。同时，他没有私生活、没有秘密，他可以敞开一切，他抛弃了一切人为的东西，他抛弃了所谓的廉耻、道德、法律，他过的是无耻的生活——或者，用尼采的说法，是"超善恶"的生活，他当众手淫、当众做爱、赞同乱伦，总之，他抛弃了一切文明的东西，而退回到一种自然的状态，他不仅像动物那样简单地生活，也像动物那样没有法律、道德和文明地生活。你可以说，这是肮脏、粗野、卑贱和丢脸的生活，这就是畜牲的生活。但实际上，犬儒主义者追求的，主动追求的就是这种畜牲般的不要脸的生活。像动物那样生活，是他的主动选择。

为什么要像动物那样生活？福柯归纳说，在犬儒主义者这里，动物性具有正面的价值："如果是动物不需要的东西，那么对于人类来说也是不必要的。人就不应该比动物有更多的要求，动物在自然中就应该得到满足。对于犬儒主义者来说，只有自然的领域才可以成为符合的原则——任何约定俗成，任何人的规定都不能被犬儒的生活所接受，加入它不光是恰好在自然之中，且只能在自然中。"这样，犬儒主义者就拒绝婚姻，拒绝家庭，拒绝一切禁忌和习俗。动物性才是生存应该学习的模型，既是物质的模型，也是伦理的模型。我们要说明的是，犬儒主义者才是彻头彻尾的赤裸生命：如同阿伦特笔下的难民一样，他没有国家，这就意味着他没有政治生活，他不享受政治权利；如同马克思笔下的无产阶级一样，他没有财产，没有经济权利。更重要的是，他还抛弃了文化和道德，剥掉了文化和道德的一切保护性外套——它在文化上也是赤裸生命——或者说，它更主要的是文化上的赤裸生命。

但是，同前两种赤裸生命不一样的是，犬儒主义者是自己选择了赤裸生命和动物生命，犬儒主义者颠倒了赤裸生命和动物生命的含义——对于马克思或者洛克、阿伦特或者阿甘本来说，赤裸生命是一场悲剧和丑闻，因此，也是抗议的根源；但是，对古代的犬儒主义者来说，赤裸生命则是自然的要求，是生活应当遵循的原则。对其他人来说的丑事，对犬儒主义者而言，则是永恒的挑战，是生命的考验，甚至是一种美——文化上的赤裸生命在犬儒主义者这里不可思议地焕发出生命所特有之美。

在语言和身体之间[*]
——纪念罗兰·巴特百年诞辰

一

非常感谢你们的邀请,在罗兰·巴特(Roland Barthes)诞生一百周年之际,我非常荣幸地来到巴黎,来到巴特的国度来讲述罗兰·巴特在中国的影响。当然,如果时间足够的话,我希望在讲完巴特的中国影响之后,我还可以讲讲我对巴特的理解,一个中国理论家对一个法国理论家的个人理解。

你们都知道,罗兰·巴特1974年来过一次中国。戏剧性的是,他和他的同伴在大街上被人们围观。但是,人们围观他,纯粹因

---

[*] 本文原为作者2015年12月2日在巴黎七大召开的"今日罗兰·巴特:纪念巴特百年诞辰"会议的演讲稿。

为他是一个外国人，而不是因为他是一个著名的学者——在20世纪70年代，任何一个外国人在中国街头出现，就像是一个外星人闯到这里来一样，会引起人们极大的兴趣。就像巴特在他的有关中国之行的日记中所说的，中国的一切信息都被封闭起来，这是一个被包裹起来的国家。而今天，有无数的外国人在中国街头出现，但是没有任何人来围观。这也是中国这几十年的巨大变化之一：人们对一个外国人的身体已经毫无兴趣了。现在，人们感兴趣的是一个外国人的思想。巴特永远不会再出现在中国的街头，但是，他的书，他的思想，他的美妙写作，会一直在这里出现和流传。中国人再也无法在街头目击巴特的身体了，但是，有无数的中国年轻人通过照片认识了他，通过他的书认识了他。他活着的时候，他来到中国的时候，无人听说过他，无人读过他。但是，他逝世后，绝大多数中国的人文科学知识分子都听说过他，或者说，都读过他。

为什么会发生这种巨大的变化呢？或者说，这种变化发生于何时呢？我们要返回到20世纪80年代的中国。在20世纪80年代，被称为"浩劫"的"文化大革命"刚刚结束，人们似乎处在一个灾难刚刚结束的废墟之上。一切百废待兴。人们为了摆脱先前的意识形态，开始寻找一种替代性的观念和学说。人们一旦在当下陷入僵局并试图摆脱它的时候，通常的方式是，要么将目光转向传统，要么将目光转向外部。在这个时候，他们选择了外部，选择了作为外部的西方。他们选择了谁？尼采、萨特（Jean-Paul Sartre）和弗洛伊德（Sigmund Freud）被挑中了。为什么是尼采？

一直被集体性所绑缚的人，一直被平均化信念所主宰的人，一直牢牢地受缚于同一种观念的人，此刻最需要的是激情，是创造性力量，是能够让个体生命得以迸发的各种抒情性，尼采为他们提供了呐喊的可能。为什么是弗洛伊德？人们需要将性合法化，需要将性非罪化，年轻人需要为自己旺盛的爱欲寻求自主性，弗洛伊德告诉他们爱欲是"自然"事实，不需要进行人为的压制。为什么是萨特？人们需要自己决定自己的命运，需要自我选择，而不再听从国家、单位组织和家庭的安排。尼采、弗洛伊德和萨特，这些思想家在80年代的中国的盛行是有其必然性的，知识界利用他们思想中对感性、个体和审美要素的强调，来对当时中国的政治整体性进行一番毁灭性的爆炸。

整个80年代，中国知识界——更恰当地说，知识界中的年轻人和开明分子，都被这种强调感性、自主和自由的哲学思想所控制，尽管人们对这些西方思想的理解是简单的，但是，它们仍旧从各个方面冲击了既定的思想模式。这些现代的西方思想（也包括西方现代主义文学和艺术）受到了巨大的欢迎，对它们的翻译和介绍在20世纪80年代成为知识的时尚。包括罗兰·巴特在内的法国当代思想家的思想正是在这个背景下开始被翻译介绍到中国来了。

罗兰·巴特、福柯和萨特是第一批著作被翻译成中文并产生影响的法国当代思想家。事实上，罗兰·巴特虽然没有像萨特那样广为人知，也没有像福柯那样有强烈而持续的影响，但是，他的著作一旦被翻译，就很快地在中国引起了人们的兴趣。他的第一本中文版文集出版于1988年，但是，在这之前，在中国的各种文学和艺术杂志上翻译和发表过他的多篇文章。人们已经对他有所了解。但是，决定性地产生影响的还是这本文集的出版。文集可能是译者李幼蒸选编的，收集了他的《符号学原理》，还有法兰西学院就职讲演等其他的一些重要的论文，在附录中，还收集了包括苏珊·桑塔格（Susan Sontag）和克里斯蒂娃（Julia Kristeva）对罗兰·巴特的两篇评论。这本文集由中国最著名的学术出版社三联书店出版，它的影响非常大，可以说，中国人对巴特的最初和基本的了解就来自这本书。随后，巴特的著作断断续续地出版，到今天，他的大部分著作已经被翻译成中文。

为什么巴特会在中国产生影响呢？或者说，为什么这本书会在中国引起人们的兴趣呢？

我试着给出几个答案。首先，在20世纪80年代的中国，有一种不可思议的文学热潮。文学成为社会的热点，作家和诗人享有巨大的声望，成为社会的明星——就像今天的歌手和影星一样。众多年轻人的理想是成为作家或者诗人（而今天的年轻人热衷于成为歌手），以至于功成名就的作家感到隐隐不安，而发出好心的警告：文学的路上挤满了人。文学之所以成为当时的热点，之所以产生如此广泛的影响，是因为文学以感性和直观的方式，提供了新的价值观，新的生活的可能性——不同于毛泽东时代的价值观和生活。向过去告别的文学方式，赢得了人们的欢呼。以文学的方式对过去的时代提出质疑，无疑对比观念和哲学的讨论更加引人注目——最初的文学就被称为反思"文革"的文学。在一大片突破禁区的吁求中,文学的声音最为辽阔。相形之下,20世纪50—70年代的文学,深深地被政治、被主导性的意识形态所绑缚,它们的叙述像数学公式一样地规范和拘谨,人们看了开头就能推论出它的结尾。这类写作被称作社会主义现实主义,有各种理论家阐述它们的教义和原则。这些生硬、虚假和充满教条的文学令人感到厌倦。随着"文革"的结束,这些文学形式不可避免地坍塌了。在20世纪80年代中期出现了一场文学实验的潮流,一大批年轻人突然冒出来,他们像是商量好了似的发起了一场令人炫目的写作竞赛,他们勇于实验,尝试各种新的风格,并无情地将社会主义现实主义埋葬了。这些令人们感到新奇的作品,也让人们感到困惑——人们不知如何去面对和谈论这些作品——在那个时代,文学评论家配置的都是现实主义眼镜——而且是苏联进口的现实主义眼镜,他们的视力无法穿透这些新的文学形式。因此,寻找一些新的文学研究方法就变得迫不及待了。

巴特就是在这样一个背景下进入到人们的视野中来。他为文学评论提供了方法和启示,人们可以借此摆脱社会主义现实主义的阐释模式。而在此之前,决定性的是以阶级分析为基础的政治批评,文学总被认为是阶级斗争的反映,是意识形态的竞技场地。在很长一段时间内,文学写作经常被看作是罪恶和阴谋的不自觉的泄露。许多作家莫名其妙地被投进了监狱。现在,文学因为自身强大的形式和美学的追求,而可以放弃这种被苏联文艺思想所主导的政治批评了。人们试图寻找到新的评论方法——事实上,方法论在20世纪80年代成为中国知识分子(在文学批评中尤其如此）热衷讨论的问题。在这个意义上，巴特是作为一种新的方法的提供者而进入人们的视野中来的。他的零度写作的概念，即抛弃意义的写作，成为文学摆脱政治意义的最好辩护。事实上，在20世纪80年代，无论是作家还是读者，人们已经非常厌倦那种以"主题"为目标的文学类型了。人们正是通过巴特的符号学而熟悉了能指、所指和符号的概念，而"能指"成为80年代文学批评的一个重要代码。同样，人们也对他的叙事学理论感兴趣——事实上，符号学和叙事学至今在中国的文学研究中还有较大影响。中国一大批文学系的师生热衷于叙事学——他们有强烈的兴趣去探讨文学的生产机制，去将文学看作是一种特定的叙述形式加以探究。他们确信这是在捍卫文学的古老之美。这既是对老的传统主题学阐释（作者论）的不满，同样，这也是对新的将文本历史化的倾向（比如后殖民主义和文化研究等）所做的反击。

第二，巴特的神话学随笔也引起了人们的兴趣。在20世纪80年代以前，日常生活几乎没有引起中国人的兴趣，日常生活受到了政治的排挤，没有自己的空间。或者说，日常生活就是政治生活。社会统治的纲领是阶级斗争。因此，没有人在认真地思考日常生活。人们的兴趣，思考和写作的焦点，全部对准了革命和政治。但是，巴特关于埃菲尔铁塔的文章，关于脱衣舞的文章，关于拳击的文章，因为它们的独特趣味，它们的敏锐发现，让人们大开眼界。人们第一次发现，日常生活、日常物件也可以成为理论分析的对象。它们自身包含着各种各样的意义，它们在这些意义当中构筑自己的神话。巴特努力揭穿这些神话的构造机制，从而表明这些看起来自然而然的东西是如何被文化逐渐构建而成的。不仅如此，巴特的这种随笔式的新的思想写作形式，也都强烈地吸引着人们。从80年代开始，中国人已经从政治的全盘宰制中解放出来，人们开始构建一种非政治化的私人生活，一种市民的自发生活，一种自主的公共领域。商品、物和娱乐不再被视作是资本主义的特权而被完全摒弃。以大众为根基的流行文化开始兴起。所有这些，从80年代中后期开始有了显著的表现，并且在一步步地扩大自己的地盘。但是，20世纪80年代是一个思想解放的时代，人们当时处在巨大的观念震荡中，知识分子都在为思想和各种精英主义文化而辩论。此时，日常生活尽管开拓了自己的领地，但是，它还没有引起人们的讨论兴趣。或许，正是在巴特等人的启示下，人们注意到，这些日常生活的领域，并非没有自己的意义，它也要求获得新的阐释和认知。如果将目光从政治领域转向日常生活的话，巴特的这些文章是很好的启示。

在90年代之后，源自英语国家的文化研究（Cultural Studies）也涌进了中国的大学校园，这类文化研究同样将视角置放在大众文化和日常生活方面。受美国大学的影响，它们被迅速地学科化了，并且努力地将焦点对准中国正在日益蓬勃的大众文化方面来。在中国，它们和巴特的神话学分析形成一种特殊的结合，或者说，它们相互调整来适应对方，形成一种特殊的富有中国特征的文化研究：大学将目光开始转向日常生活的意义。这些对年轻人有极大的吸引力。因为他们更喜欢关注自己的周遭境遇，喜欢关注他们所能切实感受到的当代，而不是一些看起来抽象而遥远的纯粹的思辨命题。不仅如此，巴特这些短小的介于思想、理论和随笔之间的文体形式非常容易被中国人接受。它们一方面打开了人们的眼界，另一方面，也是对学院那些枯燥的论文写作的一个补充。这些思想随笔写作充满了智慧和生机：既是美文，也具有日常生活的切近性。

巴特产生影响的第三个原因要归功于他的畅销书《恋人絮语》。这本书使得巴特的读者超出了校园之外。《恋人絮语》从80年代翻译过来后，一直在中国有稳定的读者，它从未过时，就像一部永恒的经典小说一样。这部讨论爱情的著作被一版再版。它在中国的持续销售，足以表明，爱，这种情感，完全可以跨过任何的时空距离，而为不同的人们所共享。爱，是一种最独特的同时也是最共同的情感。中国的读者在巴特身上都找到了自己。我们都知道，这本书来自巴特的特殊经验，它如此细腻和敏感，在年轻人之间产生了强烈的共鸣，它唤起了人们的记忆。人们阅读这本书，仿佛重新经历了一次恋爱。这是巴特的个人传记，但在某种意义上，这本书也是写给所有人的。不过，这本书虽然常年销售（它是巴特最有名的书，是被读得最多的书），但它不太被喜欢思想和理论的知识分子所关注。它被文艺青年所关注。人们经常在媒体上引用其中的情话，它在一代代热爱文艺的年轻人当中流传。尽管巴特的神话学致力于对小资产阶级的批判，但是，《恋人絮语》则被这些小资产阶级所热捧。人们在巴特这里会发现一些校园外的年轻读者，他们不是被老师引导来读，而是自发地来读。相比之下，人们会发现，德里达和拉康（Lacan）只能在知识分子圈中被读。

第四点，巴特在艺术家和作家那里有广泛的影响。巴特是一个文学评论家，而且，他的文体和风格非常漂亮，也许他是最注重批评风格的评论家，他的语言——即便翻译成中文，也能令人感受到魅力。而以写作为天职的作家和诗人当然会对他产生好感。因此，对作家的影响是非常自然的。不仅如此，他为法国的先锋派文学所做的辩护，在中国，则被看作是对一切先锋派的辩护，不仅仅是评论家，中国的作家和诗人也将巴特的理论看作是对自己的辩护。他们的文章中经常出现巴特的引文。而巴特对艺术的影响，主要来自他的论摄影的书《明室》。几乎所有的从事摄影的艺术家和评论家都非常熟悉这本书。它差不多是摄影理论的《圣经》（还有一本是桑塔格的《论摄影》）。在各种讨论摄影的文章和会议中，几乎没有人不引用这本书的。这不仅是因为它的精妙和洞见，而且还因为在中国，几乎没有什么摄影理论方面的书籍出版。在中国，摄影的理论非常贫乏，我们有大量的摄影艺术家，但是几乎没有什么从事摄影研究的理论家。人们谈论摄影的时候，好像只能回到巴特这里，只能回到他的刺点（punctum）理论这里，好像离开了他就无法就摄影谈论什么。这本书的持续影响，当然和它的重要性相关，但是，毫无疑问，也同我们自身的摄影理论的贫乏密切相关。

我只能非常简要地谈论罗兰·巴特在中国产生了什么影响。我还想补充的是，巴特令中国人感到亲切。较之其他的西方理论家而言，他的风格，最适合中国读者。你们知道，中国并非一个理论发达的国度，尤其是西方的思辨传统令中国人感到非常费劲。我们是用随笔的方式来表述自己的思想的。无论是《论语》还是《老子》和《庄子》。我们的历史上没有亚里士多德、笛卡尔（Descartes）和康德这样的哲学论述方式。我这样说，当然不是说中国人没有思想——你们知道，中国在二千年前，已经有非常成熟、非常复杂、非常高深的思想，但是，我们是以格言的方式，以直觉的方式，甚至是以隐喻的方式来讲述这些思想的，我们通常是直接讲出结论；也可能是通过迂回的方式来间接地给出一个不那么直接的结论，这个结论非常开放，可以从各个方面进行解读。也就是说，中国人的结论也许是经过大量的经验和观察之后，体悟出来的结果，而不是通过繁琐的逻辑论证来获得一个确定的结论。我的意思是说，我们讨论思想的方式非常不同于西方。尽管现在，我们的大学也在模仿西方，也试图借助西方的哲学形式来从事人文科学研究，但是，我们在这个方面还不是非常得心应手。毕竟这样一个思辨的传统没有流淌在我们的血液中。当然，我们可以读懂柏格森和萨特，我们也可以读懂拉康和德里达。但是，坦率地说，我们很难像他们那样写作。那种复杂的充满思辨色彩的写作令中国人感到非常不适应。相形之下，对于中国读者而言，巴特更容易读懂，尤其是他大量的断片、随笔，不仅言辞漂亮，而且切近具体事物，它们令中国人感到亲切——中国有一个古老而悠久的随笔传统，无论是哲学家还是文人，都采用随笔写作，他们既可以通过随笔来谈论玄妙的思想，也可以通过随笔来书写生活的感触。而且,这种随笔传统,一直就是将文辞的美妙作为一个重要的标准。在古代中国,思想总是依附于美丽的言辞来传达的。思想家大都是文体家,是随笔作家。对于中国人来说,法国的蒙田(Montaigne)和巴特,仿佛是他们的来自于西方的镜像。

但是,巴特对中国有何看法呢?1974年他来过中国,在一片"批林批孔"的政治激情中,他并未寻找到快乐。他在中国感到了单调——一切都是被刻意安排的,他见到了一个没有性征的中国,或者说,见到的是一个中性的国家。同日本相比,中国是性爱的荒漠。他甚至抱怨,"这个国家女人太多了,到处都是。"他邂逅不到年轻男人,他只能看到年轻男人的手,他在日记中不断地记录中国年轻男人的手——这也许是这个国家唯一令他兴趣盎然的客体。对许多初次造访的人而言,中国是一个古老而伟大的国家,这个国家的神秘性完全可以将访客吞噬。但是对于他来说,中国只意味着那些年轻男人的手,那些柔软的手,只有触摸到这样的手的时候,他才会怦然心动,他才会感到一丝"温热"。

二

这是巴特对中国的影响——我说得非常简要,而且尽量地客观,尽量地将巴特在中国的影响表述出来,因此,我要尽量地掩藏我作为一个读者的主观看法。现在,我要谈谈我自己理解的巴特。这完全是我的看法,它和我刚才讲的部分并不完全一致:它充满着我的主观性。而且，它与中国无关，它只是一种纯粹的理论分析。对我来说，罗兰·巴特的盛名似乎已经过去了。不过，这反而能够使我们冷静地对待他的遗产。巴特当初是作为一个理论家引起世人关注的。他是作为一个文学批评家，一个符号学家，一个结构主义者，最后也是作为一个后结构主义者而获得了巨大的声誉。巴特的时代，正好是文学批评的时代。那个时候，人们急于摆脱先前的老式的文学研究方法，寻找各种各样的文学阐释方式，以至于文学批评成为显赫的学科。而巴特始终是这个潮流中的先行者，他总是将各种各样的哲学观念（尤其是他的法国同行的哲学观念）引入到文学批评中来，他将文学批评进行花样翻新，他在这个行当不断地挑衅、刺激和发明。

作为一个文学研究者，他野心勃勃，他相信文学批评值得倾注全力。他由此成为他那个时代最为著名的文学批评家，他和老派批评家的一场热闹而尖锐的争论既深深地伤害了他，也扩大了他的名声（这似乎是一个规律，名声的获取总是要付出受伤的代价）。他著述生涯的开始，就是对法国文学史的梳理。尽管借用了萨特的文学史分期，但是，他的文学评判的标准却和萨特针锋相对。相对于萨特标榜的文学干预而言，巴特更加强调的是文学的无动于衷，强调不动声色的零度写作。正是因为这种放弃社会干预的企图，一种文学的纯粹的形式主义倾向就流露出来。他感兴趣的不是文学的功用，而是文学的风格，带有某种作者气质和禀赋的风格，一种具有生物学基础的风格。他将文学视作是作家的特殊风格同一种普遍的先在语言结构进行的残酷搏斗。也可以说，写作，既是身体和语言的斗争，也是二者之间的妥协。写作，从根本上而言就是二者之间的协调。写作的痛苦和快乐就来自于语言和身体二者之间协调的巨大难度。

事实上，巴特对文学的这种最初看法，显示了他兴趣的两个端点：语言和身体。在事业的前半段，他将重心放在语言上面，他坚持相信，语言是一门科学。而文学就是由语言构成的，或者说，文学就是一个大的句子。文学研究理所当然地可以从语言研究中受到启发，因此，文学研究也可以像语言学那样成为一门科学。他在60年代不遗余力地尝试确定一种关于文学的理论，一门文学的普遍知识，一种文学研究的范式，也即是说，他试图创立一种文学科学。为此，他煞费苦心，兢兢业业——他先是建立符号学理论，后是建立文学结构主义理论和叙事学理论。这些理论充满抱负，试图解释文学最基本的生产机制，即文学是如何被叙述的，它是如何被创造出来的。他力图让这些理论模式应用于各种各样的文学作品的分析中。而所有这些，都是围绕着符号和语言，尤其是索绪尔的语言理论而展开的，他是索绪尔理论在文学研究领域的代言人。

这是他的60年代的语言阶段。这个时期，身体被完全放逐了。毫无疑问，以语法为根基的文学科学无法容忍感官性的身体。但是，在他事业的后半段，也就是说，从70年代开始，他放弃了这种普遍的文学科学的追求，他关注的主要对象恰恰是身体。不过，语言并未退场，并未被他放弃。相反，语言经过一番迂回后被巴特植入了新的内容。现在，语言不再是一种普遍的语法结构，相反，语言首先是一种情不自禁的扩散，一种对结构和语法的奋力挣脱，语言存在着一种自我的逆反，它是一种永不枯竭的差异性游戏，是各种各样的歧义在玩弄游戏的暧昧场所。这是他在《S/Z》中所体现出来的解构主义观念。这种反体系的差异语言开始是无根的，它爆裂了语法的轨道而自我漫无目的地播撒。慢慢地，巴特将欲望和激情引入其中，也就是说，他后来将语言与身体关联起来。语言不是从外部来禁锢身体，语言恰恰来自于身体，它是爱欲的驱使。有多少欲望，就有多少语言！因此，人们应该在文学中感受快感。语言、身体和文学构成一个新的三位一体。现在，文学被看作是身体在诉说，它轻言细语，委婉叹息，而绝非语言模型的一个刻板应用。显然，他放弃了早期的观点，即，文学是语言和身体的一个妥协。现在，语言和身体根本就没有对抗，它们只有彼此的强化，它们在这种彼此的追逐式的强化中，也各自强化自身的快感。这种文学的快感，就在于逃离，对语法模式的逃离，对既有风格的逃离；它以窸窣和呢喃去瓦解滔滔不绝的雄辩。在《恋人絮语》中，语言的窸窣呼应着身体的颤栗。不过，巴特不仅仅着眼于语言的生产，他也关注语言的消费。也就是说，可以换一种对待语言和文学的方式，即不是创造出一种新的语言，而是在那些既定的语言和文学面前，去创造性地阅读：可以扣紧语言阅读，也可以跳跃式地阅读，可以逆反式地阅读——阅读也可以变成一种写作和创造，它是对既定语言的重写，它在这种重写中，在对先前被写下来的语言进行消费的过程中，同样能够获得一种身体的快感。文学语言如此之微妙，以至于巴特说，他满眼看到的就是语言，就是语言细腻而生动的行为。

巴特的这些观点在今天看来并不令人惊讶,但是,在当时却激怒了许多老派人物。他和他们针锋相对。他甚至也不断地同自己的过去针锋相对。他作为新派批评的开拓者和代言人而广受注目。他在学院里面,在文学课堂上被大量地阅读和讨论。

这样的结果是,他的这些理论遗产在今天已经被完全消化了,以至于人们有时候忘记了哪些是批评的常识,哪些是巴特当年的历史发明。就像德里达的解构如此之为人们所熟知,以至于人们忘却了他是解构的发明者一样。另一方面,文学批评的显赫时代已经过去了。一个单纯的文学研究者可能会受到历史的冷落。但幸运的是,在20世纪的批评家中,人们还能想起罗兰·巴特的身影——或许是寥寥无几的身影之一。可以肯定地说,这不是,或者说不仅仅是因为他当年文学研究的成就,而更多的是因为他特有的写作方式。他的研究和批评本身已经是一门艺术:一门写作和语言的艺术。在这方面,也许只有本雅明像他这样追求一种语言的炼金术。他的批评家的成就也是他作为作家的成就,也就是说,他是一个以批评家面貌出现的作家,一个热爱语言的作家,一个心灵敏感和目光锐利的作家,一个单凭文章就能不朽的作家。

作为一个作家,除了文学批评之外,他还细致地写下他所见所闻的一切。他热爱细节更甚于热爱思想,热爱文学更甚于热爱哲学,热爱普鲁斯特(Proust)更甚于热爱萨特,热爱经验更甚于热爱抽象。但是,他津津乐道于前者的时候,他从来没有将后者抛弃到脑后。他总是将文学转向哲学,将单一性转向普遍性,将经验转向抽象。反过来也是如此，他用文学驯化哲学，用细节驯化整体性，用形象驯化抽象，用经验驯化理论。他总是从细节和经验着手，然后将它们塞进总结性的格言和理论中。但是，马上又对这种总结和理论进行质疑，用细节和经验对它们进行摧毁。哲学家说他太世俗，老派批评家说他太荒谬，普通读者有时候则觉得他太艰深。但是，今天回过头来看，他是同时赢得了学院内外广泛读者的少数理论家之一。

这当然是因为他对细节和经验的书写。他在各种经验和现象的表面停留，在人们总是熟视无睹的现象面前驻足。事实上，当人们总是将目光对准各种各样的大事件的时候，巴特注意到的是各种各样的小细节。他注意细节，人的细节、物的细节、日常生活的细节，他把这些细节记录下来，让这些细节进入历史和书本中，让它们获得自己的主权并且变得不朽。这些细节有什么用处？对历史学家而言，它们是历史的垃圾，不值得关注。对作家而言，细节则构成一切。作家将细节作为文学的最基本要素，正是细节编织了生活的肌理。对于罗兰·巴特来说，生活的意义，就在于这些细节的玩味上，就在于日常生活中的点滴领悟，而不是一种抽象而空洞的基本原则——罗兰·巴特从未想到去做人生的导师，他在一篇文章中甚至提到了教学的荒谬。他很早就提到了生活方式（这个词如今被可笑地滥用）的问题。人们也称他为社会批评家。尽管同是在思考生活方式，但是，他同社会学家的调查方案截然不同。后者对数据的依赖，对一个广泛人群的科学考察对于他来说是一件极其乏味的事情。罗兰·巴特的出发点是自己的经验，他确信的也只是自己经验到的东西。他总是能够对这些经验——许许多多人或许都曾感受过的经验——说出一些特殊的专属于他自己的体会，他将这些经验细化。这是他最有魅力的地方。他致力于揭示这些经验，而且，这些个人化的经验相对于普遍化经验而言并非无关紧要。因为个体经验就是他的全部存在感。每个人的经验都是每个人的存在感。对于他来说，个人生活或许就是由这些看上去平庸无聊的日常细节构成，而不是被各种各样的战争、政治运动、暴力和激情所控制。他喜欢平凡而不是歇斯底里的状态。尽管他的生活经历过了一个天翻地覆的时代，但是，他努力让这个时代变得中性（他晚年在法兰西学院的一门课就是"中性"）。

巴特从少年时期开始，就一直处在动荡的状态。孩童时的丧父，少年时代的战争和疾病，青年时期的海外漂泊，中年时期1968年的动荡。也就是说，他经历了许多"事件"，但是，这一切好像没有击中他的内心。他谈论了一切，唯独没有谈论战争，也很少谈及政治，仿佛这些离他很远（他说，对政父［political father］的态度是露出臀部）。即便是他写过被左派推崇的具有批判意义的《神话学》，这种批判也是奠定在日常生活经验上的资产阶级的神话学。与其说他要批判，不如说他真正追求的是快乐，来自个人经验的快乐。一旦这种快乐消失了，他就会感到真正的悲哀。对快乐的追求是不可能停止的，但是，快乐的获取随着年岁的增长越来越困难。晚年不过是快乐的自然消耗。这或许是他晚年郁郁寡欢的原因。晚年的日记表明，他孤独，无助，缺乏爱情，濒临崩溃——他失去了快乐。失去了快乐就失去了意义。巴特几乎将意义等同于快乐。这个一辈子追求快乐的作家，一旦快乐眼睁睁地离他远去,他想抓住快乐的愿望就变得极其强烈。但是,快乐,一种绝对意义上的快乐,总是落空,这是他的晚年悲剧。这不是战争和政治的悲剧,而纯属个人意义上的悲剧——这类悲剧既属于具体的个人,但它也超越时空而具有某种普遍性,因此,在某种意义上,这也是人类的悲剧,是晚年的永恒悲剧。

这种快乐的追求,一方面来自于身体,另一方面来自于语言。巴特热爱语言,这甚至是他最强烈的也是最显而易见的风格标志。他用美妙语言讲述一切。即便是粗陋的现实、毫无意义的对象、种种不快乃至一些难以启齿的生理习惯,他都能通过语言赋予它们一些特殊的风格。他从没有因为推崇文学科学,没有因为谈论那些所谓的学院主题而杀死语言的微妙感性(看看从美国到中国愈演愈烈的学院八股文吧,这种语言官僚主义越来越令人感到窒息。人们正以严谨、科学和研究的名义在扼杀语言的无限性)。巴特在语言中找到了快乐——既在伟大作家的语言中,也在自己的写作语言中。正是这一点,这一"文本的快乐",让巴特获得了统一性和稳定性。事实上,他没有流派(他没有学术上的追随者),没有体系(人们总是说他善变),没有原创性理论(人们只是说他运用理论和消费理论),但他有朋友(他一直在思考如何同朋友一起共同生活),有非凡的洞见,有革新一切事物的目光,有追求快乐的永恒意志——最重要的是,他有一个安置这种快乐的语言国度。理论、体系和流派总是转瞬即逝,但是,一个语言的美妙国度却是永恒的,也是唯一的。或许,罗兰·巴特将不是作为一个理论家,而是作为一个作家而不朽。

法国理论在中国

我们要知道法国理论和中国的关系,就一定要回到中国的20世纪80年代。尼采、弗洛伊德和萨特,这些思想家在20世纪80年代的中国的盛行是有其必然性的。中国的知识界利用他们思想中对感性、个体和审美要素的强调,来对当时中国的政治整体性进行一番毁灭性的爆炸。

整个80年代,中国知识界——更恰当地说,知识界中的年轻人和开明分子,都被这种强调感性、自主和自由的哲学思想所控制,尽管中国知识分子对它们的理解是简单的,甚至是口号式的,但是,正是因为对它们的接受(以及对西方现代主义文学和艺术的接受),原有的各种主导性社会观念受到了前所未有的冲击。正是在这样一个西方思想大肆登陆中国的背景下,法国当代哲学开始进入中国了。

在80年代末期,萨特的影响降温了。这时候,福柯、德里达和罗兰·巴特开始在一些为数甚少的年轻的知识分子之间相传——之所以是相传，是因为他们的著述翻译成中文的极少，人们只是在言谈中听说了这些人，知道他们同萨特不一样，当时，有一些在美国和欧洲的留学生开始在国内发表文章，他们非常简要地撰文介绍福柯、德里达、拉康和罗兰·巴特这些所谓的"后结构主义"者，或许撰稿者自己也不是很深入地研究过这些思想，因此，求知欲非常旺盛的中国的年轻知识分子，很快地知道了符号学、权力和解构（deconstruction）这些关键词，但对这些关键词的理解却是浅尝辄止的，福柯等人只是在一个极小的圈子里为人所知。事实上，在80年代，中国学者翻译过福柯的两本书的英译本：《疯癫与文明》（*Madness and Civilization*）和《性史》（*The History of Sexuality*），这两本书不同的命运，却展现了意味深长的事实。《性史》在中国的传播经历，本身就能显现20世纪80年代的知识社会学特征。这本书是上海的一家科技出版社出版的，人们将它当成是一本性的科普读物，在书店里，它被摆在医学和健康的分类柜台中。年轻人买这本书，在当时的性知识非常匮乏的背景下，很多是出于猎奇心理或者是将它当成科普指南——但是，买回家后，发现内容晦涩，不知所云，完全没有任何性的指南知识，这些人大呼上当，将这本书当作废品处理掉了，这样，不久之后，这本书便遍布在中国大中城市的图书地摊上。（我是在90年代初武汉的一个地摊上买到的，只花了一元钱！）事实上，在80年代，一切与性有关的书籍都非常走俏，这本书居然印刷了10万册！可是，印数如此之大，却并没有传播福柯的名声——事实上，当时的读者并不关心一本与性有关的书的作者是谁，（只要是一个外国人就行！）福柯还是没有超出极少数知识分子的圈子而为人所知。从《疯癫与文明》的出版也可以证明这个事实：与《性史》差不多同时翻译出版的《疯癫与文明》几乎没有受到什么关注，在当时一大批翻译西方学术著作的热潮中，《疯癫与文明》默默无闻——很多年以来，它沉默地躺在中国大学的图书馆里，乏人问津。而时隔十多年后，另一个版本的《疯癫与文明》出版，则引起了轰动。这个时候，也正好是福柯在中国如日中天之际。在80年代，福柯在中国的影响，同德里达、拉康、罗兰·巴特一样，只是限于一个非常小非常小的知识精英圈子——基本上是北京和上海的精英圈子。

情况在90年代的中期出现了变化。中国在八九十年代之交经历了短暂的政治波动和学术波动之后，从90年代中期开始，知识界又出现了研究西方思想的学术潮流。出版界又重新启动了大规模的翻译项目。这个时候，人们的焦点主要放在所谓的"后现代"和"自由主义"两大主题上面，后现代和自由主义一直在中国知识界被广泛流传，但是，对它们的真正的大规模的翻译是从90年代中期开始的，而法国当代哲学被视作是后现代最重要的组成部分，在这样一个背景下，法国当代哲学开始占据主导的位置。福柯、德里达、罗兰·巴特、拉康、利奥塔（Jean-François Lyotard）和鲍德里亚（Baudrillard）等人的主要著作开始被有系统和有规模地翻译。正是在这个时期，福柯和德里达等人广为人知。如果说，在90年代之前，只有极少数的知识分子私底下会提及福柯等人的话，那么，到了2000年前后，几乎所有人文学科的研究生都知道他们了（虽然并未有深入的了解）——如果对福柯完全一无所知的话，可能会遭到同学们的嘲笑。甚至是校园之外的人——我说的是，一些喜欢文艺的公司年轻人和白领——都可能听说这些人，中国的一些有影响的报纸也常常提到他们。我可以举一个例子来说明德里达的流行程度：汉语中本来没有"解构"这个词。但是，中国人用"解构"来翻译德里达的"deconstruction"，从翻译至今，这个词大概有二十年的历史，但是，因为德里达在十多年前开始被广泛关注，顺带地，"解构"这个词在最近十多年也广为人知了，它流行到什么程度？它已经成为一个日常用语了，人们有时候在生活中开始使用它。当然，这个词的日常用法脱离了德里达的原意：人们在说出这个词的时候，它已经毫无哲学意味了，它可以灵活地在"剖析""颠覆""摧毁"或者是"戏谑"等意义之间转换。比如会出现"解构企业制度"这样的书名，事实上，这个作者可能根本没有听说过德里达。但是，他使用了"解构"这个词——这个词的意义就是"剖析"。

与德里达相比，福柯的影响似乎更大，或许，在刚刚过去的十多年时间里，福柯可能是对中国知识界影响最大的西方知识分子。很少有知识分子没有读过福柯。他渗透到各个学科，尤其受到年轻人的喜欢。为什么福柯在中国的影响如此之大？最根本的原因是他本身的思想魅力。在中国，人们很愿意，而且似乎也很能顺利地接受福柯的思想，尤其是他的权力-知识思想，人们愿意将福柯的理论用于分析中国的历史和社会实践，并动摇传统的学术思路和方式；福柯持续地讨论权力问题——无论怎样来理解这种权力概念——这对中国人本身就是一个巨大的诱惑，因为中国人就是被权力问题所苦苦折磨。第二个原因是福柯的独有的论述方式，福柯的著作写得非常漂亮，即便是翻译成中文，也能感受到他的著作的华丽和激情，能感受到它的文学性，而且，相对而言，福柯的著作不是典型的抽象的哲学思辨，因为著作中的大量历史事件的描述，它比一般的哲学著作更能吸引哲学圈以外的人。第三个原因是福柯的生活方式本身的魅力——福柯的传记被翻译成了中文，人们对于福柯的生活有了更多的了解，福柯对任何权力机制的怀疑和抵制，对生活本身的审美要求，以及他所推崇的"危险生活"，所有这些，对那些被各种权力所纠缠的年轻人，对那些不满现状的年轻人，对所有还没有完全丧失理想的年轻人来说，都是一种鼓舞。福柯成为他们的生活楷模。

我反复地提到福柯等新一代法国哲学家在中国的巨大影响，我想说明什么？事实上，在福柯、德里达等人的著作被大规模地翻译到中国后，中国的知识生态和习性不可逆转地发生了改变。在很长一段时间里，中国知识分子的思维方式和研究方式遵循的是苏联模式，比如文学研究。以前，在大学里面，文学理论教科书总是反映论式的，是苏联马克思主义式的，但经过了德里达和巴特等人的冲击，现在的文学理论教科书都重新改写了。在史学领域也是如此，在福柯的引导下，中国的历史学家开始重视微观历史，也开始重视历史的断裂。此外，鲍德里亚和布迪厄（Pierre

Bourdieu）等也改变了——在某种意义上甚至奠定了中国社会学和人类学的基础。没有这些法国理论，人文科学的新面貌是难以想象的——尽管这些新面貌还不成熟，但至少它现在在往成熟的路上迈进。

我还想表明的是，法国思想是怎样传入到中国来的？我们对法国哲学的选择基本上采用的是美国标准，也就是说，如果一个法国思想家在美国被广泛讨论的话，在中国才会有更多的关注者。法国思想家如果不在美国成名，就很难在中国成名。为什么会出现这样的现象？因为，在中国的哲学系，法国哲学研究一直是比较薄弱的，既懂法语又懂哲学的人非常少，而且这些人在整个哲学界不占据主导地位，他们直接推广的法国哲学很难在学术界广为流行。哲学系的主流是德国哲学和英美分析哲学。德国哲学研究之所以有力量，是因为马克思主义、康德和黑格尔研究在中国有一个深厚的传统，因此，中国的哲学系有丰富的德国哲学传统。分析哲学之所以重要，语言是很大一部分原因，中国懂英语的人非常多。相形之下，虽然这几年有所改善，但法国哲学研究还是处在一个较为弱势的状况。事实上，对当代法国哲学在中国的推动，除了哲学系研究法国哲学的人之外，中文系、英文系，甚至是社会学系和历史系的教师也起到了很大的作用。很多重要的法国哲学著作都是通过英文转译的，大量的法文著作无法直接从法文翻译过来。而在中国，能够从事英文翻译的人很多，留学美国的人也很多，中国知识界对美国最为了解——因此，只要是在美国成名的哲学家，肯定会在中国产生影响。我举一个例子——比如德勒兹——在法国，德勒兹的地位和影响丝毫不逊于福柯和德里达，但是，在中国，德勒兹的影响远远不及这两个人——这其中的根本原因是，在美国，德勒兹的影响不及福柯和德里达。总之，一个法国哲学家要在中国产生影响，并不一定要在法国产生影响，但一定要在美国产生影响。中国进口法国理论，肯定要通过美国这个中转站。

当然，在中国，和在法国一样，甚至在全世界各地都一样，都有一些反对法国新理论的人，他们总是说，这些源自欧洲的理论无法解释中国的现实。而且，更重要的是，这些法国理论趋于极端，而且不负责任，它们具有天生的摧毁性，对中国这样本身十分需要秩序和理性的国家来说，这些理论具有危险性。中国不需要这些东西，更需要建设性的东西，更需要秩序自由主义。这些法国理论的指责者成分殊异，有些是大学里面的旧式权威，因为他们不了解这些理论——准确地说，他们没有能力去研究这些理论——如果这些理论在大学里面占了上风，他们就会失去自己的权威，进而失去自己的学术利益——他们完全是基于自己的既有学术位置来反对这些理论的流行和引进的。用布迪厄的说法是，这是学术场域内部的争论。还有另外一些反对者——主要是政治领域中的儒家保守主义者和新自由主义者，他们都将法国理论视作是激进左派传统的延续，尽管他们大部分人对这些理论道听途说，缺乏研究，但因为他们对左派传统从来都缺乏好感，因此，事先，从意识形态上，他们就毫不犹豫地拒绝这些法国理论。

那么，这些法国理论到底是否适合于中国，法国理论是否能够作为一个恰当的工具来对中国进行阐释？这个问题需要在两个层面上回答。首先，到底什么是理论？理论本身需不需要有实际的阐释能力？理论本身有自己的自主性。理论之所以成为理论，就是因为其内部有一种思维在进行自我完善的东西，思考本身的乐趣潜藏在理论的抽象之中。高级而复杂的理论，同艺术品一样，充满着想象力，它的价值就在于思考本身的复杂性和快感，或许，理论本身就是一场游戏，它是人类表达智慧、表达思考的可能性的方式之一，它并非一定要作为一种工具去解释什么重要的社会实践和历史。柏拉图能对当代进行解释吗？但这丝毫不能认为他的思想毫无价值。如果将理论限定在自主的范围内，那么，将法国当代哲学看作是对中国社会和未来的威胁，毫无疑问是杞人忧天——除了校园中的知识分子对这些理论感兴趣外，庞大的社会民众对此一无所知。在今天的中国，哲学和理论是不可能触及社会生活实践的。这是问题的第一个方面。第二个方面，如果我们非要将理论和阐释实践结合起来的话，也就是说，源自不同背景的法国理论对中国到底是否有解释能力？我的答案是肯定的。众所周知，福柯的理论具有广泛的阐释性，在中国，甚至是国外的中国研究，已经有很多运用福柯的理论对中国进行阐释的例子。但是，我不想举出福柯的例子。我想谈谈德勒兹的例子，因为人们很少用德勒兹来解释中国。

二十多年来，中国的发展速度令人惊讶。对这样的发展速度，有各种各样的经济学家的解释。许多经济学家提出疑问：中国不是一个市场健全的国家，也不是一个法制完善的国家，同时还是一个腐败丛生的国家，甚至是人和人之间缺乏诚信的国家，这样一个没有良好经济环境的国度为什么会发展得如此之迅速？一个充斥着各种阴谋和勾结的不健康的经济氛围和市场氛围为什么能取得如此之高的增长率？经典的经济学教科书似乎对中国模式难以解释。但是，如果我们换一个角度——不是从经济学的角度——来解释呢？我想用德勒兹的理论，也就是说，一个哲学理论，来做一个非常非常简要的解释。经济学家通常注重制度，注重客观环境的分析，但是，事实上，所有的制度总是要和个体发生关系的，所有的制度都是同人有关的。正是经济学家无能为力的地方，我们应该充分利用哲学的阐释能力。如果大家注意到德勒兹的欲望理论的话，会在中国发现很多有趣的事实。德勒兹的欲望概念，同弗洛伊德是完全相反的。对于弗洛伊德来说，欲望是缺乏（lack），是因为缺乏而产生的一种心理状态：我缺乏什么，我就会产生对什么东西的欲望。德勒兹从尼采那里发展出一种特殊的欲望理论，他将欲望解释为生产性的（productive），欲望不是基于缺乏而产生的，同弗洛伊德完全相反，欲望是在主动生产（produce），是在主动地创造；有多少欲望，就有多少现实。德勒兹甚至认为社会生产就是欲望生产。欲望在推动着生产。如果我们从这样的欲望概念出发的话，中国的这种看起来奇怪的现实——这种混乱而腐败的市场同高速发展的现实的融合——就可能得到某种程度上的合理解释：欲望和制度是相对立的，如果法制和纪律处在一种松懈状态，那么，欲望就会大行其道，生产就会异常活跃。反过来，如果欲望受到遏制的话——不论是哪种形式的遏制，不论是规范制度的遏制，还是像六七十年代政治道德对欲望的遏制——生产就会受到遏制，但是在今天的中国，欲望得到了前所未有的解放，所有的欲望本身都不会受到道德上的指责，甚至是，欲望在法律看不见的地方也在疯狂地创造。我一开始就说了，如果大家去过中国，都能感受到中国的生机勃勃，但是，这种生机勃勃，除了指的是一种经济事实之外，它背后正是指的是欲望事实。我根据我的经验，我在我周围的人那里，恰恰能看到德勒兹的欲望理论的非同凡响的洞见：正是因为中国的每个人都充满欲望，才有了今天的中国的现实。是人们的生机勃勃的欲望，产生了中国的生机勃勃的现实。经济学的理论总是关注制度、市场和规律，而常常会忽略人的主体性，会忽略个体的欲望。而恰恰是欲望在创造中国这样繁荣的现实，如果中国人的欲望得不到遏制的话，那么，正如我一开始所说的——北京这个巨大的建筑工地是不会落幕的。

中国学派？这绝对是一个幻觉[*]

关于新书《论家用电器》

记者：你在《论垃圾》中写道："现代社会围绕着商品组织的永不落幕的竞赛——商品层出不穷，更新换代，日新月异。"还有："生活中的机器越来越多，但是人们并非越来越闲暇，机器并非减少了劳动，而是加剧了劳动。"你对物的研究说到底是对消费社会的反思？还是对进步主义的反思？

汪民安：说不上是反思。我觉得这是一个成熟的成年人不必借助书本就可以得出的感受。我还是一个年轻人的时候，一个中学生或者大学生的时候，我相信进步。但我现在早就不相信了。某些

---

[*] 本文原为答《新京报》记者伍勤问，载于《新京报》2015年4月4日 B10"书评周刊·思想者"版面，标题为《汪民安：对丰裕痛苦的敏锐洞察》，有所改动。

环节的进步,一定导致另一环节的倒退。不错,商品日新月异、琳琅满目,但是,它们不是越来越难以令人们感到满足吗?人们不是越来越将物作为疯狂的追逐目标并为此而感到痛苦吗?技术在进步,它确实方便了很多。但是,就是这个方便的技术却滋生了无数的事情。电脑带来了无数的便利,但是,人们根据电脑也创造出无数的事务。这层出不穷的事物抵消了技术的方便。是的,我们有了洗衣机,不再用手洗衣服了,是重大的解放。但是,妇女腾出来的时间会用来睡觉和游乐吗?有一点毫无疑问,省时省力的技术发明了很多;但同样毫无疑问的是,人们一点空闲也没有,而且越来越累。当然,我也不愿意将过去想象成美妙的时代。我不怀旧。过往的时代有它的贫乏的痛苦,就如今天有它丰裕的痛苦一样。

记者: 你写到"机器能够在艺术匮乏的地方大行其道",以及"机器有着反抒情的本质",比如"手机将书信所带来的美好期望一扫而空"。法兰克福学派本雅明的《机械复制时代的艺术品》论述了在机械复制时代艺术aura(氛围)的消失,但同时却伴随着艺术民主化的到来。可是当今时代的艺术大部分已经很大程度依赖于电脑、电子化的生产了。本雅明的论述在当今时代有着怎样的意义?

汪民安: 我并不排斥机器。我也离不开机器。我只是指出了一个历史事实。就手机和书信的差异而言,没有手机的时候,缓慢,不便,不确定,等待,等等,所有这些都有它的抒情性。但是,反过来,也有它的困扰、焦虑和不安。

我们必须把机器和艺术的关系放在一个历史的脉络中来理

解。在不同的时代，它们存在着不同的关系，而且，机器和艺术的概念也在发生历史性的变化。本雅明是一个敏感的预言家。他在20世纪30年代写了这篇文章。他较早地谈到了艺术和技术的关系问题。但实际上，艺术光晕的消失，不仅仅是技术的变化所导致的。我们看到杜尚（Duchamp）在这之前的工作早就从另一个方面抹掉了艺术的光晕。古典艺术总的来说是一门手艺，正是独一无二的手艺才是这光晕的根源。本雅明遗憾地发现了手艺的消失，但是他同时也很兴奋地发现了机器促发艺术的新的可能性。他并不排斥机器和艺术的新关系。实际上，艺术的创造和生产方式一直是艺术家所致力的重要内容。随着技术的发展，艺术的生产方式更多样化了。艺术的概念范畴也随之扩大。每个人都可能成为艺术家。或许，在今天，艺术的生产方式可能比艺术最后呈现的形态本身显得更加重要。艺术史，总是关于艺术品的历史，即艺术的呈现形态的历史。或许应该有一部讨论艺术生产，尤其是当代艺术生产的历史著作。

记者：媒体和网络让人们私密空间和公共空间的界限越来越模糊，在其中机器扮演了怎样的作用？比如手机、电脑等是否重新定义了私密空间？

汪民安：我倒是觉得，在网络出现之前，或者更准确地说，在几十年前，我们既没有私密空间也没有公共空间。或者说，我们的私密空间就是公共空间。人们暴露了一切。连内心的秘密都要袒露和交待，更不用说实际性的空间秘密了——城市中的一家好几口人都睡在一个十几米的房间内，哪有什么私密空间？正是因为和别人共享空间，我的一个朋友和他的妻子吵架的时候，愤怒不是大声地爆发宣泄，而是将嘴巴放到对方的耳朵旁压低声音去狠狠地诅咒对方。但是，在过去的十几年中，住房扩大了，人们都享有自己的某个房间，也就是伍尔夫（Woolf）当年所要的"一间自己的屋子"。人们拼命地扩大自己的住房面积，就是对于私密空间渴求的表现。但是，私密空间在今天还以另外的方式出现。这就是你所说的手机空间或者电脑空间。对于许多孩子来说，需要的不再是一间自己的屋子了，而是一台自己的电脑或者手机。就此，私密空间有它的双重性，人们试图获得双重私人空间。但这两个私人空间性质完全不同。电脑中的私人空间可以存放各种观念、思想和情感，而住宅中的私人空间可以存放各种物品和身体。它们有着明确的分工，但是也相互配合、补充。

记者：做饭为何在大多数时刻把女性限制在家庭的厨房空间内，而把男性限制在餐馆的厨房空间内？这是否也是一种社会空间的性别之战？

汪民安：确实，很长一段时间以来，厨房是专属于女性的，甚至是整个家务都是专属于女性的。但现在，女性已经越来越多地走出厨房了。这当然和妇女的社会地位、社会角色的变动，以及人们的妇女观念的变化密切相关。不仅仅是厨房功能，许多传统上赋予妇女的角色和功能，甚至包括抚育孩子这样的功能，现在都越来越趋向中性化了。我想，妇女外出工作，获得经济自主性，是这一切变化的最根本所在。我的印象是，厨房现在已经变成一个中性空间了。但是，餐馆中的大厨确实是男人，而且一直是男人。这是因为这份工作是被浓烈的油烟熏烤？更需要体力？还是因为男人更擅长这门烹饪技术，更能掌控一个大的餐桌局面？我不太肯定。不过，餐馆厨房中配菜的好像多是女人。女人在此是个配角，尽管她也可以下厨。在男人和女人同在的一个公共空间中，女人通常是配角。无论是在餐馆沸腾而喧嚣的厨房间，还是在一个明亮而宽敞的办公室里，都是如此。

记者： 你在书中写道："传统的以血缘和夫妻关系缔造的家庭伦理已经被90年代以来大规模的空间生产吞噬了，空间锻造人们的习性，生产了主体。"那么未来的家庭伦理是否会随着对空间住房观念的变化而改变？比如空间观念的变化对独身者等会有怎样的影响？

汪民安： 列斐伏尔（Lefebvre）的伟大著作告诉我们，空间不仅仅是一个中性的容纳器皿，它还有其强烈的主动的生产性。空间的变化，可能导致社会的变化。没有什么比当前的中国的空间战争更多地体现了这一洞见了。是的，有了自己的单独住房，可以不用结婚了。反过来，因为没有自己的住房，就只好同有住房的人结婚了。结婚和离婚的理由，常常落实在住房的问题上。住房是婚姻关系的重要要素，它对家庭伦理有致命的影响。它包括孩子的出生和抚养，老年人和子女是否住在一起，是否接待家庭成员之外的客人，等等。最重要的是，住房，是一个家庭在一段时间内的头等大事。它沉重地塞满了人们的意识，使人们无暇旁及。

空间的变化甚至不限于家庭结构内部的伦理关系，它甚至会改变人们的生活观念和态度。农民一旦住进了高楼，他就不是农民了。不仅仅是身份上的变化，他的习惯也变了。他进门要脱鞋，要注意卫生，不能随便扔垃圾。他逐渐地被楼房规训了。我觉得中国这十几年的空间生产，全面地改造了人们的生活和观念——它比一切说教，一切制度，乃至一切惩罚都有效得多。如果要改变一个人，就去改变他的空间吧！如果要改变一个民族，就把这个民族的所有的房子都拆掉重建吧！

记者：《论家用电器》是从自己的个人经验出发来展开的论述。在学术研究领域，可否具体谈谈个体经验的价值？

汪民安：真正的学术研究都是从自己的个人经验出发来展开论述的。对一个人文学者来说，客观地去分析这个世界是不可能的。这一点，没有人比尼采论述得更有力了。尼采说强大的思考都是一种力的释放和投射，是铁锤般的敲打，是身体的竞技。而这一切，都是个体化的，是偶然的，是以个人经验和身体作为基础的。拉图尔（Latour）甚至说，所谓的"科学"知识都是从个人经验着手而偶然获取的。我相信，人文科学领域，没有个人经验的研究是死的研究。一个人如果没有敏锐的感受能力，他如何有独特的洞见呢？我们看到了无计其数的充满着强烈八股味的论文，发表在各种学术期刊和大学学报上。那里面没有个人经验，只有大而化之的人云亦云的陈词滥调，但不幸的是，我们这个庞大而僵化的学术机器需要这些东西来填充而得以运转。

关于欧陆思想和其他

记者：多年来你主持和组织翻译了许多西方文化理论的著作，由你主编的河南大学出版社出版的"人文科学译丛",选入了大量后马克思主义文化研究的学者,如阿甘本、巴迪欧(Badiou)、朱迪斯·巴特勒(Judith Butler)、齐泽克(Žižek)等西方左翼学者,你选择这套书的标准是什么?

汪民安: 我从90年代中期开始做过很长一段时间的编辑。我曾经和社科院的王逢振先生合作编辑过一套丛书"知识分子图书馆"。那套书主要以批评理论为主。就是现在人们不太恰当地笼而统之地称之为后现代的那些理论著作。你可能不了解90年代中期的学术界和出版界的情况。80年代曾经有过大规模的翻译,但是90年代初期因为各种原因中断了。整个90年代翻译过来的书非常少。我们在那个时候组织翻译了德里达、詹姆逊(Jameson)、赛义德(Said)和保罗·德曼(Paul de Man)等人的著作。那可能是国内第一次系统翻译西方学院左派的著作。后来我去大学教书,这套书大概出了30本左右就中断了。这套书选的作品大都是西方七八十年代的著述。河南大学出版社的这套丛书跟"知识分子图书馆"有连续关系,但是,这套书以2000年后的出版著作为主。这些作者也更年轻一些,是现在正活跃的西方影响比较大的理论家。我和丛书的编辑杨全强共同制定的书单中还有更年轻的哲学家,比如梅亚苏(Meillassoux)、哈曼(Harman)等,他们生于60年代,刚刚作为一个流派崛起。总的来说,在理论出版方面,我们试图做到跟西方同步。我们希望通过这套书及时了解西方当前的理论进展。不过,坦率地说,在这方面,我们和他们的差异太大了,几乎没有共同语言,仿佛不是生活在同一个世界。

我相信，如果梅亚苏来中国参加一个理论讨论会的话，他肯定不明白为什么我们还会这么说，反过来也是如此。相比文学和艺术而言，理论的隔膜真的是越来越大了。如果说，经济领域确实有一个全球化进程的话，理论领域却看不到这个趋势。

记者：这些当代的欧陆著作对中国有何影响？他们能够对中国做出解释吗？或者说，他们对中国学界有什么影响？中国学者如何发展出自己的思想和哲学框架？

汪民安：每一本书都有它的命运，都会产生其特有的效果。本雅明说过，一本书一旦被翻译，它原有的生命就死掉了。它在一个新的语境中获得新生。这些理论著作到底在中国学界获得怎样的新生命？我真的无从判断，因为我看不出来产生了什么明显的影响。我知道有一些年轻人感兴趣。但大体上来说，哲学界和理论界都没有表示出明显的热情。中国现在是一个经济大国，其必然结果是人们越来越自信了。学术界也越来越自信了，仿佛经济起来了学术就自然起来了。大家都关起门来自己琢磨，都以为自己在发现重要的中国问题，在寻找重要的中国答案，都要搞各种中国学派。这绝对是一个幻觉——至少，在当代哲学和理论领域，我没有看到太多有意思的东西。现在的问题是，西方的理论著作翻译过来了，但是，我们并不认真对待它们，许多狂妄自大的人还抱有轻蔑之意。

那么，这些翻译过来的著作是否真的有价值呢？如果说，我们总是抱着解释中国问题的实用态度去对待这些著作的话，它们中可能确实有相当一部分不太有用，它们以它们的传统为根基。

但是，哲学和理论本身充满着魅力，这种魅力甚至是跨文化的。你看，福柯的尖锐，德勒兹的奇诡，德里达的踌躇，它们本身就构成伟大的艺术杰作。我相信敏感的心灵都能对此有所领会。哲学的魅力远远超出了它的实用性，要不然，柏拉图或者老庄怎么还能打动我们呢——他们在今天的中国真的没有实用性，他们解释不了中国。

至于中国学者如何发展自己的思想和哲学框架，我真的不知道。一种成熟思想的兴起，需要各种机缘。它是历史巧合的结果。

记者： 切·格瓦拉（Che Guevara）已经成为左翼符号，被消费，齐泽克这类学术明星也已经成品牌了。鲍德里亚说，消费社会可以把一切不和谐的东西吸纳进商业循环里。西方左翼思想这些年是不是并无什么攻坚点，变得越来越自说自话了？

汪民安： 今天，资本的力量太强大了。它好像无往而不胜。越是激烈地对抗它，也越是为它所乐见。齐泽克是反资本主义的旗手，但是，他自己也承认，他从资本主义那里所获甚多。他甚至开玩笑地说，那些猛烈批判资本主义的学院左派，内心深处并不希望资本主义垮台，如果真的垮台了，这些知识分子就没有靶子可以攻击了，就面临无事可干乃至失业的局面。资本主义的商业逻辑会赋予反对他的旗手一个品牌，齐泽克也有意地打造这样一个品牌。他像是在和资本主义上演双簧戏。不过，更有意思的是，齐泽克自己挑明了这一点。他自曝其丑。但正是这一点，使得他好像又脱离了资本主义的逻辑，要知道，其他的知识分子都在拼命地掩盖这一点，都装出和资本主义势不两立的样子。这是他和以前所有知识分子不一样的地方。他以自曝其丑的方式再次嘲笑了资产阶级虚伪的伦理面孔。

至于说到西方的左翼思想在政治上的努力，影响最大的当属巴迪欧和齐泽克提出了"共产主义假说"，他们试图重新将共产主义纳入到他们的目标视野中来。他们的学术声望和勇气使这个一度完全被人遗忘的话题重新变得热闹起来。但是，路径在哪里呢？

记者：这样说来，反抗有用吗？你对待资本是什么态度？你的政治取向呢？

汪民安：用金钱来衡量的人生太没有意思了，这是一个显而易见的经验，许多人都清楚这一点。但是，资本主义的真正罪恶就在于它只推崇这种价值观，而且让所有的人都驯服于这种价值观，罕见例外。如果说在今天还有什么了不起的人的话，那就是超越这种价值观去生活的人，是有意将自己变成一个失败者，一个穷人的人。无数的成功励志的故事都是发财梦的实现，但我特别想听到一个自愿失败的人的故事，一个因为自己失败、潦倒和穷困而感到自豪的人的故事。但我没有听到这样的故事。许多人在批判资本——就像我现在在做的那样——但是，他们也不拒绝资本。资本主义会将批判的声音驯化，削弱它们的锋芒，扭转它们的方向，但是，这并不意味着批判无用。无论出于什么动机，也无论是否被资本所吞噬，批判总是比沉默要好，哪怕是虚伪的批判。它们总归是一种意见，会传播开来，会动摇资本主义的那个反动而无趣的价值观。

　　在这个时代，知识分子好像必须要有一个政治取向。没有政治取向就好像不是知识分子似的。总体来说，政治不太有意思。我对所谓的总体政治不敏感，没有总的取向，如果说得更明确一点的话，我对政治理念这个东西本身持怀疑态度——我无法知道怎样一个社会才是合理的社会。我的印象是没有一个社会是合理的；没有一段历史没有遭到质疑，反过来，没有一段历史没有被美化过，无论这个社会曾经致力于平等，还是这个社会曾经致力于自由。也许，人们永远不会对现有的社会满意，人们总是在期待一个更好的更合理的社会，至于这个社会是什么样的形态，我们暂且不去管它，我们要做的只是改掉现有社会的显而易见的弊端，因此，指出问题这一点非常重要。与其说我对政治感兴趣，不如说，我只是对事件感兴趣。我对每个事件，对具体的事件，都有自己的判断和看法。但是，我围绕着这些事件的种种看法，并无法形成一个清晰而明确的政治立场。而且，我愿意从事件本身出发来表达我的看法，而不是相反，即从一个先在的理念出发来表达我对事件的看法。我不愿意用理念去强暴事件。

二 绘 画

李青,《乡村教堂》,2014—2015年,
木、有机玻璃、金属、油彩,597×564×528cm

何谓展览：艺术、物质性和体制

对于一个职业画家而言，一张画诞生的机缘是什么？也就是说，人们出于什么样的原因来画一张画？这样的答案可能无计其数。人们会说，一张画是偶然的灵感产物，但也可能是理性深思熟虑的产物；一张画是随意的敷衍之作，但也可能是精心的刻意之作；一张画是艺术家的创造冲动，但也可能是受托于他人的订购；一张画是意识形态的召唤结果，但也可能是个人内在情趣的自然抒发。总之，人们难以明确地指出一张画的诞生根源：一张画既可能内在于自己的创作系统中，同时也可能内在于政治或者市场的体制系统之中。

就像人们出于各种各样的原因去画一张画一样，人们也用各种各样的方式去完成一张画。这张画完成后，它会出现在美术馆或者画廊的展厅中，同别的画一道被精心地布置、悬挂在墙上，等待着目光的眷顾。每一张画都要强调和展示它的独一无二性，都要尽可能地根除与这幅画无关的一切，以保持它图像的单纯性和完整性——画面的图像就是它的一切，就是它的全部生命。这个时候，绘画的意图和过程，绘画的全部生产机制，在美术馆墙面上的绘画作品中都被刻意地隐藏起来了，似乎它们会破坏图像的纯洁性。绘画假定这不是绘画的一部分，假定绘画只有最终的图像目标。绘画也假定人们没有兴趣了解这一切，好像它是从天而降似的。绘画只保留了艺术家的签名，那个签名代表了一切的同时也因此省略了这一切。

但是，艺术作品的生产过程，包括作者的意图，难道不是作品的一部分吗——生产过程难道不能内在地融入艺术作品之中吗？在布莱希特（Brecht）的戏剧和戈达尔的电影中，艺术的创造过程通常被纳入到作品的最终形态中。生产过程构成作品的一个有机部分，并在此表现出它们的可见性。布莱希特让演员不断地从戏剧表演中疏离出来，从而不断地吐露自己的表演行为，表演行为不是被戏剧所掩饰掉，而是固执地存在于戏剧中。同样，戈达尔的电影也通常呈现出电影的拍摄过程，这种插入的过程常常打乱电影的流畅情节，使得电影的自然和"真实"的形象受到质疑。他们这么做的目的不过是表明，艺术总是被生产的，是被人为地创造出来的，艺术作品与其说是一种自然的神话，毋宁说是人为的创造。

而在美术馆中，绘画的展示形式几乎总是呈现作品的最终形态。人们在这里看不到画家在画布前面殚精竭虑的孤单背影，看不到他的激情、迷茫、忧郁和欣喜。当然，更看不到具体的构思、修改、删减、覆盖、涂抹，也就是说，画作一旦在场，绘画行为和艺术家的形象就隐没了。这张画的所有前史也隐没了——绘画只以此刻的形象出现。仿佛它生来就是如此，或者说，它仿佛生来就在这面墙上。它只有这一个机会，它只有在此刻此地同特定的人们相遇。这是它留给人们真实的，也是唯一的瞬间印象。但是，人们都知道，它有一个诞生的原因，有一个生产的历史，甚至还有一个诞生后的事后命运。而所有这些，一张画的全部命运，难道不能同时展现吗？也就是，一幅画的展览，难道不能展示它的传记吗？展览，难道不能将一幅画历史化吗？如果说，美术馆的展示通常是将艺术作品去历史化的话，那么，我们在此要做的，就是试图让艺术作品重新历史化，就是要恢复那些通常被美术馆所要刻意根除的东西。我们要展示的，不仅仅是一张画（就像平时人们所看到的一张画那样），而是画这张画的全部意图和过程，要展示这张画全部的生产机制，要展示艺术家在画布面前的踌躇或冲动。更重要的是，要展示出这张画从开始画一直到此时此刻它的全部历史。哪怕这个历史非常短暂——的确，在此，有些作品就是刚刚完成的。

显而易见，无论一张画诞生的时间有多么短暂，围绕着它们总是会发生一些"事件"。我们在展示它的生产机制的同时，也要展示所有这些到目前为止的"事件"。毫无疑问，所有这些已发生的事件都是这个作品漫长人生的一些片段。因为，这里展出的作品注定会长久地存在下去，没有人知道它们的最终结局，也没有人预料到它们的无尽生涯中还会出现哪些惊心动魄或者波澜不惊的故事，因为它们注定比今天的我们都活得长久，甚至长久得会令人无法想象。因此，这个展览所记录的，不过是这些绘画作品漫长生涯的一个开端。在某种意义上，这个展览本身既是对画作的一种总结性记录，它同时也是围绕着一张画而发生的一个事件，它是这些画作已经发生的众多事件中的一个最新事件：它通过各种方式，以各种理由，将它们从四面八方搬运到这里来，让它悬挂于此，接受当地人们的观看。因此，展览本身也不过是一张画的漫长传奇故事中的一个最新篇章。展览结束后，这些画作重新开始了它们的征途。人们可以想象，它们会回到某个地点，长久或者短期呆在那里，然后再次移动。绘画的历史，既是时间的历史，也是地理的历史。每一张画都会勾勒出一张复杂的地理线路，每一张画都有一个游牧的历史。

当然，游牧的路线复杂，但是游牧的时间短暂。大部分画作还是长时期地被关闭在密室之中。展览则是让一张画从黑暗中短暂地浮现。大多数人只有通过展览才能看到画作，而且，只能看到画作的图像本身。但是，这个展览，不仅是让人们看到这张画，还让人们看到它的历史，看到它诞生之初到现在的历史，看到它的回顾史。这种回顾之所以是必要的，是因为它可以让人看出来一个时代（无论它是多么短暂）是如何来处置一张画的。绘画的故事，实际上就是一张画和它的时代的故事。也就是说，一张画是如何嵌入到这个时代中来的：时代是如何生产、捕捉和消费它的。因此，这里要展示的是一张画，但也包括处置绘画的艺术制度。

一张画和它所属的艺术体制存在着怎样的关系？毫无疑问，这样的关系一直在变动之中——只要跟二十年前进行比较，我们就会发现，艺术体制发生了巨大的变化。一张画出生在哪个时代，遭遇哪些事件，多多少少有它的理由。因为它是它所属的体制的产物。但是，在它的漫长生涯中，它会经历各种艺术体制。一张画，有无以计数的流传命运。它有时候蛰伏，有时候动荡；有时候沉默，有时候呼啸。无论如何，它可以毫不费力地冲破各种时空加于它的限制。它要存活下来，真正的对手只是它自己的物质性，是它作为一个物件的可保留的物理时间。这个时候，人们不仅是将绘画当作艺术品来看待，而且也将它当作物件来对待。它是一个有体积和重量的物件，是一个画框、画布和各种颜料等组成的整体，是一个会毁灭和死亡的人造物。就此，人们要耐心和审慎地呵护它。也就是说，人们不仅要去认真地对待它的图像，而且要认真地对待它的身体：一个物的身体。绘画越是存活得久，保管它的任务就越是比欣赏它的义务显得紧迫。面对一件画作，头等大事就是，如何避免它的毁坏和遗失（虽然有保险制度在确保它的安全）。

对每一张画而言，它的作者，画出它的那个艺术家，拥有和保管它的时间非常短暂。严格地说，绘画一旦被创造出来，它就离开了画家之手，开始了它四处颠簸的传奇命运。任何一个人只不过是绘画命运临时性的驾驭者。他们出于不同的目标，以各种各样的方式，像接力棒一样将画作传递下去。传递既可能是一种和平的交接，也可能是一种居心叵测的争斗。画作就在这种传递过程中书写自己的非凡历史。每个传递者都将自己的烙印深深地撰写在画作之上。绘画作为一个物体，就这样在历史的长河中飘零。在这个过程中，绘画要经受各种各样的意义折磨和市场折磨。它不仅可能和它最初的生产意图南辕北辙，甚至可能同任何一个日后的收藏者的意图相互抵牾。谁能预料它的最终命运呢？——《富春山居图》绝对不会想到它会一分为二，并且身处相隔数千里的两个场所。

正是这样，每件绘画作品的意义都是临时性的，而它的身体则是永恒的。人们乐意看到它的意义在不同时代的繁殖，确实，艺术品的意义是历史不断赋值的产物，人们会在不同的历史时段内给予一部作品以不同的价值——艺术家这个时候已经作古，他对此无能为力。不仅是他的命运，也包括他的艺术作品的命运，都完全被他从未谋面的后来者所掌控。相比之下，人们尽量阻止画作的身体在历史中的变化。为了艺术品的保存，人们修建了不计其数的博物馆和美术馆，这些博物馆和美术馆不仅保护、接纳和展示艺术品，而且重新给予艺术作品以价值，它们和不计其数的学者和收藏家一道，在加工和重建艺术品的意义。但是，在那些无数的艺术作品中，到底是哪些艺术作品幸运地被美术馆选中？所有这些艺术品毫无例外地是通过一系列的操作——它们包括各种遴选和评价机制、收藏规划、经费预算、人事变动甚至机构趣味——而进入到某个特定的美术馆中。

所有这些操作难道不是艺术品本身的一部分？它们内在地镶嵌在艺术作品中，并且构成了艺术体制本身。尽管人们难以确切地辨认出这个体制是什么，但是，它总是在那里既神秘而又公开地发挥作用。艺术体制和艺术品打交道的时候，既有强大的惯性，也有足够的灵活性。它们伺机而动，将艺术品纳入到自己的组织之中，同时也根据艺术品来灵活地调整自己的架构。艺术体制和艺术品相互适应对方，在这个意义上，艺术的历史，也是艺术体制的历史。艺术品的展出和收藏，在某种意义上毫不逊色于它的生产和创作。美术馆和艺术史家的加工毫不逊色于艺术家的创造。

因此，艺术史也许不再是作品的历史，准确地说，它应该囊括三个要素：艺术作品，艺术作品的物质性（身体），艺术体制。我们这里的工作，就是试图对这三个方面的同时展示，展示它们复杂的历史交错。在此，展览不是试图霸占一件画作的最终意义，而是试图展示一件画作在漫长历史长河中的一个偶然瞬间。

平淡的颂歌

将宣纸进行裁剪，将它们浸染、着色，在画布上进行反复地粘贴，使之充满着画布并覆盖画布——这就是梁铨看上去平淡无奇的工作。在此，宣纸不是图像的承载，而是直接被展示；作为表现工具的宣纸，变成了表现的素材本身；在宣纸上画画变成了对宣纸的浸染和拼贴。梁铨在这种日复一日的重复性工作中，得到了什么？

梁铨喜欢这种制作过程。制作能给他带来快乐。有裁剪的快乐就有缝合的快乐；有破坏的快乐就有修复的快乐；有浸染的快乐就有抹平的快乐。在此，裁剪是一种破坏、一种断裂、一种分离，而拼贴则是一种修补、弥合、重逢——裁剪就是为了重逢的分离，为了弥合的撕裂，为了修补的破坏。但是，这所有的裁剪和重逢——它们需要耐心，需要身躯、目光和双手在光阴的笼罩下缓缓地移动——这绝非一种无谓的重复。梁铨一直在重复这项工作，这是双重意义上的重复：将碎纸进行修复式的重复；将这种制作过程一再地重复。在这种修补和双重的重复过程中到底发生了什么？

在此，修补和粘贴的过程是一种创造的过程，重复是一种差异的重复。有一种创造性的重复，一种乏味的机器般的重复。如何区分一种创造性的重复和一种忧郁呆滞的重复？如何区分一种肯定性的重复和一种否定性的重复？许多艺术家一直在改换主题，一直在创造，他们为重复所困扰，重复使得他们陷入焦虑；因此，他们要摆脱重复。但还有许多艺术家一直在重复，重复丝毫没有将他们陷入困扰，重复让人们安心，让人们兴趣盎然。就积极的重复而言，每一次创作都会有新的感觉，每一次写作都是一次词语的历险；同样，对于梁铨来说，每一次浸染、粘连和拼贴都是一种冒险，都是一次新的感受，都是一次新的创造。尽管每次的工作程序是一致的，但是，每次的感受是不一致的。这是重复带来的差异，重复总是生产出差异。就像钢琴家在弹奏同样曲调的时候，每次都会有新的感受，他每次坐到钢琴前，总是有一种面对未知的喜悦。就像一个作家每次拿起同样的笔，每次召唤出同样字词的时候，总是会有一些在他意料之外的句子、段落和语言出现。他可以将同一类字词写出迥然不同的差异性来。或许，这也是梁铨的创作状态，他总是面对那些纸，总是借用那几把刀，甚至总是借用那些墨、颜料、茶渍或其他的色素（图1），他面对的总是那几种材料，他甚至总是遵循同样的工序，但是，他每次都创造出不一样的结果，或者说，每次都创造出他自己难

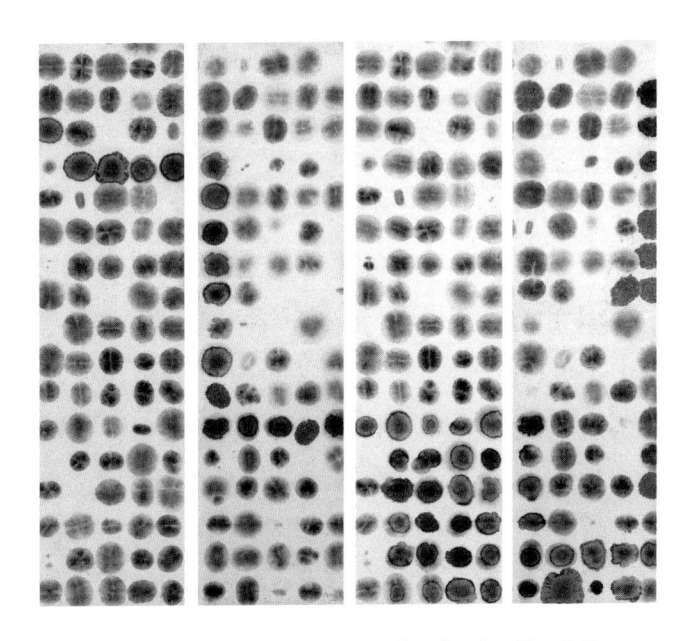

图1 梁铨，《茶和一点点咖啡》，2001年，咖啡、茶、色、墨、宣纸，178×48cm

以预料到的结果来。一旦开始了工作，这些被裁剪的纸片好像在自我繁殖、自我链接、自我生成、自我粘贴，它们好像摆脱了艺术家的操纵，它们遵循自己的体系，沿着自己的路径在运转。艺术家好像脱离了创造，他在追随着纸片的运转，他被他的工作所引导，被下一个潜能所激发，他一边浸染、粘贴，一边感受、玩味，每次粘贴都是一次创造和发现，每次粘贴可能带来一种喜悦，也可能带来一丝沮丧。因此，每次粘贴都是一次尝试，一次对未知的探索。每次粘贴都是对画布的覆盖，也是对画布的打开——最终是对世界的覆盖和打开。

就此，这种重复性的粘贴不也是一种情感在工作？不也是一种冲淡的喜悦在流转？不也是一种耐心的平静在消耗时光从而也在对抗时光？裁剪和重逢，这平淡无奇但却生机勃勃的游戏，不也是孩童的冥顽天性？不也是取消各种杂念的纯粹消耗之乐从而也是最初始的艺术之乐？在此，艺术和游戏在一种平静的喜悦中融为一体。它们都是精力的消耗，都是一种破坏和修复的轮回，都是摆脱了实用目标的纯粹之乐。

也正是这种无尽的重复，使得这种快乐能够延伸下去，同时也使得这个拼贴出来的世界难以终结。我们甚至可以说，梁铨一直在创造和打开一个世界，即便这件作品完成了也是如此。我们也可以说，梁铨在创造一个大作品，一个无限的作品。他的每件完成的作品都是这个大作品中的一个，或者是他的无限作品中的一个单元。这些完成了的单件作品，在他的大作品中发生共振。重复带来了共振。对于一件具体的作品而言，是每个纸片之间的共鸣。每个纸片，每个画布上粘贴在一起的纸片，相互应答，相互附和，没有中心，没有焦点（它们在画框里面多么平坦），梁铨让它们保持着呼应，让它们和谐地共鸣。它们的色彩就是它们的音响，是它们的情绪、爱欲和意志。色彩的差异，恰好是共鸣之根基。它们因差异而区分，也因差异而应答和回响。而纸片之间的粘贴之线则是它们的间隙，是它们的变奏、差异、界桩；是它们的暂停、开口、间隙、桥梁。这些线有不可思议的表现性，它们既是绘画的显赫所在，也是绘画的密语所在。它们背负了多种多样的二重性：是破碎，也是补丁；是空洞，也是填充；是微风,也是劲草;是休憩,也是醒觉;是阴影,也是曙光。这些布满了画面的线,这些或长或短、或正或邪的线,它们是碎片的标示,也是整体的缝合。它们暗示了差异,也意味着某种凌乱和变异的总体。

这些线大多数时候是一种肤浅的沟壑,但有时候是一种陡峭的转折,它们在区隔的同时,却令人有一种穿过它们、截断它们、抵制它们的欲望,它们彼此之间断裂、延伸、平行、交错、呼应,就如同纸片和纸片一样,它们也在对话,在诋毁;在嬉戏,在抗争;在呼应,在分歧;正是这些线,这些缝合之线,这些意图让不同的纸片进行缝合之线,构成画面最基本的语言,它们构成画面无数的细小之嘴,在平静地呼吸。这些线,要缝合的恰好是它们要吐露的;它们要吐露的,正好是要被缝合的。画面就此出现了一种吞吐,一种缓慢的呼吸,一种柔声细语,一种说话和沉默的轻微张力。它们好像从画面上跳跃出来,进而反衬了纸片的平静。纸片仿佛在宽容同时也是无可奈何地让它们跳跃。这些缝合之线,仿佛挡住了一切,没有漏洞,没有纵深。但是,它们又仿佛穿透了一切,泄露了一切,泄露的是宁静的密语,而非狂躁的叫喊。

最终,这形成了一种毫不矫饰和夸张的平衡。在这里,所有这些浸染、粘贴和制作,最终抵达了一种平衡状态,一种有着轻微涟漪的平衡,一种并非剧烈动荡而导致的平衡。梁铨致力于这种平衡,即便画面上偶然有些突兀的色彩和曲折的拐弯。这些平衡是线条、纸片和色彩的互动效果。在梁铨的画面上,规则和凌乱，饱满和空隙，快进和舒缓，稀薄和绵密，同时呈现，同时制约。它们不是单方面的下降或者上升，不是单向度的积累或者削弱，相反，它们有纷繁的变向，有细微的转折，有难以辨认的缠绕，有缓慢的过渡，它们因地制宜，变通，迂回，拐弯，覆盖，从而驯服任何极端而获得一种总体的平衡。这是这些作品从未走向激进的原因。在此，歪曲在刺破规则，而规则降服了歪曲；空隙从饱和中露面，但饱和压制空隙的扩张；松散在拆解绵密，而绵密总在捆绑松散。就此，人们在饱和中看到了空隙，在绵密中看到了松散，在规范中看到了歪曲。它们在两个端点之间不断地变化（色彩的变化，线条的变化，纸片大小的变化）。这些变化意味着绝不停滞的运动，以及由此带来的舒缓节奏。而这种运动所产生的平衡，又使得变化毫不喧哗。运动在此化为平静的呼吸，而不是急切的喘息。在此，画面在呼吸，仿佛艺术家在呼吸，观众在呼吸，画布的周遭在呼吸——人们在这些画面面前不得不安静下来，他们只能平静地呼吸——这是一个辩证而调和的世界，它充满宁静，但也尽情地跳跃；它沉默无语，但也抒情歌唱。这是平淡之颂歌，一扫暴躁和忧郁、激情和苦痛、尖锐和肤浅的剧烈对照。是的，这些作品，是平淡之颂歌。或者说将颂歌，对生活的颂歌，化为平淡。这些细小的纸片被细致粘贴在一起而构成的平面画面，能够挡住大风的迅疾，但是，也能容忍微风的悄悄渗透。

绘画的童年与激进

在夏小万的这件巨幅作品（图2）中，人们能看到20世纪几乎所有绘画流派的风格都被囊括其中。它们以一种特殊的方式混合在一起，既有局部的写实，也有各种各样的抽象；既有超现实主义的神秘梦幻，也有表现主义的激情宣泄；既有现代主义所固有的暴躁，也有波普风格所特有的嬉戏。夏小万力图将20世纪的诸种绘画风格融入一炉，但是，他又不将它们生硬地拼凑出来，这种种绘画风格（夏小万毫无疑问对它们非常熟悉，他能熟练地掌握它们的技巧），在这里融合成为一个独一无二的风格，一个难以言说的风格，一个只属于夏小万的风格——人们在这里确实看到了一个综合性的但却又是风格统一的画面。但是，用什么画面来使得这种包罗万象的风格趋于纯一化呢？正是在这里，夏小万选择了一个宏大主题，也可以说，选择了一个模糊主题，只有一个模糊而巨大的主题才能容得下这样的风格。在这个模糊的主

图2　夏小万,《传说》,2015年,纸上色粉笔,132张拼贴,1 200×450cm

题中,有虚构,有故事,有传说,有宗教,有历史——它唯独没有现实。人们在这里看到了什么?荒蛮时代?人类的起源?文明的演进?历史的吊诡?人们似乎还看到了大海、天空、地球、宇宙;看到了神魔、怪兽、鬼魂、人妖,人们似乎看到了一个巨大而模糊的文明寓言,一个关于人类进程的恢弘叙事。或者相反的,人们看到的是对这一切的惊人质疑,是一场有关文明假说的游戏式拷问。这既是绘画主题的大综合,也是绘画风格的大综合,它们要有机地融为一体,就务必以巨幅尺度展开,从而构成一幅绘画的百科全书。这样一幅巨作,展示了一个画家所具有的抱负和野心。

这是什么样的抱负?与其说绘画要提出一个宏大主题(看上去似乎如此),不如说绘画试图借用一个宏大主题来展示一种特殊的绘画实践。夏小万的艺术生涯就是一种不断地探索绘画可能性的生涯。这幅巨作的尝试,是对他之前的玻璃绘画的摆脱。他在玻璃上绘画，这些不同的玻璃组装在一起，从而镶嵌了一个立体空间。绘画正是借用这些立体空间而获得了一个整体性。在此，绘画就是要探索空间，探索深度，探索透视，通过这样的装置方式，绘画被折叠起来，不让它们在一个平面上执意地伸展。而这幅壁画的旨趣刚好相反，它要将立体的绘画，要将三维绘画无限地拉直和伸展，不是将不同局部往深处折叠，而是将不同纸张进行平面地拼贴，不是往纵深的方向汇聚从而获得一种焦点，而是相反地突破每张画纸的束缚，向一个不确定的方向延伸，是摧毁任何一个可能的中心焦点。相较于之前的在玻璃上精心地营造的"空间绘画"而言，夏小万现在是在纸上展示一种无限的"平面绘画"。不仅仅是纸张的平面，而且也是一种构图的平面，一种没有焦点透视的平面。我们看到，绘画抹去了焦点，而获得了一种自由的延伸。绘画不再是去构造一个透视空间，而是在纸上平面地嬉戏。据此，夏小万试图回到一种简单的涂抹。

这种纸上的涂抹如何延伸自己？夏小万致力于打破各种界线。只有将各种界线摧毁，这种伸展才能够自如地展开。我们看到，画面展现了一种巨大的混沌。天地宇宙，人鬼神兽，并没有井井有条地区隔开来，事实上，它们本身也以其巨大的非理性而无法区隔开来，正是因为这些画面的蛮荒和神话色彩，它们才可以串联起来，才可以不顾正常的逻辑串联起来，这恢弘而暧昧的主题，既是支撑巨幅绘画的原因，也是让画面中各要素能够自如地展开的原因。它们一起来到了一个平面世界。它们相互交织，相互挤压，相互侵蚀，它们互相串联在一起，有各种各样的线条将它们贯穿在一起。正是这种种不间断的线条，这些相互覆盖的色块，这些相互搅乱边界的要素，使得画面不停地运动和延伸，因此，绘画既不是区隔的，也不是透视的，而是毫无缝隙地在永恒流动。人们甚至不能清楚地辨析出这个线的编织历程，因为有太多的细节，有太多的枝蔓，有太多的曲折在自发地多角度地运转。说它们是自发的，就是因为画面好像并没有一个理性的过程在掌控，绘画好像是来自偶然的连接，一条线引发另一条线，一个细节引发另一个细节，一个构图引发另一个构图，它们之间是自发衍生的，而不是理性推理的。一般而言，绘画的连接有时候是通过故事来进行的，有时候是通过场景来进行的，有时候是透过梦幻来进行的，它们通过这些方式不断地支撑画面的流动进程。但是，夏小万则是通过自发的衍生方式来进行的，绘画就此有一种难以言说的运动，正是这一暧昧的运动和衍生，使得一张画不断地扩大自己的疆域，不断地自我放大，不断地撑起自身。这并不是通过讲一个复杂离奇的故事，也不是通过对局部细节的盲目放大来支撑一张大画。这完全是一种绘画之线、绘画之色块之间的大规模流动来支撑的。一个场景，一个人物，一个细节，一个姿态，衍生出另外的场景、另外的人物、另外的细节和另外的姿态——但是，它们并没有明确的故事性，或者说，它们的故事并不清晰和确定。显然，这也不同于无止境的拼贴，不是那种任性的生硬拼贴，不是将几个完全不同的要素强行地组装在一起。绘画在这里是一种衍生式的连接，仿佛有一种运势灌注在画面上，在牵引着画面运动，扩张，侵蚀和蔓延。绘画一旦展开，它就在这种运势的冲动下，无法停住，它开始绘制人物，绘制动物，绘制半人半兽之物，绘制天空和海洋，绘制天空和海洋的交接。这种绘制既要越过自身的界线（一个人体的界线，一个动物的界线，一个人兽之间的界线，甚至是越过天空和大海的界线），也要越过一张单独纸面的界线，绘画总是处在一种越界的过程中，它与其说是在讲述一个故事，不如说是在讲述绘画本身进展的故事，讲述绘画的运动故事。因此，我们在画面上看到了延伸、盘旋、连接、交织，看到了令人眼花缭乱的绘画生成：它既不是一种事先的精确构思，也不是一种随意的无所顾忌的想象。它在一个巨大的平面空间中毫无约束地流动，绘画就此变成了一个德勒兹式的平滑空间，而不是一种充满褶皱感的条纹空间。它彻底放弃了透视而在一个平面空间中密集地展开。

这样的绘画选择也就此植根于画家的习性，植根于画家长年的技艺，画家也正是通过这样的绘画来让他的绘画习性保持着可见性。但是，为什么要重新打开绘画的习性？事实上，这甚至不仅仅是打开绘画的习性，而是要回到绘画的童年。或者说，绘画的习性就是要追溯到绘画的童年。夏小万在这里是采用手绘的方式来展开的。他甚至放弃了经典的油画，放弃了一个职业画家最娴熟的手艺。他采用了色粉这种更加初始的手绘方式，在这里，粉笔实际上就是一种纸上涂鸦，它们几乎就是手画出来的，粉笔被手紧紧地握着，它们非常硬朗，毫无弹性，完全听凭手的使唤，在某种意义上，这就是手在直接工作，是手在画画，是手在触摸纸面。这正是它和油画的区别，对后者而言，颜料和画刷都是弹性的，都是流动的，它们是在手的掌控之下，但是，它们有它们的自主性，刷子有它的柔软性，颜料可以在画面上流动，它们并不完全被手所纯粹地掌握。油画是手的工作，但是，也可以说，它是手和颜料和画刷的共同工作，但是，色粉画几乎就是手的工作，几乎就是一种纯粹的手绘，就是手的精确运用。夏小万借此试图回到手绘的状态。一张巨大的画，完全是手工完成。手在纸上完成了一张巨大的画！他试图以此回到绘制的童年，不仅是每个人最初画画的童年，而且也是人类亘古以来的绘画童年。正是在此，夏小万展现了一种超凡的手艺，绘画向着手艺转化，向着童年转化，这并不意味着一种绘画的倒退，相反，在今天各种各样的观念绘画盛行的背景下，这恰恰是一种意味深长的绘画观念，我们甚至要说，这就是一种激进的绘画观念。

绘画、盲视和秘密

范勃用三种方式来处理盲文。

第一种是将盲人的一些日常书写直接展示出来，这是普遍而实用的盲人书写。他们构成了盲人的"便签"，记录了他们的日常生活点滴。这些盲文大都以彩色印刷纸张作为书写的媒介。这些印刷品五花八门，构成现时代斑驳的图像。这就是人们所说的现时代的"景观"。人们就生活在这些图片和景观之中。人们既被它们无所不在地包围，也成为它们的观众。人们都说，我们就进入了这个所谓的景观社会。但是，对于盲人来说，这些景观和图像毫无意义，它们无法包围他们，也无法使他们成为观众。一个如此丰富而斑驳的时代毫无意义。时代被各种图片上展示出来的面孔，在盲人这里被遮蔽了。只有盲人能让时代的喧嚣归于沉寂。只有盲人才能破除景观社会的魔咒。

范勃或许正是意识到了这一点，才收集了大量的盲人在彩色印刷图片上的书写——一方面，这些图片被精心地制作出来试图抓住人们的眼睛，它们的目标就是眼睛，而人们也确实被这些景观所捕获；但另一方面，总是存在着对此的盲视。总是会有一些目光对此视而不见，总是会有人避开时代的各种光芒和景致。

这些图片对于盲人来说，并无视觉的意义。盲人扭转了它们的目标。也就是说，他们一旦将图片作为自己书写载体的时候，这些印刷图片瞬间就失去了它们的意义。它们像是在纸上被抹去了一样。而这些有图案的纸张仅仅变成了盲人书写和记录的媒介。在这里，写作同时也是一种抹擦，盲人写作，就是对图像的抹擦。或者说，盲文的诞生恰好是以图片的抹擦为前提。盲人采用的仅仅是纸张的物质性，或者说，仅仅是作为物质性的纸张。

但是，范勃将这些盲文书写，或者说，将这些彩色图片上的盲文书写，重新激活了，他把它们收集起来，张贴在画廊的墙上。这就重新激活了被盲人所无视的图片本身。现在，是这些图片成为画廊墙壁上的五光十色的图案，它们重新成为绝对的视觉对象；反过来，那些盲文则隐藏在这些图案之中，它们需要被仔细地辨识，也可以说，盲文在这个空间中，隐藏在图片中，它们不是用于辨认、记录和识别的文字，而变成了对图片的轻微干扰，它们星星点点般出没在这些图片的彩色丛林中。也可以说，一旦从盲人那里解脱出来，这些盲文文字就失去了它们的表意功能，而成为一种纯粹的图案形式。盲文被张贴在墙上，就失去了它们的表意功能——就像它们被书写的时候，图案失去了展示功能一样。现在，盲文成为形式，和它们原先置身其上的图片相互配置，变成了一种新型的图案形式。正是这一空间转换，图片和盲文的意义也得以转换。

盲人只是偶然获得这些印刷图片的。因此，这些图片的选择完全是任意的，盲人只是出于（手头）便利使用了它们，每一张图片的使用完全是偶然的。这样，范勃收集起来的这些图片就具有绝对的偶然性。他将这些偶然汇聚的图片张贴在画廊的墙上，我们必须再一次说，正是这种偶然性，我们才能看到这些聚集的图片所展现出来的普遍性：越是偶然的，越是普遍的。我们看到了图片的普遍性，景观的普遍性，时代的普遍性——这甚至是时代的百科全书。但是，充满悖论的是，这恰好是由那些从来不看时代的人，从来不知道时代景观的人，从来对此漠然的人的选择的结果。墙上琳琅满目的符号，是由盲人选择的，同样也是他们所看不见的，但确实是这个时代的普遍表象——这个时代也只有这些表象，它们到处堆砌，塞满在各个角度，塞满在芸芸众生的目光之中。

范勃的第二种方式是在盲人的书写本上来绘画，也就是对盲文的记事本重新书写。这个盲文记事本成为范勃绘画的底稿。绘画覆盖了盲文，但我们也可以说，盲文顽强地渗透在绘画上。这是绘画和盲文书写的交织。范勃并不了解这些盲文的意义。而盲人也无法看到和理解范勃的绘画，他们相互不理解。因此，这种交织绝无意义上的共鸣，它们只是一种构图上的交织。在此，和绘画一样，盲文也成为一种抽空了意义的形式构图。如果说，盲文对于观众而言其意义是不可辨认的，那么，范勃的绘画对于观众而言难道就一定是可以辨认的吗？对于许多观众而言，绘画也是一种盲文——人们曾经对多少伟大的画作闭目塞听啊！现在，范勃的绘画和盲文的组装，它们共同编织的图像难道不也是一种新的盲文吗？同样，尽管是诉诸视觉的，但绘画难道不也是一种手的工作吗？有没有一种无须眼睛仅仅是凭借手的绘画？就如同盲人的书写和绘画。我们可以像盲人那样来画画吗？我们可以摒弃视觉来画画吗？一些视觉艺术家试图闭上眼睛来画画，把自己变成盲人来画画——在有些超现实主义艺术家那里，就有意地以去视觉的方式来绘画，就用无意识来绘画，就放弃了眼睛来绘画。范勃此刻的绘画到底是手的绘画还是眼睛的绘画——如果他是依靠眼睛来绘画的，他怎么能看懂这些盲文呢？他根据什么在这些盲文上来绘画呢？或者说，他为什么选择这些盲文作为他的底本呢？这和他先前在报纸上的绘画迥然不同，对于报纸而言，他需要用眼睛去阅读，他的眼睛理解了那些文字，他的绘画覆盖在那些有明确意义的报纸文字上并同它们发生勾连。但是，这里，在盲文面前，他的眼睛不起作用——至少，就纸上的盲文而言，范勃是闭上了眼睛的。他故意在盲文上画画，他故意以盲文为背景来画画，但是，他根本不了解这些盲文，他选择了它们，但是他是在盲文上盲目地画。这是不是也是一种盲目的画画？这难道不是将自己视作是盲人画家吗？因此，这就是手的绘画？单纯的手的绘画？盲人的手和画家的手，不都是一种训练有素的手？在这里，没有意义的交织，没有目光的交织，而是手的交织，是两双手的交织和竞技：盲人的手和画家的手。这都是训练有素的两双手。这是两双手的对话和游戏。

反过来，盲人的手工作品，对于画家的目光来说，不是绘画吗？它们不是一种抽象画吗？这就是范勃第三种使用盲文的方式。绘画将盲文纳入到它的世界之中。盲文对于盲人而言，是一种记录和书写，但它归属于触觉系统。但是，范勃将盲人的手工书写，一种绝对的触感之物，一种在触感之外毫无意义的对象，重新纳入到视觉系统中来。范勃让它们成为视觉的对象，让它们变成绘画。这是范勃试图打破感官系统封闭性的尝试。

具体地说，范勃收集了大量的盲文检讨书，他将这些检讨书放大了，将它们按照放大的比例制作在白色的画布上。这些盲文一旦放大——尽管只是单纯的放大，它也脱离了盲人的触觉习惯，它变得不可触摸，这样，盲文对于盲人来说就失去了它的意义和效果。同样，对于观众而言，这些放大的盲文仍旧是不可辨认的，盲文对他们来说一种是永恒的障碍。盲文的特征在于，它作为一种视觉对象并不表意；作为一种触觉对象并不能被看到。就此，放大了的盲文不再是盲文！这是盲文作为一种书写的独一无二之处，这就是盲文的秘密！在此，放大的盲文变成了一种纯粹的形式，一种构图，我们要说，变成了一种谁也无法抓住其意义的抽象画。这些画只有秘密，没有具体的"意义"。是的，这就是抽象画，我们在它的意义面前如同盲人一般。但是，这是一种特殊的抽象画。一般来说，抽象画大体上有两种方式：有完全凭借激情的表现式的抽象画，也有构图严谨的理性抽象画，但是，范勃的抽象画既非激情式的，也非理性谋划的。他是以既定的盲文，以现存的盲文为根基的。这种抽象画将盲文的结构作为自身的美学。但是，反过来，我们同样也可以说范勃的这些画毫不抽象，它们如此地具体，如此地真实。因为，他再现了"盲文"，他在"画"盲文；他如此严格逼真地再现了盲文——即便是放大的再现。所有的再现，无论在尺幅上进行放大或缩小式的再现，都绝对是再现。就此，这些画又是高度地"写实的"。因此，这些绘画既是抽象画，也是写实画；既完全摒除了意义（就盲文所说而言），也拥有完全的意义（它就是对盲文的展示）。一方面，它让我们看清了盲文；另一方面，又让我们在这些盲文面前处于一种"盲目"状态，我们越是试图看清这些盲文，我们越是感到自己的盲目。我们在这些画面前，既是观众，也是盲人。

　　作为抽象画，范勃抹去的是盲文的意义。我们通过范勃得知，这些盲文是盲人的检讨书，这是内心秘密的公示。尽管它被张贴，被如此醒目地张贴——检讨书要求张贴，张贴是公开忏悔的方式，一方面泄露自己的内心来忏悔，另一方面对观看者产生警戒——但是，此刻，无人能看懂，此刻没有产生任何的意义，没有任何的惩戒和证明效果。悔过书没有在悔过者和观看者之间产生沟通。对观看者来说，悔过者保守了他绝对的秘密。观看者在这些悔过书面前成为"盲人"。我们要说，在秘密被公开展示的情况下，绘画则保守了这些秘密——考虑到检讨书总是在诉说内心的秘密，因此，这是双重的秘密：书写和绘画的秘密；书写者内心的秘密。展览，是对秘密的展览，也可以说，哪怕秘密被公开地展示出来，被如此精心地展示出来，哪怕在白纸和白墙上

图3 范勃,《B2-1》《B2-2》,2017年,
麻布、油彩、药品,300×200cm ×2

明亮地展示出来,这仍旧是一种秘密,秘密就固守在雪白之中,越是雪白,越是放大,越是视觉上醒目,秘密就隐藏得越深。秘密通过张贴而固守。雪白的画布和墙面包裹的是黑暗的秘密。

包裹起来的不仅仅是秘密,还有画布上无计其数的盲点。谁也不知道这些凸起的白色盲点是由什么制作的，就像谁也不知道这些忏悔书的内容是什么一样。这些盲点也只有一种纯粹的形式感——实际上，范勃使用了大量的维生素作为盲点。他将这些维生素磨光滑，使之在形状上接近盲文的盲点（图3），并用白色的喷漆将它们包裹，最后将它们按照盲文的格式镶嵌在画布上——我们也可以说，这仍旧是一种绘画的探讨。这些盲文的盲点是画布上的基本要素，它们现在是由药丸构成的，而药丸被包裹了，这种包裹，既是一种绘制——在药丸上绘画，将药丸作为画布，在它上面涂抹和喷漆；也是一种秘密——药丸无法显身，它无法自我表达，它保守在自己的内在性中，就像它所意指的盲文一样。盲文和药，构筑了同一种秘密：绘画的不可见性秘密；也分享着同一种秘密：身体感官系统的交换秘密。

作为考古和景观的废墟

　　王家增的最新绘画展示了废弃的工业建筑和机器产品。它们七零八落，满目疮痍，胡乱地堆砌在一片开阔的地带而无人问津。这些废弃物是衰败的表达，它们变成了大地上的垃圾场。这是一个历史试图抛弃的现场，但这个被抛弃的现场却是对历史的顽固记载。这些物质，准确地说，这些物质的碎片，已经失去了任何的功能性，它们就是无用的如同垃圾一般的废物。从画面上能感受到它们是物质的残缺片段，是物质的踪迹，它们隐隐约约地暴露出它们曾经的总体——厂房、汽车、起重机、烟囱、集装箱，它们曾经完美地组装在一起，成为一个既有功能也有象征意义的生产机器。

　　但现在，这些坚硬的钢铁组装还是经不住历史的摧残而变形散布为物质碎片。即便它们此刻沉默无语，但是，它们先前的轰鸣和喧嚣还是能划破这种绘画的安静而被倾听到：这是一个暗淡无光的结局，但是，它们也一定存在着一个朝气蓬勃的开端——它们甚至还有巅峰、辉煌，有它们曲折的或长或短的命运。也就是说，这些物质片段的前史，尽管被剔除在画面之外，但它们并没有在绘画中被压抑，它们还是透过画面上的废墟而潜在地涌现，以回忆的方式涌现。这些绘画是以尾声的方式在归纳历史。它们是凝固的空间，但也将时间和历史收纳其中，让历史毫无保留地堆积在颓败的空间之内。历史的堆积充满强度，以至于人们在这静止的画面中也能感受到历史的波动。现在，这个历史（工厂的历史，工业化的历史，工人阶级及其生活方式的历史）终结了，以废墟的方式终结了。这个废墟再也不可能焕发它的生机，或许它就这样一直存在，以死亡的方式醒目地存在。王家增的绘画就试图让这些衰败、凋敝和死亡不朽——就如同当年的绘画总是让朝气、辉煌和繁盛不朽一样——在20世纪六七十年代，曾有那么多绘画奉献给了初生的充满朝气的工厂和工人，他们喜气洋洋，笑逐颜开，大红大绿。而今天，当年兴起的这些工厂却无力地坍塌在王家增的画面上。当年的绘画喜悦变成了现在的感伤凭吊。当年工人的主人般的欢笑变成了现在工人的无声离开——这些画面的废墟中没有人烟，只有冷酷的被人遗弃的器械。

王家增是以俯视的方式来表达这种凭吊的。画面采用了宽阔的俯视视角——俯视视角一方面拉开了和工厂废墟的距离，它让工厂得以全景式毫无遗漏地呈现，尽管有些厂房庞大，但是，因为这种高空的俯视视角，它们还是能被一览无余，还是作为一堆无足轻重的弃物孤独地趴在无限的大地上，这不是局部的坍塌，而是总体的坍塌；不是主动的坍塌，而是无可奈何的坍塌；不是偶然和不幸的坍塌，而是无可避免的坍塌（他画了一系列这样的画，画了各种尺幅这样的画，就是为了强调这种坍塌的普遍性）。对坍塌的俯视让坍塌的性质昭然若揭。另一方面，这种来自高处的纵览式的鸟瞰，超越了工厂的琐细细节，超越了围绕着工厂的现时争论，甚至超越了工厂本身，而直接抵达了历史的核心——人们顺着画面上的俯视，自然会越过这片废墟进入到一个更宽阔的历史背景中。所有关于这片废墟的历史质疑都会自发涌现。质疑的核心也许不是这片废墟何在，它来自何处，它何时变为废墟，而是这片废墟，这无限多的废墟，这大地上的各种各样的不同的工业废墟，它们是如何历史性地形成的？它们为什么会遍布于大地？在这个意义上，我们说，王家增的这些绘画既是历史的记载，也是历史的质疑。或者说，它们在记录历史的时候，也在反思和质疑历史。它们展示这个具体的历史，同时也在逼问这个历史是如何形成的。它们将废墟永恒化，也将这些拷问和质疑永恒化。这是绘画，也是考古。或者说，这是作为考古的绘画。这是绘画的空间，但是，这个空间中注入了历史；这是物质的记录，但这个物质中注入了意识形态。

不仅如此，这些鸟瞰式的绘画也画出了大地。大地如此开阔地被展示，以至于废弃的工厂和大地紧密地结合起来。工厂是从大地上奠定的，它来自于大地，它的每一个配件都来自大地，它是人们从大地上攫取要素进行加工之后进行组装的结果——人类的历史就是一个攫取、利用大地并在大地上建造的历史。工厂是

图4　王家增,《无名之地13》,2018年,纸上丙烯,195×195cm

这个历史的显赫阶段,现在,它回归了大地,但它是以废墟和变形的方式回到大地,这些来自大地上的每一个要素都经过了残酷而剧烈的变形,它们都经过了人为的淬炼。现在,它们重又匍匐在大地上(图4),但是,它们不可能像树叶那样纯洁无辜地重返大地,喂养大地。现在,它们只是以散布的方式返归大地,它们是强行地回到大地,但并不被大地吸纳,大地只是被动地承受它们,大地无法消化它们。

在这个意义上,这种散布和匍匐在大地上的方式,对大地是一种折磨。而这些废墟构成大地上痛苦的景观。大地在画面上多以灰色出现,它暗淡无光,废墟挤走了草木,令河流干枯,也让大地撕裂。大地因此毫无生机,以至于远方的天空像是受到了大地的感染一样也没有骚动的云彩。一条地平线将大地和天空既连接又区分开来,它们一道分享着昏暗和单调;而废墟就醒目地处在二者之间。在天地之间只有废墟。显然,王家增不仅将工业废墟纳入到人文历史的拷问中,绘画的另一个意图是试图让它们接受自然的检验,接受环境、大地和天空的检验。工业废墟是一个新的自然风景吗?或者说,它们重新构成自然的一部分吗?它们像是树木或者河流一样成为新的风景吗?绘画似乎赋予了废墟以某种光晕。铁锈色赋予了灰暗的大地一抹亮光。讽刺性的是,不是大地充满色彩,而是工厂和废墟充满色彩。这是王家增情不自禁爆发的怀旧(他曾经在工厂工作多年),也是他的美学叹息。在画面上,充满色彩的废墟成为大地的唯一主角,它取代了草木、山川、河流、人丁。这难道不是一种全新而奇异的景观?难道不只是独属于我们这个时代的景观?它无法被一二百年前的人辨认——它既不属于城市,也不属于乡村;既不属于荒漠,也不属于森林——它独属于我们这个时代。只有现时代才能创造出一种特殊的景观,一种大地上前所未有的景观。

我们如何看待这个人造的景观?工厂不仅以废墟的方式来改变大地,而且,它的生产过程强烈地影响着整个地球(废气和废水的排放改变了地球）。更重要的是，我们现在正在经历一个大加速的过程：生产和消费的速度越来越快，创新和淘汰的频率越来越快（不仅是产品被淘汰，而且一个大型工厂也可能被迅速地淘汰）。人类的行动在强烈地影响地球——人们已经提出了人类纪（anthropocene）的问题：在晚近的一二百年间，人类影响地球的强度越来越剧烈，以至于地球现在开始被人类所改变。人们从地球中攫取，是为了养活自己，服务自己，但是，随着大加速的到来，这种攫取过度了，它让地球服务于自己的同时也在侵蚀地球——就像王家增的画面那样，地球和天空因为人的攫取而改变了自己的颜色。这是钢铁般的颜色，这是人类给地球和天空抹上的颜色，这是人类在为地球和天空真实地绘制——这不是绘画的艺术寓言，而就是真实的生存寓言。钢铁堆满了地球，而人却杳无踪迹——这是绘画的想象，但这难道不可能是真实的未来？难道地球终有一日不会如同画面所预言的那样只有塞满双眼的废墟的堆砌？

画布的监禁和反监禁

徐小国的绘画看上去是一种图形的游戏：平面和立体的游戏，线和方形的游戏，空间和直线的游戏，深度和浅表的游戏，甚至是色彩和色彩的游戏。他让两个不同的要素，两个不同的结构彼此纠缠，既让它们各自保留自己的领域，也让它们各自向对方渗透和生成。他总是用一种方式来阻止另一种方式的独大。徐小国的这些画无一例外地找不到一个开端，也找不到一个结尾，只有一个画框的粗暴截断，仿佛是在一个无尽的游戏中线和面（规则的面，无计其数的三角形、四边形乃至难以名状的形）在画布的边缘戛然而止。

徐小国的这些绘画游戏同时也是差异和重复的游戏。这些画在不断地重复，却又在不断地产生差异。这些图形既是孤立的，也可以拼贴成更大的图形，或者说是更大的图形中的一个局部；它既是个体化的，同时也总是总体性的；既是平面的，也是立

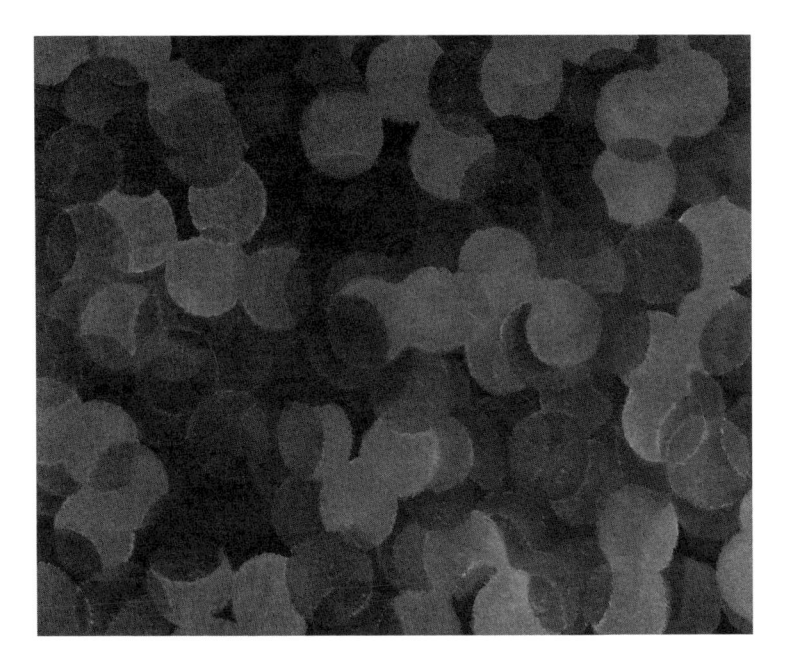

图5　徐小国,《球形组织4》,2015年,布面油画,200×250cm

体的;既是中断的,也是延伸的;既是沉浸于自身的闪烁中,也是作为一个总体闪烁的一部分而完成的。每一个图形完结了,或者说,看上去是一个孤独的图形终止了,但是它却向一个更大的图形生成;在一个更大的图形中,又向着另外的更大的图形再次生成。线和图形都在递进。更重要的是,它可以挤进不同的图形中,它可以同时向好几个图形生成,它可以同时是不同图形的局部。因此,徐小国的画面有无数的图形组合(图5),有无数的图的生产可能,有无数的图形潜能,它在肆意地扩大自己,在肆意地放松自己。徐小国就是这样不断地让绘画增殖，让各种图案增殖，让它们产生各种各样的无尽的绵延之感。人们总是会说时间的绵延，但是，我们在这里看到了空间的绵延，各种图形的绵延，各种几何体的绵延。这种绵延甚至不是任意的播撒，不是那种完全凭借激情和偶然性展开的混沌，而是一种特殊的有计划的图像圈套，一种有序的但又是难以寻找到规律的生成。在此，空间生成出了空间，空间在扩大空间，空间在缠绕空间。这是空间的游戏，它是理性的游戏，但是，它吞没了一切理性，它让理性无所适从，这是理性对抗理性，这是理性的极限诡计。

在这种空间和图形的彼此缠绕中，线似乎在被不停地截断，但又在永恒地延伸。线在此发生变化，有时是突变，有时是渐变；有时是断裂，有时是无限地但却在曲折地延伸。正是因为线的存在，这些直线的存在，使得这些绘画不是一种狂乱的播撒，而是一种有组织的系统的蔓延。由线组成的各种图形（纯粹的图形，三角形，规则或不规则的四边形或多边形）在变化，它们的色彩也在变化，准确地说，这些图形的区分有时候是通过色彩来完成的，也可以说，是通过线来区分的。泾渭分明的色彩的区隔的疆域就构成了线。线是色彩之间的错落。这是色彩的隔断，也是线的表演。是色彩的区分构成了线。

色彩、线条和图形之间的落差，既导致了秩序，也导致了混乱。徐小国的绘画奇特地在秩序和混乱、在组织和迷茫之间达成了平衡。这是一种视觉的秩序，也是一种视觉的混乱。人们在这些严谨的线条和几何图形面前陷入了困惑。似乎越是理性的，就越是令人感到混乱。越是几何形的，就越是让人失去理性。这些绘画在理性和混乱之间保持着一种奇妙的张力。它如同迷宫，但是如同所有的迷宫都是精心设计的一样，这些绘画也是理性绘画，这是绘画的迷宫，也是理性的迷宫。这些作品看起来简单，但是，却有着谜一般的线路。

在此，徐小国充分地利用了线的功能。或者说，他的绘画展示了线的多样功能。首先，线是一个组装，组装成一个笼子，一个囚禁之笼。这是分割之线，也是权力之线。它划分了内和外，封闭和敞开，囚禁和自由，甚至是合法和不合法。这是笼子的含义，这也是束缚之线。其次，线是生成的，它们终究会摆脱这种囚禁之线，它们在四处延伸，在另一个方向打破囚禁，它们通过断裂打破，通过叠加打破，通过交叉打破，通过扭曲打破，也可以通过构成马的线条来打破。就此，每一条线既是切割囚禁的，也是生成的，是去摆脱这种囚禁的。第三，这些线是运动之线，它们在画面上运动，既不是囚禁、封闭和结构，也不是对这种囚禁、封闭和结构的打破，而是单纯的运动。人们在画面上既能看到线的静止状态，也能看到线在流动，它们组织在一起流动，它们在神秘地流动，仿佛是迷宫路径般地流动，人们在找各种线的流动轨迹，它们或者是平行地移动，或者是相向地移动，或者是交错地移动，或者是绕着弯子在移动，或者是相互共鸣地在移动——它们既让画面安静和稳定，也让画面闪耀，让画面发抖。但是，这些流动之线本身并不颤抖，它们是一种纯粹的运动，线就意味着运动，而运动则是一种表演，一种不间断的表演。因此，线在这里既是一种单纯的表演，也是一种脱离了囚禁的表演。在此，线的多重性就在于，它既是一种构架之线，封闭之线，同时也是打破封闭和构架之线，它也是表演之线，运动之线。最后，线在画面上展示了痕迹，它划破了画布的空白，每一条线都是欲望之线，这是划破画布的欲望，这些线像溪流一样在画布上流淌，就像河流在平原上流淌一样。就像河流改变了大地的格局一样，线改变了画布的格局。正是线的无边无际的欲望，才冲破画布的格局。画布将线的欲望，改变的欲望，冲破的欲望，撕裂的欲望和盘托出。因此，这些绘画，一方面，是来表达监禁的，是画布之笼；另一方面，是反监禁的，是反画布的，是将画布本身作为笼子来反对的。在此，画布呈现了监禁，但是也自我颠覆了监禁。

迷人的异托邦

在臧坤坤的画中，人们会看到由各种各样的线所组成的难以名状的图案。他在画面上画出了大量的线，弧线、曲线、直线、锥形线、柱形线，这些线奇奇怪怪，有些很粗，有些很细，有些有规则，有些完全失序。这些线也组成了各种平面或者几何图形：方形、柱形、三角形、环形、梯形、四边形，以及各种各样不规则的图形，它们有时也组成了各种各样的奇诡空间。这些线的组织方式也非常多样：有时候平行，有时候对称，有时候交叉，有时候共振，有时候纠缠，有时候嬉戏，有时候衔接，从而产生各种各样的关系，并构成无计其数的图案。臧坤坤对此乐此不疲——他是个画家，但好像也是一个几何家，一个以线为工具的兢兢业业的制图术士。在他的作品中，很少出现人物，很少出现静物，也很少出现景物。尤其是后来，人物在作品中几乎消失了，甚至空间也消失了。只有单纯的图案，与其说是他是个图像

图6 臧坤坤，《潜能1》，2009—2010年，布面综合媒材，150×480×5cm

学家，不如说他是个图案学家——或者说，他的图像就是他的图案，他是个制作图案的图像学家。

这些图案有何特征？刚开始，臧坤坤还遵循某些规律：相对单纯的圆形（《环形沙发》《霓虹灯》《能量8》），对称的圆圈图形（《无题》），长方形（《室内3》《中国熊猫》《潜能2》），以及无数拼贴的三角形（《潜能1》，图6）；逐渐地，臧坤坤将各种图形组织在一起：长方形和正方形和圆形和椭圆形，以及其他众多的难以描述的图形，等等，它们在一个画面中缠绕在一起，就像不同的线在一个图形中缠绕在一起一样。线的缠绕生成了复杂的图形，而图形的缠绕则生成了更复杂更难以归类的图案。诸如《管道》这样的作品，就是由无数的线（弧线、直线、曲线、圆线）生成了各种各样的图案，这些图案又被一个大的圆圈所贯通从而成为更加复杂的图案。在他最近的作品，尤其是以体育器材为基础的作品中（《无题》《棕色3》），图案的复杂性无以复加，以至于人们在这里找不到任何的图形规律。各种线、各种图形彼此缠绕，彼此渗透，彼此侵犯，也彼此区分，它们难以辨析，这是图案的混沌，它们在一个有限的画布上展示无限的生成潜能：有限之线，生成了无限的图案。

这不是一场线和图的游戏吗？臧坤坤似乎在玩弄一场纯粹的图案游戏。线可以组成哪些图形呢？而图形和图形之间又可以组成什么别的图形呢？他似乎要表明：线的构图潜能何在？图形的构图潜能何在？显然，这里，绘画不是去对外界的描述，也不是对主体内在性的表述，那么，绘画的意图何在？对于臧坤坤而言，他试图探讨的是，绘画表述图案的潜能何在？或者说，绘画能在何种程度上绘制各种各样的图案？没有人比他更在意这件事了。他孜孜不倦地在画布上展现各种各样的图案游戏。因此，这些图案就不是一个确定的客体，不是一种再现之物。许多艺术家都在试图表现线的潜能和图案的潜能。但是，他们总是将线或者图案引入到一个目标之中：线如何来画一个人体，如何来画一个静物，如何来表现一段音乐，或者如何来画一个观念？如何在一张画中组织结构进而完成它的表意功能？各种各样的局部图案，又是怎样构成一张画的表意局部？在臧坤坤这里，情况完全不同。线和其他的线的连接，就是一种单纯的游戏，就是一种单纯的构图，就是一种单纯的图案游戏，而并不将这些图案赋予某种意义，并不将这些图案同外在的世界勾连起来。

因此，人们在这里强烈地感受到了一种纯粹之线，纯粹的线的潜能（它们是如此地怪异，如此地难以和现实发生勾连）。尽管这些图案非常怪异，看上去同超现实主义十分接近，它们也具有一种超现实的特征——人们在这里看不到现实的构造,看到的只是一些怪异的组合,一些梦幻般的现实。但是,臧坤坤绝非超现实的,他非常理性地画出了他的画,他充满构思,而不是让梦在发生作用(超现实主义者强烈希望摆脱理性,他们甚至苦心地发明了催眠术);臧坤坤画的也不是一般意义上的抽象画,既不是类似康定斯基(Кандинский)这样充满激情的抽象画,也不是蒙德里安(Mondrian)那样充满理性的抽象画。对于抽象画而言,形象被消减了,以至于完全没有形象——臧坤坤这里并非没有形象,而是一种特殊的形象,一种有明确构图的形象,只不过这种形象,既不是人也不是物。更准确地说,他的形象是图案,或者说,他画的是形状,是物的形状,但是是没有物的物的形状。在他这里,绘画有形状,但没有物。对抽象画而言,既没有物也没有形状;对写实绘画而言,有形状也有物。而臧坤坤则在形状和物之间有一种全新的发现:它让形状脱离了物。人们总是以物为根基来创造形状,但是,臧坤坤则是抛弃了物来创造形状。而这就是他的图案。这些图案拼命地消减物的特征,它们力图成为没有根基的图案,没有所指的形状——尽管人们有时候能辨认出其中的物来,但是,显然,这些物的物质性毫不重要,它们的意义并不会涌现到画面中来。是的,人们在臧坤坤的画面前会说,这是一张沙发,这是一个气球,这是一个健身器材,这是一个室内空间,这是一棵树,这是一片瓷砖,等等,但是,这些沙发,这些健身器材,这个室内空间,这些树和瓷砖又受到了质疑,他让它们扭曲,让它们发生变体,或者掏空它们,撕裂它们,毁坏它们，让它们的形象破碎，从而让人们从对它们的物质感知中脱离出来。人们真正感受到的还是一种图案，这是关于健身器材、关于沙发、关于霓虹灯的图案，是它们的形状，是一种类似于剪影一样的东西——剪影有形状，但是并没有人体。在此，重要的是图案，而不是物质本身。因此，不难想象，人们在霓虹灯那里看不到光，在沙发那里看不到座位，在健身器材那里看不到体育，在树那里看不到生命；人们只是在这里，看到了各种线条，各种形状，各种具有几何特征的图案。与其说这是在画沙发，画健身器材，不如说，这是在画一种非沙发，非健身器材，非霓虹灯。

臧坤坤对图案如此地感兴趣，以至于他还用实物来构造图案。他用沥青路面（这本身就是不规则的块状）来堆砌一个有高度的不规则图案；他也用卷尺（它本身就是一根柔软的可以随意变动的线条）来制造一个缠绵的但又是充满体积的图案：它们由坠落的曲线、圆形的硬物、曲线堆积而成的体积所构成；他还用木椅，皮草和亚麻布这些毫不相干的物质搭配成一个无以名状的"软体"。所有这些，除了对一种特殊图案和特殊形状的兴趣之外，人们还能发现什么？在这里，作为材料的物质消失了：卷尺消失在复杂的甚至带点唯美意味的图案中；椅子消失在软体中；沥青消失在摇摇欲坠的图案中；剩下的唯有图案，唯有形状。

不仅如此，臧坤坤还将绘画和实物结合起来探讨图案的发生。他在画布上构造图案，同时，也用外在之物插入到画布上来，他试图尝试这不同的材料——画面和实物——能够组成什么样的图案？将钉子钉上画布有一种什么样的图案效果？在画布上挖一个洞会产生什么样的图案效果？臧坤坤甚至有意识地在画面上去掉图案，而让画面增加厚度，增加肌理，让画面本身充满着立体状，仿佛这些颜料的目标不是到画面上去构图，仿佛颜料不是绘画的工具，而是作为与绘画无关的外物堆积在画面上，就像钉子钉在画面上一样，就像拿刀子将画布切割过一样。这是一种图案，但不是一种绘制出来的图案，而是一种拼贴出来的图案，哪怕它用的是颜料。

可以预想，这些图案找不到任何的对应物（甚至连剪影也不是）。作为图案，它们绝对是独一无二的，它们不能被纳入到任何一种类型化和普遍性中。这就是这些作品的魅力所在：它不是讲述故事，也不是表达观点，也不是在再现外物，也不是在发愤地抒情，它只是在孜孜不倦地生产图案，它迷恋这些奇特的图案。人们总是要矫正各种各样的怪异形状和空间——这正是各种建筑和绘画的目标，无论是教学的目标还是现实的目标。但是，在臧坤坤这里，也许，怪异的形状才是世界的形状，无以归类的图案才是世界的图案。如果它们被涂上特殊色彩的话——臧坤坤一度将画面涂上大量的棕色——那么，这些怪异的形状注定是一种迷人的异托邦。

物化身体

石冲是在画身体吗?我们知道有无数的人在画身体,有无数的身体在绘画中显身——石冲画出来的身体和这所有绘画中的身体有何区别?直观的区别是:石冲做了一个身体的装置,然后对着这个装置写生。他画的是装置的身体(图7)。也就是说,装置是身体和绘画之间的一个中介。石冲不是对着身体本身,而是在身体和画笔之间安装了一个障碍。这意味着什么?

绘画有一个漫长的肖像画传统。这个传统,总是试图消除画面和被画对象之间的差异,总是要让被画对象逼真地毫无障碍地表现出来——这几乎是文艺复兴到19世纪的写实绘画的伟大梦想。这个梦想在20世纪以各种各样的方式被除幻了。在某种意义上,20世纪的绘画努力就是同写实和形象做斗争:嘲笑写实,扭曲形象,撕碎形象,重组形象。各种各样的抽象形式就诞生在同图像写实的抗争中。但是,形象的回归欲望从来没有真正地消失,形

图7　石冲,《欣慰中的年轻人》,1993年,布面油画,152×74cm

象在采取各种方式回归。但不是对古典绘画完全的重复性回归。在这所有的形象回归中,一种重要的方式是对照片的利用,人们不再直接对着客体绘画,而是对着照片画画。这是对再现的再现,对复制的复制,是对符号的再符号化。摄影被纳入到绘画的范畴中。绘画以这种方式向摄影的霸权进行复仇。石冲也尝试过这种方式。但是,石冲的主要方式,是画装置,他将装置放在绘画和客体之间,他对装置进行写生。

装置作为中介和照片作为中介,这二者之间有什么不同?照片作为中介,它是将客体进行平面化处理,然后绘画对这个平面进行再次平面化处理。而石冲的装置画（这或许是由他开创的，我们姑且这样命名），首先是对客体进行复制，但不是平面性的复制，而是立体的复制，是空间性的复制。然后对这个空间复制进行平面化处理。也就是说，照片绘画，是从空间（客体）到平面（照片）再到平面（绘画）的过程，而石冲的装置画则是从空间（客体）到空间（装置）再回复到平面（绘画）的过程。照片是一种技术复制，而装置是一种人工复制；照片是完全的机械性的再现，而装置是一种非完全的人工再现（甚至有故意的虚构）。照片的绘画是从技术返回到人工，而装置绘画是从人工到人工。照相是绝对的写实，它曾经被认为击败了绘画的写实，以至于写实画退出了历史舞台。但是，现在，对着照片绘画，重新将照片纳入到绘画的版图中，并对照片进行质疑，这是今天许多以照片作为对象的绘画的努力。

而石冲的努力方向则完全不同。他并不是为了将绘画从照片的霸权中拯救出来，而是对绘画进行另外意义的思考。他试图表达绘画的复杂性。如果对着一个物来画画，对着一个装置身体来画画，这到底意味着什么？这到底是画物还是画人（身体）？还是画一个人–物？物–人？在石冲这里，绘画同时是静物画和肖像画。石冲破除了传统意义上的静物画和肖像画的区分关系。在石冲这里，他将装置和绘画作为一个作品的不同步骤来展开。装置并不是在绘画结束之后就销声匿迹了。尽管装置并不以可见的形式存在于作品的整体之中，尽管绘画一旦完成装置就可能被废弃，但是，它还是以时间和空间的形式同时内在于这件绘画作品中。绘画，因为有装置的中介，就凝结了异质性的空间和异质性的时间：装置不仅仅是一个造型中介，它的空间和时间同时塞入到绘画作品中。尽管绘画依旧以平面的形式表现出来，但因为它寄生于装置，装置成为它的梗阻、它的对象、它的时空限制，绘画因此获得了厚度：制作的厚度，时间的厚度，空间的厚度。绘画将不可见的装置纳入到它的可见形式中来。这平面绘画就此有一种厚度和强度的爆炸。绘画不仅是时间的延长，还是空间的梗阻，一股内在的异质性的强度充斥着它，对绘画进行刁难。

有许多艺术家将自己绘画中的常见人物制作成雕塑（装置）。这些雕塑成为另外一件艺术品。石冲的方式看上去同这种方式很接近。但实际上完全不同。对前者而言，绘画和雕塑同时是可见的作品，雕塑是绘画的延伸，它以可见的方式存在，以艺术品的方式存在。尽管分享同一种形象，但这是两件艺术品，一种作品衍生出另外一种作品。绘画作品衍生出雕塑作品。它们有各自的语法，有各自的内在性，有各自的时空主权。但在石冲这里，装置和绘画是同属一个作品，是一个作品的不同环节，是一个作品在不同阶段的陈述形式。对于一个单一的绘画作品而言，石冲打破了它的平面性和架上感；对于一个装置而言，石冲抚平了它的空间感和粗糙感。石冲让两种艺术手段相互冲突，相互抚慰，相互竞技，相互伸长，而不单纯是让它们共享某一个共同的形象。艺术正是通过这种方式变得复杂了：时间的复杂和空间的复杂。艺术主权的界线也复杂化了，石冲通过这种方式开始对艺术的单一性展开质疑。

但是，石冲并没有放弃写实。或许，正是通过写实技术，石冲的这种质疑更有力量。到底以哪种方式才能达到对对象的逼真再现？被再现之物以这样的中介方式被再现出来，除了增加绘画的复杂性外，还有什么其他的意义？就石冲而言，身体被这样一而再地再现后，身体被不同的技术所再现后，它到底是怎样的身体？这是石冲提出来的另外一个重要问题。

显然，石冲的方式不仅是让艺术手段过程的复杂性增加了，而且，再现的复杂性也增加了。同照相画一样，这是对再现的再现。这种再现越是繁琐，越是充满着多样性和中介，越是成为一种拖延的过程，原初的形象就越是模糊，所谓的"真实"就越来越趋于消失，真实就会成为一个"虚空"。而石冲的写实绘画，他精湛的写实技术，恰恰是通过这种繁琐和中介的再现技术，通向一种形象的虚空。再现技术走向了再现目的的反面。这是石冲的自我反讽。如果一个装置是虚构的话，那么，对它的再现又何以达到真实？一种关于身体的绘画，就绝非对原初身体的回归。

正是这样，石冲对身体的再现就不再是致力于一个切身的身体了。绘画的对象是一个身体-物，身体就是物，物就是身体。因此，人们在这个画面上就看不到肉了，而所有的关于身体的绘画，就是要致力于身体本身，要致力于身体的肤浅表皮，或者身体的拥挤之肉，或者身体的凸起骨骼，或者身体的局部器官——如果绘画不是致力于这些，那么让身体脱掉衣服又是要干什么？一般而言，脱掉衣服，就是要让身体说话，让它们冲破衣服的束缚，冲破中介，冲破各种禁忌来说话，让它们起舞——这是尼采式的身体。在另一种情况下，脱掉衣服，让身体在场，但不是为了让它们说话和跳舞,而是为了让它们被观看,被凝神静思,让它们成为客体——这是康德式的身体。但是,石冲展现的身体同这两种截然不同。它既不是身体在说,也不是身体被看。这身体,是一个物化的身体。它既是物的再现,也被物所缠绕(石冲后来进一步让水和空气包围着身体),所渗透。它是绘画的客体,也是身体-物的组装。这样一个身体-物,就既不能从力和能量的角度来衡量(像尼采的哲学那样),也不能从美丑的角度来衡量(像康德的哲学那样),而应该从身体-物的组装来衡量——也许,身体就是纯粹的物,就是消除力和美的物,身体就是一个垂死之物,就是一个置身于空气和水中才能避免死亡的物,就是一个无关人的物。石冲将这个身体画得如此地写实,但是,这个如此实在的身体,同时也是一个如此物质化的身体,一个活着的死亡身体——这就是身体的真实。

为什么对身体采取这样的态度?石冲将他的一个代表性作品称为《今日景观》。身体物化,或者物化的身体,就是今日景观。身体的物化,一方面意味着身体如同无生命的物一样存在,另一方面,也意味着物在包裹和主宰着身体。对于前者而言,身体就是石膏,就是易碎之物,就是麻木之物(《行走中的人》《欣慰中的年轻人》),这是自卢卡奇(Lukács)以来人们发现的工业化现实的后果,人们发明了机器,创造了大量的物,但是,最大的物产品就是现代人自身。对于后者而言,身体被物所困,被物所规训,被物所捆绑,这个物不仅是现实之物,也是制度之物,这是福柯的伟大发现。这样,我们看到,石冲的"今日景观",不仅是对卢卡奇的巧妙绘制,也是对福柯的心领神会的绘画呼应。

亵渎与绘画

刘庆和画了大量的都市女郎。这些年轻女性眼睛空洞,表情忧郁,从不微笑,甚至有些惶恐和迷茫。她们好像对一切都失去了兴趣。她们唯一的背景就是水,或者在水边,或者在水中,或者在看水,或者在戏水。如果没有水的话,就是单纯的没有背景的肖像——这是既不置身于广阔的大地,也不置身封闭的室内的肖像。女郎和水,这是刘庆和的主题。二者必不可分。但是,这些女郎和水所形成的一个组装,从不是为了叙述一个特定故事,而是力图展示当代性的一般状态。

大多数情况下,这些女孩都穿吊带裙(图8),或者是泳装。她们通常袒胸露背。刘庆和不厌其烦地画她们的肩膀,也就是说,画她们的上半身的上半身。很少有艺术家像刘庆和这样如此执著地画肩膀的。人们在身体上绞尽脑汁,除了脸之外,人们画身体的各个部位,画肚子,画手,画大腿,画后背,画各种堆

图8　刘庆和，《小杨》，2013年，纸本水墨，300×150cm

积的肉，画全身裸体，甚至画性器官。正如作家都有自己的习惯用词一样，艺术家的笔都有自己喜欢的身体部位。对于刘庆和来说，他喜欢画双肩。不过，画双肩既是画双肩之肉，也是画双肩之线。这些双肩有各种形式，它们随着手的姿态和动作的变化而发生变化。双肩实际上非常具有随机性，相对于身体的许多部位而言，它们难以定型。人们在刘庆和这里看到了肩膀和肩膀之间的巨大差异。他画出了如此多不同的肩膀。人们从肩膀之线就可以看出来。肩膀主要是靠线来勾勒的，它让线有了巨大的表现能力。但是，这些线完全不同，有些是椭圆的一部分，有些是直线的一部分，有些是转折线。人们不仅可以看到人和人之间的肩膀的多样性，而且一个人的两个肩膀也会呈现差异。肩膀因此有圆润的有硬朗的，有肥硕的有清瘦的，有对称的有不对称的，有一边高一边低的，正是在这里，肩膀令人想到了双重性。人们总是注意到双脚、双手、双眼，但是，人们总是过于忽略双肩了——无论是在功能上还是在视觉上。对于许多艺术家而言，肩膀似乎并不存在，而且，人们总是在这个位置上着力画衣服，衣服总是取代了肩膀。即便人们脱掉了衣服，占据画面上的总是身体其他部位的肉。人们在画肖像的时候，或者在看肖像画的时候，很少注意到肩膀。但是，刘庆和则展示了肩膀的百科全书。

要让肩膀醒目地存在，为此，他总是要让女人穿上吊带裙。只有吊带裙才能展示肩膀的存在。如果是裸体，肩膀也不会引人注意。刘庆和有少量的裸体画，但是，肩膀在这些画中消失了，肩膀消失在整个的裸露之中。只有吊带裙恰当地展示了肩膀。他有时候也让女人穿上泳装，将女人安排到水中，让她们在水中嬉戏，让她们的肩膀从水面上裸露出来，而整个身体却沉浸在水面之下。肩膀通过这种方式得以展露。肩膀因此和吊带裙形成一个紧密的装置。有多少肩膀，就有多少吊带裙。有多少双肩之线，就有多少吊带裙之线。如果所勾勒的左右肩膀的线千差万别的话，那么，相对而言，吊带裙的线较为统一，总是两根细线从两个肩头垂下。肩膀和吊带裙无法分开。这是关于肩膀的绘画，也是关于吊带裙的绘画。从来没有一个画家画出了如此之多的肩膀，也没有一个画家画出了如此之多的吊带裙。

或许，对刘庆和来说，吊带裙是当代生活尤其是当代都市生活的一个重要表征。在这里，人们不是从面孔和目光中看到了当代性，而是从吊带裙（及其裸露的双肩）这里看到了当代性，这是明确的今天生活的表征。从这里出发，刘庆和展开了他的水墨游戏实验。裸露的双肩和吊带裙，不仅是当代的，它还意味着亵渎。这是双重的亵渎：对传统生活的亵渎和对水墨体制的亵渎。水墨毫无疑问放弃了传统生活，它和孕育它的传统氛围一刀两断。在传统水墨中，人物一旦出现，总是要穿上复杂的衣裙，衣裙完全遮盖住身体，而且表现出众多的褶皱。衣服是水墨画的笔锋这种工具最好的对象，就像山水树木的蜿蜒曲折一样，衣服是另外一种形式的山水自然，它们姿态万千，仿佛也有自己的生命，也有自己的内在之气，也有自己的内敛的锋芒，对水墨画而言，衣服甚至是充满了力的身体本身。但是，刘庆和很少画着装复杂的人（他开玩笑地说他总是在夏天画画），即便是现代的时装。他的作品脱去了衣服。这不仅仅是脱去了传统生活，而且也脱去了水墨画的衣服趣味。衣服，在此被简化为吊带，被简化为从肩头垂下来的两根细线。当然，在刘庆和这里，还有许多身体从来没有衣服，但是，他甚至也很少画这些裸体的肉，他有时候只画线，将身体简化为线。他的人物，从衣服到身体都是对水墨趣味的亵渎。

但是，亵渎并不意味着摧毁，亵渎也是一种创造性。或者说，一种新的东西正是在亵渎的过程中产生的。刘庆和正是以亵渎的方式来创造。不仅是题材的亵渎、形式的亵渎，更重要的是，对水墨本身的亵渎。在此，水墨从它的神圣要求和律令中解脱出来。也就是说，水墨的体制和技术还保留着，水墨的那些神圣仪式还保留着，但是，它的神话内容则被丢弃了，取而代之的是世俗性，是世俗游戏。世俗游戏挤进了神话体制之中。在刘庆和这里，当代生活挤进了水墨体制中。为了强调它的亵渎感，刘庆和不仅画了大量的肩膀和吊带裙，而且还让她们公然地嬉戏：在水中游戏。这水中游戏，不单纯从属于世俗领域，不单纯从属于所谓的当代生活，它还具有一种强烈的颠覆感，对水墨神话的颠覆感——游戏总是颠覆性的，这种世俗的颠覆游戏，也可以说是对神圣的亵渎，是对水墨神话的亵渎。正如裸体或者双肩来自对于传统人物画的亵渎一样，戏水的游戏，或许来自于对传统山水画的颠覆。水墨画的一个重要的传统即是对山水的诗意想象。在中国画传统中，人和山水有一种特定的亲缘关系，二者之间有一种超出主客体对立关系的体验关系。现在，在刘庆和这里，人们还是同山水有对话，但是，这不是一种精神层面上的对话，人们再也不是在自然和山水中涤荡自己的世俗之情，相反，人们是在山水中发泄自己的世俗之情。人们在水中显现的和被显现的是自己的身体。人们在水中玩的是一场纯粹的身体游戏。水中的身体不再是怡情，而是嬉闹；人们在这水中倾听到的不是宁静，而是喧哗。

在此，水墨在倾听当代的喧哗之声。它和创造它的那个缓慢和寂静的时代脱节了。在刘庆和这里，水是动荡的（他通常将它们画成蓝色的块状），那些此起彼伏的肩膀也是动荡的。它们看起来和人们的恐惧与呆滞相互对照。即便身体不动，即便画面不动，但是，欲望在动，时代在动，遮盖不住的双肩在耸动，轻盈的吊带裙也在抖动。水正是动的总意象，水就是动本身。人们抓不住水，总是在水中漂荡，刘庆和的作品中绝少有大地，要么这些人物没有背景，要么这些人物在水中——总之，这些人物没有支撑感。她们在沉浮，也因此而焦虑，而惶恐，而游戏。

这一切正是源自于亵渎。当代和传统的关系就是一种亵渎的关系。刘庆和的作品不仅表述了绘画的亵渎结果，而且表述了历史的亵渎结果；不仅表述了这种亵渎的起源，也表述了这种亵渎的当下效应。

线与事件

两年前，刘晓辉画了一个女人的背影。一个夏天的妇女，白衣，黑裙，短发，高跟鞋，裸露的手臂和小腿。她没有面孔和表情，这使得人们不再将注意力放在她的内心深处，或者说，最深处的地方是背影，但背影完全是形式化的，这个由背影构成的身体由不同的线条勾勒而成。她处在画面的正中间，被画框所定位，反过来，她也给画框定位，身体和画框相互定位。她的身体由线条勾勒而成，这些线条勾勒出一个稳定的身体，确切的身体；另一方面，这些线条以画框作为参照，它们和画框保持一个均衡的距离。它们同时束缚在身体的构架和画框的构架之中。每条线因此被严格地组织，以至于身体成为一个线所构筑的空间，身体被线所标识。在身体边沿线的内部，只有平静的色块，黑白色块，没有起伏，没有肉，没有沟壑，没有褶皱，这些色块是平的空间，或者说，是空的空间，它们被界线所严格地包围。绘画全部交给了这些身体边沿的小心翼翼之线、这些被严谨编码的线。也可以说,这些线包裹着和顺应着身体,不敢越雷池半步。线和线彼此之间也呼应、连接、闭合。

因此,线没有溢出、截断和绽开。正是这纯净之线,这黑白之线,这完整之线,这匀速和平稳之线,排除了杂质,既是形式上的杂质,也是生命的杂质。哪怕只有女人的背影,她好像也一尘不染;但是她在画面上也是封闭的,孤独的,被隔离的,孑然一身的,她同外在世界分割开来。如同线的分割特征一样。可以说,这就是分割之线:"凡严格的分割,凡有严格分割的线,都包含一个特定的平面,它关系到形式以及形式的发展、主体以及主体的形成。"正是线条切割了这个女人和周围的联系,这是个封闭的女人。她占据着一个唯一空间,她在向画面深处眺望和行走,但是,她没有外界,她走不出界线,她有一种封闭的纯洁性。白衣和黑裙巩固了这一纯洁性。这封闭身体的线条沿着单一性在旋转,沿着身体的结构在旋转,这封闭之线上没有特异点,没有闪光点,没有转折点和意外点。或者说,每个点都符合整条线的意义,每个点都是可以预期的,符合线对身体的缝合预期。它服从色块的要求,服从人物的要求,人物在这样的线条的密封状态被装饰被封闭被完善。

但是,很快,刘晓辉放弃了这种切割之线的封闭性以及封闭性导致的纯粹性。或许他难以忍受这种困住女人身体的封闭线条,他开始画两个男人或者三个男人了。他们似乎在脱掉裤子,就像运动员上场前准备脱掉外套,就像一个准备游泳的人脱掉外套一样——反正他在脱衣服，扭曲着身体，大腿盘起，身体弯曲，这是身体大幅度的转折，但是，并没有空间上的前进或后退，他们被限定在一个画框中，也限定在一个镜子面前。正是镜子，让他分裂成两个人或者三个人。一个人在镜子中反射成自我的另一个镜像。镜子的边框有时同画框相符合。边框和画框共享一条线，镜前人物和镜像有时候也交叉，或者小范围地重叠。一个人和他的镜像，真实的人和镜中人，尽管还是由清晰的线条构成，但两个人在大幅度地运动，这种镜像中的人在彼此撕扯和嬉笑，这些线条因为镜子而对偶，而说话，但是，也因为镜子而矛盾，而错位；它们因为镜子而分割，也因为镜子而连接；因为镜子而结域也因为镜子而解域；不同的人的线条由此而产生分叉，但不是彻底的分叉，彻底的断裂，而是有限的断裂，有联系的分叉，呼应的分叉；两个图像在亲密地争斗。线条正是因这亲密争斗，因这分叉的联系，而产生一种不确定的节奏，有时候非常迅捷，流畅，像是在滑行；有时候有一个出其不意的拐弯，或者，一个停顿，一个错位，一个休止，线和线有时候在砥砺，在争辩。正是运动让不同的线彼此既连接又分离，线和线开始交叉，线和线彼此勾连，一种穿越镜子的勾连，一种分离式的勾连，线因为镜子产生复线，产生线的阴影，线和线在挑逗，在嬉戏，在对照，在严格地比试，它们似乎都想战胜或者与另一根相似之线比划。

我们看到，这个系列的线条完全不同于单个女人的线条。相对于那个白衣女人的确定封闭之线而言，镜像人的线是分叉的，拐弯的，复线的或者多线的，它们是复线的双人舞，是复线的彼此引诱，它们既不和镜框也不和画框维持一种僵硬的关系，它们也不确保身体的稳定关系，线条有时候消失在身体的边缘，有时候融入和消失在另一个身体之中（一个头有两个身体），身体边线，镜框线，画框线，彼此切割、渗透、交叉。

不过，刘晓辉很快对这种线和线之间的渗透和对偶游戏厌倦了。或者说，他要将流畅之线切断，否定。现在，他将镜中人物和镜前人物置于一种矛盾状态，他们并不相互映射：一个人物是由线条勾勒而成，而另一个人物则由色块填充而成。他们并不完全处在对偶状态——也正是这种不完全的对偶性，使得镜子的存在感被消减，仿佛不存在镜子。刘晓辉现在也放弃了镜子，他清除了画面中镜子的存在，他在画布上画出不同的人物，他们依然像是在脱衣服，依然保持运动状态（图9）。但是，色块涌现，线条撕裂，身体破碎，画面凌乱，正是这意外的色块，这随处可见的色块，这毫无规律和章法的色块，打破了线条的必然性，打破了画面本身的稳定性和必然性。

这些纷乱的色块，为什么出现在此？显然，这不是超现实主义的梦境，不是达达主义的亵渎，也不是波普主义的拼贴，更不是隐晦的象征。这些色块，这些胡乱出现的线条，这些完全不在绘画体制和绘画逻辑范畴之内的色块到底是什么呢？或许，我们可以将它称为画布上的"事件"，即对画布的意外闯入，打破既定逻辑和程序的闯入，非法的闯入，暴力的闯入，它令人意外，它从天而降，它发生了，它让人无所适从，让人难以理解。我们

图9 刘晓辉,《无题——三角形与动作》,2015—2017年,布面油画,80×100cm

称这种意外之举为"事件"。何谓事件?德里达说,"事件是出现的东西,并且因为出现,让我感到意外,让理解感到意外并延迟理解:事件首先是我所不理解的那个东西,更恰当地说,事件是首先我不理解的东西"。刘晓辉在画面上画出了诸多"不理解的东西"。如果说,白衣女人是完全可理解之物(线条的合理性,结构的合理性),那么,现在,这些新的冗余色块则是完全的不可理解性。

刘晓辉从完全的可理解性,从线条的纯洁和封闭,到线条的交叉、对偶、嬉戏，直到现在的线条断裂、豁口、隐没，到色块的不可理解性——这就是他这两年的绘画历程——绘画转向了不可理解的事件。这是对封闭线条的解域，刘晓辉一旦将线条进行了结域，就试图对它进行解域。结域是一次必然，而解域则是一次意外、一次事件。如果说，现实世界总是有一些无法理解的"事件"，一些排斥了任何逻辑和因果律的"事件"的话，为什么在画布上不能出现类似的事件呢？画布上，总是存在着理解的剩余物，存在着流畅线条的剩余物，存在着剩余的色块，正是这些色块将封闭和确定的线条打破，将它们截断，将它们引向湮没。这些色块毫无逻辑、毫无根据、毫无形状，它们肆意地闯入、横亘、涂抹、搅拌、撕裂、野蛮伸展，这是对流畅和切割之线的侮辱。这些色块，或者这些断裂之线，它们并不表意，它们只是在画面上行动。因此，不是要破译这些画面上的符号，不是要指明这些符号的意义是什么，而是要肯定这些符号的行为，要确定这些符号做了什么。也就是说，画面不是向意义开放，不是力图构筑符号学和图像学并对此破译，而是完成一种符号行为，一种由符号构成的事件，一种难以理解的事件，一种无法消费和吸收的事件。一些画面所无法吞并和吸收的事件，它们就在这里顽固地存在，它们打破绘画的框架，打破线的连贯性和表意性，打破绘画的图像学。它们为此而挤压、破碎、断裂、绽开、截断、诋毁。但这完全不是表现主义式的对画布的使用。对表现主义而言，所有的凌乱和破碎都是内心破碎的外在化，是撕裂激情的符号化，但是，在刘晓辉这里，这里的破碎就是单纯的破碎，就是作为事件的破碎，就是不可理解性的破碎，就是破碎的多余，是多余的行动，是已经发生的痕迹和将要发生的痕迹——它们的行动本身就是它们的符号。我们看到，这些黑色的色块，线条和线条之间的缠绕、交叉、断裂，这些毫无规律的意外的色块和线条的纠缠，这些解域化的狂乱生成，这些多元取向完全没有预知航向的游牧线条，并不表达某种撕裂和苦痛的激情。它们只是纯粹的运动消耗，是对事件的肯定。每一次大胆的涂写，都是每一个事件的大胆确证。

私人艺术史

庞茂琨的最新作品是一组记忆和致敬之作。他开始临摹他曾蒙恩的经典绘画——他将它们重新带到此时此地来。临摹对于一个画家而言，在不同的阶段有不同的意义，起步阶段的初学者通常是被动的临摹，他们通过临摹来研习前辈画家的非凡技艺，他们试图借此窥探绘画的奥秘。但是，对于一些成熟的画家而言，临摹则意味深长：他们有时是研习，有时是致敬，有时是挪用，有时是反讽——有时所有这些都兼而有之。没有一个艺术家没有自己启迪式的前辈，也没有一个艺术家不通过某种方式来表达对前辈的态度。

庞茂琨是如何对待那些经典的前辈呢？显然，这既非完全的致敬，更非反讽，甚至也不是一种有意的挪用。他的精心临摹显然不是被动的，他通过临摹的方式来同他们对话。这并非绝对的临摹，庞茂琨在临摹原作的同时也改变了原作，他在对这些古典绘画的临摹中插入了异质性要素——就此而言，我们甚至很难说这是一种严格意义上的临摹。或者说，这些临摹不过是绘画的假象。这些局部的表面临摹，意味着什么呢？这当然是对原作的重温、研习、记忆和致敬，这甚至也是在表达画家对从古典绘画那里所习得的特有技术的眷恋。但是，也可以从另一个角度说，这种临摹也是一种引子和媒介，一种进入经典并处理经典的方式，即将过去的潜伏的经典唤醒并带入现在的方式。临摹在此是一种提示，一种呼吁，一种回应，一种重读——而绝非复制和再现。事实上，庞茂琨的局部临摹打破了原作的整体感：他有时候对原作进行切割，有时候对原作进行歪曲，有时候将现在的要素插入到原作的空间中，同原作进行对话，所有这些，都破除了临摹的意义：原作不是用来临摹的，而是用来和现在进行嫁接组装的。

如果说，原作自身带有特定的时间和空间的话，那么，一些当下的要素插入到它原有的时空中，原作的既定时空就崩溃了；反过来说，当代的要素（在庞茂琨的作品中如此地显而易见，它们有时是二维码，有时是相机，有时是手机，有时是一个今天的摩登女孩，还有大量的庞茂琨本人的自画像）如果带有自己的时空的话，那么，它闯入到过去的经典绘画的空间中，同样地它自身的当代性也崩溃了。也就是说，在庞茂琨的绘画框架中既非存在过去的时空，也非存在现在的时空。一个新型的特定时空框架出现了：这个时空是过去和现在的重叠，既是时间的重叠也是空间的重叠——也可以说，过去向现在涌来，而现在在向过去回跳，它们在庞茂琨的画布空间中拼叠在一起了。庞茂琨让过去和

图10　庞茂琨，《被直播的现场》，2017年，布面油画，280×230cm

现在的人和物彼此对照和凝视，他们有时相向而看，有时齐整地端坐。过去的人戴上了现在人的眼镜在凝视，现在的人在用相机拍摄过去的人（图10），过去的人在使用现在的机器，现在的人和过去的人共享一种天空、大地、镜像。时间的沟壑被铲平以至于过去和现在相重叠。显然，这种既非单纯过去亦非单纯现在的拼叠的时间，是一个空间化的时间，或者说，线性时间被折叠起来，过去和现在并不存在着一个连续的贯穿式的线索模式，相反，它们彼此的重组、拼叠、挤压，打断了念珠式的空洞的线性时间，而呈现一种立体的饱满的空间化的时间结构。在此，过去不是现在的一劳永逸的过去，现在也不是褪掉了过去一切迹象的当下。过去启示了现在，包蕴着现在，甚至一直在等候现在。而现在呢？它从来不是让过去轻飘飘地逝去，它总是对过去的回溯和眺望，现在总是将过去的某一个时刻纳入到自身中来，它总是从过去那里采撷、汇聚和凝结，从而巩固自身的厚度，并让自己往垂直的方向纵深地挖掘自己的深度。

庞茂琨的绘画就是这样的一种空间化的时间结构。毫无疑问，他将自己和时代插入到这些伟大的杰作中，就预示着这些杰作的当代性。没有所谓的纯粹的古典主义——一切伟大的杰作都有强烈的当代感，都有它无穷尽的生命力。同样，也没有所谓的纯粹的当代性，一切当代性总是根植于历史和古典之中的——将古典和当代进行切分是简陋之见。不过，我们还是要问，他为什么选择这些经典而不是另外一些经典呢？或许是，通过这种绘画的拼叠，庞茂琨还展现了他自己的艺术史，一个画家的艺术史，一个通过绘画来书写的艺术史。如果我们将庞茂琨的临摹原作置放在一起（而不是限定在一张张的画中）呢？这是不是庞茂琨的艺术史？这是不是由凡·艾克（Van Eyck）、达·芬奇（Da Vinci）、拉斐尔（Raffaello）、卡拉瓦乔（Caravaggio）、伦勃朗

（Rembrandt）、委拉斯贵兹（Velázquez）等人构成的艺术史？我们要说，这些伟大的杰作在不断地寻找它们的读者，或者说，它们在后世有无数的读者，但是每个读者有他自己的解释方式，每个读者有他自己的特殊的签名。对庞茂琨而言——他是一个独一无二的读者——他通过自己的绘画方式，一方面来解释这些作品，另一方面来解释自己的现在，来绘制他自身的隐秘谱系。他把这些杰作从那个庞大的美术史中解脱出来，并赋予自己特殊的解读。这是绘画，也是对话；这是编写，也是解释；这是过去和现在的刹那但又是注定的重逢。庞茂琨始终是以一个认真的观看和研究者形象出现在画面上的。除了他自身之外，他在画面中还画了诸多的现代观看工具：眼镜、相机、手机。是它们而不是眼睛在观看和拍摄过去的场景和画面。庞茂琨多少有些遗憾地表达了他的质疑：我们还有观看经典杰作的目光吗？古典的目光凝视真的被新的观看技术所取代？既然这样，绘画作为目光的客体是否也要改变？归根结底，这些经典真的会远离我们而去？我们现在是否还能继续从经典中受益？庞茂琨以绘画的方式提出了这些看起来不合时宜的问题——哪怕它并没有确切的答案。这是绘画，同时也是绘画的质疑。

但无论如何，我们在这种具有全新时空框架的新画中还是能感觉到，这是一幅画对另一幅画的致敬，一幅画对另一幅画的观看和探索，一幅画的命运将从另一幅画对它的观看中获得体现。我们要说，这组作品是庞茂琨的私人笔记，是用绘画的方式完成的绘画笔记。因此，绘画带有强烈的个人痕迹。古典时代对当代的浸润和启示通过画家的"临摹"和改写而得以呈现。

我们还要问的是，庞茂琨的这种改写和临摹遵循什么法则？他在原作中删掉了什么而又添加了什么？他在哪些局部完全遵循原作而又在哪些局部对原作做了细微或者显赫的改变？这是人们面对这些作品时迫不及待想要了解的答案。而这些会迫使人们去细致地观看这些作品——他们要分辨出细致的差异，因此，既要对原作有认真的了解（人们对这些经典杰作已经漠然了，而庞茂琨则以这种方式唤起了人们重新研读这些古典原作的激情），也要对这幅新作耐心地观看（同样地人们对这些改写过的新作充满了好奇心）。对于观众而言，人们既要通过庞茂琨的新作来观看它指涉的原作，也要通过原作来观看由它诞生的新作。或者说，庞茂琨就以这样的方式来让观众在两张画之间不断地摇摆。这是将人们的目光紧紧地锁在画面上的方式——人们不得不在画面上反复地逡巡。人们必须重新将目光锁在绘画的细部——如今，绘画面对的大都是粗糙的目光，人们总是大概地扫视作品，对绘画细节视而不见。庞茂琨的这些作品迫使人们认真地观看和研读绘画。它迫使人们分辨绘画的差异，而正是这差异才是绘画的重心和精妙之处。这些差异才是庞茂琨这些新作的意义所在。

这是怎样的差异？为什么会有这些差异？这是一个画家和另一个画家的差异？一种风格和另一种风格的差异？一个时代和另一个时代的差异？毫无疑问，我们在古典绘画的背景中看到了现今时代的蛛丝马迹。如果说，庞茂琨在此是在绘制自己的私人艺术史的话，我们要说，艺术史当然是差异和重复的艺术史。艺术家在重复前辈的同时也在尽量地显示自己和前辈的差异。一张画同时是对另一张画的重复和差异。一个画家的意义就在于他和前辈画家的差异。这种差异既植根于他的秉性，也植根于他的时代。当然，没有绝对的差异也没有绝对的重复——我们正是在这个意义上，可以将庞茂琨的这组作品理解为他对艺术史的探究。他不仅借此探讨我们如何观看古典绘画，还探讨绘画的历史是如何展开的？就此，他是以绘画的方式来讨论绘画。因此，这是绘画，也是对绘画的思考，对艺术史的思考。在此，这种思考有两个层面：从时间上来说，过去和现在嫁接在一起，从而打破了艺术进化的原则——艺术史不是一个递进的历史，不是过去、现在和未来鱼贯而入的历史，相反，艺术史可能是现在不断地向过去回跳的历史；从空间上来说，艺术史既非完全重复的历史，也非完全差异的历史，是重复和差异并置在一个空间中对话的历史，是重复和差异撕扯空间、拼贴空间而又在这个空间中游戏的历史。

绘画的低语

画家有各种各样处理线的方式。也许,处理线的方式,是画家最具风格性的特征之一。人们用各种器具、各种画笔,甚至用手来画线,人们出于不同的目的来画不同的线。线有各种各样的踪迹,线的特征就是它的踪迹,它有一个时间性,有一个开端和一个结尾,时间性就蕴藏在开端和结尾的连接之中。正是在时间性中,每一条线都展开了自身的命运,并获得了自己的历史,正是在这个历史(即便是瞬间的历史)中,线有它奇妙的变化,它命运坎坷的变化,它情感强度的变化,线因此获得了自身的表现力,每条线都在诉说自己的激情和苦衷。那些毫无变化的线,那些机器般制作出来的线,也在这种痕迹中述说自己的单调或者寂寞。

但是,顾小平的线是没有历史的线。顾小平采用了传统木工的墨线方式来制作自己的线。木工会用墨线固定在木头的两端,

图11　顾小平,《行走的墨线201505》,2013年,宣纸、墨斗线,200×200cm

然后拉扯墨线,使之弹跳在木头上并留下自己的痕迹,这些黑色的直线痕迹,是指导木工裁剪和切割的线。现在,顾小平雇用了这种木工的墨线方式,他将线弹在白色的画布上,或者白纸上(图11)。它们是制作出来的,更恰当地说,是弹奏出来的。它瞬间就形成了。它不是在历史中,不是通过时间获得自己的踪迹。也就是说,线不是在时间中生成的。线消除了时间性,线的整体是同时抵达的，同时完成的，开端和结尾在同一个瞬间形成：它没有开端和结尾。它没有历史的命运盘旋其中。

就此，线失去了它的时间表现力，人们在线中看不出命运的历史悲喜剧，人们看不到线微妙的但却千变万化的历史故事。但这种线就因此而变成了一种单纯的痕迹，一种没有生命的痕迹吗？在此，线是弹出来的，线的弹奏，这种木工的发明，就是一种手的游戏，它犹如一种敲击，犹如某种器乐的演奏。线是垂直地从上到下地瞬间形成的，而不是在画面上平面地生成的。线像是一种天外来客，突然闯入到画面上。它和画面构成了撞击关系，它在撞击的过程中形成了，在和画布（画纸）撞击的过程中，既形成了自己的线，也形成了一种特殊关系，一种和画布（画纸）的关系，一种黑白关系。黑色的线只有寄生在白色的背景中才明确了它的意义。在此，线不是试图获得自己的轮廓，不是试图勾勒自身的符号。线敲击画布，只和布发生关系，不仅是物理上的强度关系，还有黑白的色彩关系。在顾小平的作品中，这墨线总是和白布或白纸构成关系。画面就存在于这种关系中，它利用了画布或画纸本身的肌理和色彩，墨线并不是将画布或画纸淹没，而是让画纸或画布成为画面的基本要素，它们和墨线相互应答。它们构成墨线的回音。这种墨线和白底的融合，不仅形成了平面式的绘画，而且还让绘画取得了自己的空间，这些画奇特地同时容纳了空间和平面。正是这种特殊的空间和平面的特殊结构中，画面有自己的节奏，有自己的呼吸，有自己的韵律。画面最终的结果，或者说，画面最终的形成，取决于弹奏的强度和次数，因此，这是敲击和弹奏的绘画，也可以说，这是强度的绘画，是与力相关的绘画，绘画取决于弹奏的力的质（强度）和量（次数）。

因此，绘画在某种意义上近似于一种音乐——不仅仅是画面上的音乐感觉，在画面上，一条一条弹奏出来的线确实有乐谱的痕迹，它们有强烈的节奏感，并且有明确的部署，它们的浓度、厚薄、稀疏呈现出强烈的有节奏的分配感，仿佛音乐的各种变奏一般。绘画的音乐性还来自于这种敲击和弹奏，来自于手的施力，手要拉扯，要将线拉到一定高度，然后要松手，要让线撞到布面，线甚至会发出声音，墨线敲击画布或者画纸的低微声音。绘画伴随着轻微的敲击声，它有节奏地敲击，有节奏地发音，不仅是手的弹奏感，而且，确实弹奏出了声音，弹奏出了画面的节奏，弹奏出了声音本身。这是绘画，这也是音乐；这是形象在跳跃，这也是动作和声音在跳跃。

不仅如此，这还是一个手艺人的弹奏。为什么是行走的墨线？墨线在画面上不断地行走？是的，墨线一条接一条地并置，它们不断地沿着前面一条墨线在画面上走，甚至回过头来走，反复地走，没完没了地走，直至将白布吞没和掩盖；但是，这墨线的行走，难道不是弹奏者的行走？画家每弹奏一次，他都要重新安排墨线的位置，重新将它们固定在另外的位置上，因此他要围绕着画布行走，他要在画布的四周行走，哪怕是觉察不出来的行走，哪怕是以一条墨线的宽度行走。这是最缓慢的行走！没有比他更缓慢的行走了！艺术家长年累月就在一个画布的四周行走，看不到任何距离的行走，似乎不在行走的行走。这是静止的行走。行走不是跨越距离，而是保持最低限度的距离。

这种画布旁边的行走，难道不是一种修炼？修炼是借助于重复来完成的。重复地弹奏，重复地部署，重复地施力，重复地行走。这种种重复，就将激情和意外一扫而空。重复就意味着心静如水，就意味着寂静。这正是修炼的意味——它不惊讶。艺术家正是在工作室内长期这样地重复，就将外面的世界抛到了脑后。他沉浸在自己的世界中。但是，如此地重复，如此细微地重复，如此一遍遍地单调地重复，难道不也是一种疯狂？难道不是一种重复的疯狂？这种重复会让人疯狂吗？但是，这所有的重复又都意味着差异，人工的细微差异：每次弹奏力量的差异，墨痕的差异，浓度的差异，一条线和一条线的质和量的差异，线和线之间距离的差异，它们排列秩序的差异，正是这种种线和线的差异（尽管它们来自于同一个动作），让画面透出了空隙，让画面自己在呼吸，让画面在喃喃低语。

是的，绘画就是在低语，在它黑暗的夜晚中，在它掩盖白天光芒的努力中，在它寂静而又疯狂的工作室中，绘画在低语。

情动的感应

何翔宇的工作方式是，他长时间坐在桌前，桌上铺着纸，手上拿着画笔。此刻，他全神贯注，他用舌尖来反复地触摸口腔，长时间地触摸，他坐在那里触摸。舌尖和口腔（主要是上颚）相互触摸而获得了一种特殊的感觉。这种感觉在他身体内部流动、传导、滑行，直至握着画笔的手。手的运动就是对这种感觉的回应。这种离手遥远的口腔运动抵达了握着画笔的手。仿佛是口腔运动，这种舌尖运动在通过手画画。这是用手来画画，还是用舌尖来画画？抑或是舌尖和手的共同绘画？舌尖能够画画吗？它不是用来接吻、说话和吃饭的吗？我们记得德勒兹曾经这样发问："不再能够忍受用眼睛来看，用肺来呼吸，用嘴来吞咽，用语言来言说，用大脑来思索……干吗不用头行走，用鼻窦来唱歌，用皮肤来看，用肚子来呼吸？"在何翔宇这里，舌头不是用来说话的，不是用来品尝的，不是用来接吻的，而是用来画画的。这不是妄想，不是比喻，甚至不是联想，它就是一种实在，它是一种绘画的实在。

何翔宇改变了舌头的用法。他初到美国，语言不通，无法表达，舌头失去了表达功能，舌头无法按照固定的模式运转，但是，舌头不得不运转，舌头在运转，但是被绑缚了，舌头在嘴巴里面盲目地运动，它只好玩一种无聊的游戏，和上颚下颚玩一种游戏，一种不发声的触摸游戏。这种舌头和上颚的游戏，也是身体内部的游戏。这种游戏可以传导。因为身体是一个力的连续场所，是一个贯通性的平面，是一个没有等级没有区隔没有阻断的流体。所有的力和游戏都可以在身体内部自由流动。力无法被中断，它在身体内部持续地流动，身体，因此是一个力的共振场所。舌尖和上颚的游戏运动可以在整个身体内部流动，可以在耳朵中流动，可以在肝上流动，可以在胃上流动，可以在鼻子中流动，可以在眼睛中流动，可以在脚上流动，可以在身体上的每个局部、每个片段上毫无障碍毫无间断地流动——当然也可以在手上流动。舌尖的运动就此必然传导到手上。舌头和上颚的运动，引发了手在纸上的运动。这手在纸上的响应，如同脚在地上的响应。

这是不同关系间的运动。既指的是舌尖和上颚的关系，手、画笔和纸的关系，也指的是这两种关系间的关系，即舌尖和上颚的关系同手和纸的关系，这两种关系之间的关系。仿佛每一次舌尖对上颚的抵达触摸，就是一次手中画笔对纸张的抵达触摸。这两种触摸就是一次共振。这两种不同器官的运动发生共振。就仿佛一条长绳子的一端抖动务必会引发另一端的抖动一样。每一次运动，都会引发一次共鸣。每一次运动都是不一样的，每一次共鸣也是不一样的。每一次运动（游戏）都是一个时间过程，每一次共鸣也是一个时间过程。舌尖和上颚的游戏持续多久，画笔和纸的游戏就持续多久。

但是，每一次抖动都是偶然的，而每一次对这种抖动的回应则是必然的。舌尖对上颚的触摸是偶然的，但是，画笔对纸的触摸则是必然的，它是对这种舌尖触摸的必然回应——尽管我们还是不清楚一种纸上绘画是如何来回应一次舌尖的触摸的。因此，这是由偶然引发的必然。也就是说，每一次身体的感触都是偶然的，但是每一次由这种偶然感触引发的绘画则是必然的。在这个意义上，这既不是一种完全的偶然绘画，也不是完全的必然绘画。必然性得到偶然性的肯定，它没有消除偶然性；同样，偶然性在肯定自己的同时，也没有完全排斥必然性。

我们看到，这和传统绘画方式的距离有多么遥远。绘画现在不是理性记录（像各种写实主义那样），也不是激情的投射和宣泄（像各种表现主义那样），也不是身体的偶发行动（像行动绘画那样），甚至不是单纯的无意识的自动写作（像超现实主义那样）。这是一种新的感觉绘画，它是一个流动性身体的共鸣和回应的效果，在此，绘画就如同一种特殊而神秘的身体事件——在某种意义上，我们可以说，绘画是舌尖的另外一种发声。但是，它的发声机制难以言说。人们也难以解释为什么这幅画以这样的而不是另外的面孔出现。事实上，在这里，画面本身并不重要。

情动的感应 | 141

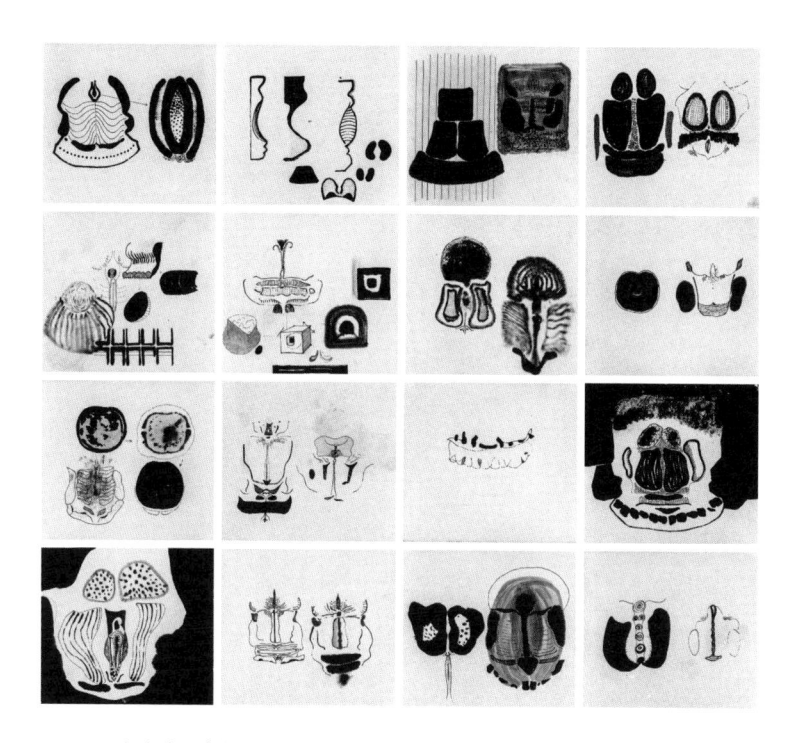

图12 何翔宇,《我们所创造的一切都不是我们自己16-1》,2012—2013年,墨、水彩、铅笔、综合材料、纸本,16张,24×27cm

画画的过程和感觉更加重要。我们无法解读这些画的画面(图12),但是,我们却可以借此解读我们的身体,我们可以借此重新认识我们的身体。这就是,身体是一个器官的相互感应之所。它在不停地转换和流变之中。它彻头彻尾地充斥着一种不停地传递的情动(affect)。

绘画的嫁接和摹写

盯着一张画，沉迷于其中，被它的整体性所吞噬，也在它的细节上徘徊、浏览、揣摩，为它打动、折服、惊叹，或者相反地，抱怨它、蔑视它、嘲笑它。这是观看绘画的一般情景。但是，李青不再以此作为目标，他试图改变绘画的观看方式。他画了两张画，让这两张画并置在一起，这两张画如此之相似，仿佛是同一张画。但是，它们之间存在着微小差异，李青让人们去寻找这两张画的差异——就像一个在两张相似的图中找差异的经典儿童游戏一样。如果是这样，人们如何去看这张画——或者说——这两张画呢？

我们可以设想第一种方式，即人们不再是对一个整体的绘画笼而统之地去看，而是致力于绘画的细节，就像艺术家所要求和期待的那样，去寻找两张画的细节差异。每一次差异的发现，就是一次观看目标的达成。就像孩童有一种发现的成就所带来的喜悦一样。看画,就变成了一种搜寻、发现、比较和侦探。它要求对局部和细节保持敏感。绘画变成了一种针对观看目光的陷阱。正是这种细节对照,成为观看绘画的重心所在,它控制了观看目光。而目光在两张画之间不停地摆动,它并不聚焦。绘画取消了中心点,也因此取消了为观者所设置的一个固定的观看位置。它让目光游离,闪烁,逡巡,飘忽。它忽视了总体性,当然,它就会彻底遗忘这件作品的"意义"。绘画以其细节的独特性而获得自己的存在感。或者说,绘画的意义,就在于它在与之相邻的另一张画在细节上的差异。每一张画都无法在自己的领域中获得自主性,它只有借助另一张画才有它的存在感。它们是彼此的参照物。两张画在目光的移动中被牵扯在一起。就此,人们不再在绘画和世界之间去寻找关系,而是在绘画与绘画之间去寻找关系,一张画的意义,就在于它不是另外一张画;一张画之所以存在,就是因为它同另一张画存在差异。它们在差异中来奠定自己。它们就是在一个画的系列差异中来确定自身,而不是在对外在的世界的再现中确定自身,甚至不是在某个特定艺术家的创造中确定自身。也就是说,绘画在此既抛弃了世界,也抛弃了艺术家。它们沉浸在自身的内部,沉浸在它和别的画的差异性之中。

但是,我们很清楚,对于许多人而言,他们并不会遵循艺术家的提醒,(艺术家是真的在提醒我们寻找差异,提醒我们真的要找茬吗?)他们会放弃寻找差异的企图,(寻找差异的观众是业余的观众,或者是儿童观众,)或者说,寻找差异不是他们的观看目标。他们还是要看画本身。他们将画恢复为一个艺术作品,并以艺术的标准(而不是科学细察的标准)来判断这两张画。这两张画被看成一个艺术整体,这是一张有关联的二联画或者三联画。它们差异性地并置在一起(人们知道有差异,但不刻意地去辨识这种差异),这不是找茬(找差异)的场所,而是作品的场所。绘画还是以艺术品的方式存在。

如果是这样的话,如果我们不再去追究细节差异的话,我们将如何去看这件作品呢?首先,这两张画没有主次之分,它们也不构成一个时间或者主题系列,它们在此是一个共鸣的游戏。人们在此不再是追究差异,而是追究相似,人们看到了两张画巨大的相似性。由此人们会说,一张画是另外一张画的现实,一张画是对另一张画的临摹,事实上,它们相互临摹,相互将对方作为摹本,相互是对方的观照。这样,它们还是局限在绘画的关系中,但不是细节的差异关系中,而是一种相互写生的关系中。差异不过是临摹的失误,差异是小过失,差异是临摹不可避免的失误,而相似才是两张画的目标。在此,这两张画互为起源,互为对方奠定合法性。这同样也是一种绘画的游戏——在此,外在的世界和意义,我们同样可以说,艺术家的世界,艺术家对意义的创造,仍然被抛在脑后。

但问题是,我们还是能发现,这两张画看上去都是对外在世界的摹写,它们都具有写实的特征。这样,我们可以有第三种解释这张画的可能。这两张画都是对一个实在的摹写和再现。但是,哪张画——这两张画有显而易见的差异——是真正的摹写呢?或者说,这两张画是在争夺对一个"实在"的解释权吗?又或者,一种真实就被这两张绘画的差异搅乱了吗?因为这两张画的差异导致了没有唯一的真实吗?"真实"在这两张画的差异中因此陷入了危机。但我们也可以从另一个角度来进一步展开讨论。我们可以承认,这其中有一张画是真实的对实在的摹写,也就是说,它是再现之物。而另一张画不是对实在的摹写,它不过是对前面一张画的摹写,也就是说,它是对摹写的摹写,是对再现之物的再现。就像柏拉图式的对影子的影子的再现一样。对实在的摹写的那一张画无限地接近实在,但另一张画,即对这张画进行摹写的另一张画,则逐步远离了真实。在这里,真实世界没有被抛弃,相反,它如何被再现出来这一问题则得到了质询和拷问。

接下来是李青的互相毁灭的绘画系列。李青这次不再是将两张画并置和区隔开来,呈现它们的差异。这次,他是先画完两张不同的绘画,在它们的颜料尚未完全干燥的情况下,让这两张绘画覆盖在一起,又迅速地将它们分开,两张新的各自沾染了对方颜料的绘画完成了(图13)。它们各自侵入了对方,在入侵对方的同时,它们也各自被对方所吸纳,它们相互改变。两张已经完成的绘画,一旦相互覆盖,实际上也就是相互毁灭,相互吞噬。它们各自扭曲了对方,它们也因此获得了另外的画面——我们看到这两张先前并不相同的绘画,在相互覆盖后有一种趋近的特征,它们最初的画面都改变了。这还是画和画之间的游戏。一张画在画另一张画,或者说,两张画在相互画画。但不是一种差异和重复式的绘画游戏,而是一种偶然的无法预料的绘画竞技。在

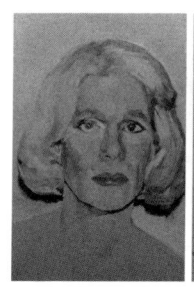

图13 李青,《互毁而同一的像·两个演员》,2017年,
照片(尺寸可变×2)+布面油画(150×100cm×2)

此,一张画是另一张画的作者。虽然李青是它们二者最初的作者(他认真一丝不苟地画出了它们,它们是以完整的绘画出现的),但不是最终的作者。当这两张画相互覆盖和攻击的时候,它们同时摆脱了他。它们同时是对李青的作品的拒绝,是同时对李青认真绘画出来的作品的毁灭。因此,我们要问,这最后的形态的作品,还是李青的作品吗?

这是画在画画。这两张画,就像是两个相互抄写的文本一样,具有一种高度关联的互文性,它们互相寄生,谁也不能主宰谁,谁也不能作为绝对的先在起源。但一张画总是另外一张画的后果。在此,绘画依旧是被限定在绘画之间,绘画仍旧是在绘画的关系中得以定位。一张画之所以形成最后的局面,是因为另一张画的存在,是因为另一张画和它在玩一种游戏。反之亦然。人们当然可以看到最初这两张画的不同形象(李青拍摄了它们相互覆盖之前的画面)——李青也有意地将这种形象发生关联,更准确地说，发生对应。同《大家来找茬》画出的是两张相似的绘画不一样，这组绘画中的两张画强调的是画中人物的关联性，也可以说，对应性。两张画总是能找到一种恰当的内容或者人物联系。这种关联性和对应性，正是它们能够彼此粘贴、彼此攻击、彼此毁坏的理由，就如同两张画是因为过于相似从而导致寻找差异性的原因一样。它们之所以相互粘贴，就是因为它们的关联，最初的画面人物的关联。因此，这种粘贴、覆盖，对李青来说，就不仅仅是画面的粘贴和覆盖，而且也是两个人、两个内容、两个相关主题的粘贴和覆盖。

也就是说，李青将画面的主题探讨也引入到画面的形式探讨中。绘画的形式讨论容纳了主题的讨论。他甚至越来越对这一部分感兴趣。他似乎不满足于单纯绘画方式的探讨，也就是说，他不再仅仅是在绘画之间的关系中来确定绘画本身，而且，也在绘画和其他的艺术材料的关系中奠定自身。更重要的是，在绘画同各种材料达成的关系中，李青尝试着将历史、社会甚至美学的观念注入进来，也就是说，这种历史和社会的观念不是在画面中得以直接表述，而是在一种绘画的制作中，在绘画同其他材料的组装关系中得以呈现。这是李青近期的工作——他并不想放弃社会的干预，但是，他也不想按照传统再现的干预方式，他是将干预植入形式的创造中，或者说，形式的抉择就是一种政治的抉择。

他的大教堂系列，就包含类似的企图野心，这些作品包含更复杂的游戏。他试图将绘画进行各种各样的处理，不仅是绘画与绘画之间的游戏，而且还有绘画和绘画史的游戏、绘画和现实的游戏、绘画和装置的游戏、绘画和现成物的游戏、绘画和各种材料的游戏。李青试图在这里将绘画的概念无限地扩大，将绘画同任何一种可能的要素结合在一起。他试图通过这样的装置——画的方式，来展开对现实的介入。他在旧的玻璃窗上画画，在游戏机上画画，他使用经典作品要么对之充满反讽要么对之充满敬意地来画画。绘画凭借它的组装对象而展开，反过来同样如此，那些材料同样是在同画面的组装中获得它们的各自意义。在这里，李青不再是关注绘画与绘画之间的形式游戏，而是在探讨意义是如何在绘画和材料的组装中自发地外泄的。绘画在此致力于某种批判性的观念，但是，这种观念绝非来自绘画本身，而恰恰是不同材料之间的嫁接产物。人们在这些作品中可以发现各种各样的批判性观念：宗教滥用，世俗神话学，资本主义夸饰，全球化鬼脸，历史末日，死亡的诗意，以及种种现实化的白日梦。所有这些批判性主题，都是通过嫁接，各种各样的嫁接，尤其是绘画同其他材料的嫁接，而表述出来的。如果说，以前李青的方式是通过绘画之间的对照或者覆盖来产生绘画的形式游戏的话，那么，现在，李青是致力于嫁接的方式来产生批判性观念。如果说对照是一种差异和重复的游戏，覆盖是一种进攻和毁灭的游戏，那么，嫁接则是一种连接和批判的游戏。如果说对照是一种纯粹形式的游戏，覆盖则在这种形式游戏中融入了批判，而嫁接则是在批判中融入了形式游戏。

李津的欢笑和悲凉

在20世纪80年代中期,水墨画面临着一次重大的危机。就像有些批评家所宣称的那样,水墨画穷途末路。这是因为,酝酿水墨画的历史背景已经一劳永逸地逝去了——无论这种背景是一种生活方式,还是一种意识形态;无论它们是一种自然结构还是一种社会结构。水墨画的基础已经消逝了,正如古典语文和古典戏曲的基础已经消逝了一样。水墨画就此成为一种僵化的毫无生命力的绘画形式。人们也因此同传统水墨画之间有一个巨大的沟壑:既是心理的沟壑也是历史的沟壑。这样,一个必须提出来的问题是,水墨画如果还要新生的话,它必须进行怎样的改造和实验?这就是所谓新水墨画的诞生。

新水墨画的实验,大体而言,有三种方向。第一种是谷文达的方式。谷文达受杜尚的影响。他明确地宣称他崇拜杜尚,"在西方现代艺术中,我认为杜桑(杜尚)是最伟大的。他是现代艺术的掘墓人，他把艺术推到了一个极端，所以很难打倒他"。而他的理想就是在中国完成杜尚已经完成的事业，"把中国如此悠久的传统绘画艺术推到某个极端，使他（它）无法再向前走了。那时我也许就不再画画了"。他不是改造中国画，而是试图以他的方式来终结中国画的传统。他曾经是一个国画家，也受到严格的国画训练，因此，由他来终结这个传统就非常合适。他将书法、错别字、大块泼墨、宣纸以一种特殊的方式装置在一起，而发展出一种独特的艺术形式——他运用水墨画的材料来将水墨画完全颠覆。在他这里，水墨画确实走到了尽头。在谷文达的激进实验面前，任何的水墨画创作都显得可笑。

但是，水墨画毕竟不可能走向终结，人们在尝试另外的方式来让它获得新生。这就是朱新建开拓的方向。朱新建不是将水墨画推向极端而让它死亡，相反，他转换了水墨画的题材，并发展出一种新的绘画趣味——不再是传统文人画一以贯之的古雅的山水趣味，而是一种充满色情的大众化的低俗趣味。因此，他创造了一种亵渎的风格，一种对传统水墨画进行亵渎的方式来让它获得再生的风格。水墨画的拘谨传统一下子被冲破了。人们可以在水墨这个形式框架下注入各种各样的题材和故事——既然色情、裸女和性都可以堂而皇之地进入到水墨中，那还有什么不能作为水墨画的题材呢？

另一种方向是李津等人的水墨实验。既不像谷文达那样以激进的方式让水墨走向终结，也不像朱新建那样对水墨进行亵渎（或者说，挖掘出一直受压抑的春宫画传统来激活水墨画），而是将油画的现代主义尝试，将油画的现代主义风格引入到水墨中来——也就是说，绘画剔除了它的材料限制，而追求一种表现主义的现代风格。李津在西藏的现代主义尝试非常明显地摆脱了水墨画的传统，他将西画中成熟的现代主义样式，尤其是表现主义的样式运用到水墨画中来，实际上，这种尝试，让人们忘记了西画和中国画的区别。在这些尝试中，绘画呈现的至关重要的是一种风格，在此，是一种风格在统治和标注着绘画，而不是一种材料在统治着绘画。人们在这里首先看到的是一种风格，一种形式主义的创造，其次才会意识到这是运用水墨材料而完成的绘画。就材料而言，它是水墨画；就风格而言，它与传统的水墨画毫无关联。

这是李津的开端。尽管他受到很好的水墨基础的训练（我们看到他在学徒期就表现出了一个国画家的天分），但是，在他职业生涯中几乎没有画过传统意义上的水墨画。他在西藏的现代主义开端，毫无疑问地显示出他受到当代艺术的影响，而并没有将自己禁锢在传统水墨之中。事实上，李津几次去西藏也正是试图通过西藏这种特殊的文化环境来打破各种既定的艺术成见，他试图在这里寻找各种刺激、灵感和启示，从而摆脱当时的绘画主流——无论是油画主流还是水墨画主流。打破主流的方式，要么是对过去的挪用，要么是对他者的挪用。我们看到，李津在80年代末90年代初的一段时间里，进行了各种与西藏有关的绘画尝试，他围绕着西藏的灵智、风俗、宗教和艺术展开了一系列的绘画实验，这些实验有他独自的体会和经验，这是他自己隐秘的西藏想象。它们呈现出各种不同的风格。坦率地说，这些绘画因为具有强烈的私人性质，而且很少展出，它们并不为人所知。这是李津的喃喃低语。

在90年代中期，李津回到了北京。他过上了一种与西藏迥然不同的胡同生活。正是胡同生活的世俗性，让李津感到了生机勃勃。尽管他受到各种潮流的影响，他也试图进行多种多样的尝试（人们发现，他在这短短的几年时间内居然创作了那么多风格和趣味迥异的作品），但是，真正触动他的，或者说，真正让他得心应手的是他目力所及的世俗生活（图14）。这种当代的世俗生活，正以各种方式进入到90年代的艺术形式中。人们也正是在此时告别了80年代的崇高和英雄主义，告别了各种极端的冒进尝试，告别了各种各样的不朽之幻觉。对日常生活的兴趣从各个方面被激发出来了——在文学、在电影、在当代艺术中都是如此。李津的意义在于，他是水墨画家中最先对世俗生活感兴趣的人。这是李津至关重要的一步。在他这里，世俗生活开始有了水墨的表达方式，反过来，水墨画中塞进了一种新的题材——传统水墨画，尤其是文人画，是以排斥世俗生活而获得其特殊性的，李津则刚好相反，他的作品的特殊性就在于引入了世俗生活。这也是他和朱新建不一样的地方，朱新建的作品中有世俗性，但是，这种世俗性一直被色情和爱欲所压倒，世俗性呈现一种特殊的亵渎色彩，以至于日常生活的一面并不突出。而李津则有一种绝对的世俗性，尽管他也有色情和爱欲（这也是他和朱新建的相似之处），但是，色情和爱欲服从于一种世俗性，被世俗性所压倒，

图14 李津,《北京之春》,1990年,纸本设色,47×42cm

或者说,色情和爱欲不过是世俗性的一部分。世俗性在李津这里,有各种表现方式,它的开端就是胡同,是市井生活,是胡同中的一切,是胡同中的普通人,是无名大众的日常生活。最后,正如人们所看到的,李津越来越将这种日常生活的重心放到食物方面。他相信正是食物,正是吃,构成了无名大众生活最坚韧的重心。吃是一切生活的最大公约数——他全力以赴地画与吃有关的一切,也正是因此,李津将绘画拖入到一个最普通的层面,中国画就此可以接纳一切，就此可以和世俗生活融于一体。对中国画而言，也许齐白石是世俗化一个最重要的开端，齐白石将俗见的瓜果和虫草纳入到他的画面中来，是传统文人画的一种重大转折。而李津则彻底地世俗化了。在世俗化方面，没有人比他更激进。

李津越来越将他的兴趣集中在食物方面，集中在与美食相关的一切方面。他也因此形成了一套自己独一无二的语法。水墨画正是在这个意义上和当代生活结合在一起。李津对此投入了巨大的热情，他耐心地、长久地绘制食物，这些食物仿佛不是要进入人的胃中，而是要让它们保持永恒。画面上的食物如此地生动，如此地丰富，这些食物仿佛有自己的生命一样，它们也有自己的生活和思想。这是绝对的关于食物的情不自禁的颂歌。反过来，绘画因为食物而变得有味觉感——它不仅仅是视觉的艺术，而且还是味觉的艺术，绘画本身就令人垂涎欲滴，就如同它画出来的食物一样。在这里，食物和绘画相互生成。它们同时获得鲜活的状态，食物因为绘画而不朽，它既是可吃的，但也是永远无法吃掉的，它长生于画布之上。反过来，绘画本来是要追求一种不朽，但因为它充满了各种食物，仿佛是可以随时被吃掉一样因而舍弃了它的不朽。李津正是通过这种方式颠倒了绘画和食物的一贯神话。相对于传统水墨的永恒神话而言，相对于世俗生活的长期被贬斥的状况而言，李津也通过这种方式同时肯定了水墨的当代性和生活的世俗性。

如同食物具有人性一样，在李津这里，他绘画中的人也逐渐地具有强烈的食物性。他尽量地将画中人物画得肥胖，他们身上也充满着肉，这些肉并非性感的标志，而是可食的对象。这些肉充满着赤裸裸的脂肪，就如同动物之肉。它们仿佛也是可吃的，尤其是画中的肥胖的男男女女。他尽量地画出他们身体上的肉：裸体女人身上的饱满的肥硕之肉。这是真正的赤裸肉体：它们充斥着各种食物，充斥着脂肪。仿佛在这些人体的肉中，能看到动物的肉，能看到作为食物的动物之肉，能看到作为食材的肉。作为食物的肉堆砌和转化为人体之肉。因此，他们看上去像动物，不仅仅是肉体的动物，而且也是不沉思的动物——动物从不沉思，它们饱食终日，满足自在。只有人沉思，人从不满足，人总是在自我否定。

这就是李津作品引人发笑的原因。在此，人们是多么像动物！这是对他人的嘲笑，难道不是对自己的嘲笑？李津似乎相信，人的生活根本上就是动物的生活！我们在画面上看到了人间烟火，但是，这样一种人间不也是一种动物世界吗？人们的需要如此之多，他们所需要的全部堆在画面上，如此之多的食物都堆在画面上，以至于画面如此密集，毫无空白，毫无匮乏，如此强烈的贪婪本性不也是对匮乏的恐惧吗？这不也是动物的满足？或者说，李津画出了人的生活，不是也画出了动物的生活吗？在此，人们要问，人和动物的差异到底在哪里？

在另一方面，李津在画面上大笑，但是，在他的画作中也透露出对人总有一死的伤悲。也正是这种终有一死的存在之悲苦意识，使得画中人物总是过度地沉浸在饕餮的短暂欢愉之中。正是必死意识，才促发了他对生的迷恋；正是对生的迷恋，使得他要无时无刻地永恒寻欢；正是这种无所不在的寻欢，人的悲凉感又从中隐现：人们总是在逼近死亡。对许多人来说，逼近死亡总意味着要操心，要筹划，对另一些人来说，逼近死亡，则意味着要抓住现时，抓住分分秒秒的快乐。也正是这一点，正是在宴饮般的动物生活中，人又超越了动物的那种漠然，他会恐惧。因此，绘画表演的是喜剧，但它的内在性却在哀鸣。

在这个意义上，我们要说，李津的作品绝非一种世俗化的作品——或者说，绝非一种他画面上所显白地表明的世俗化作品，绝非一种只引发笑声的作品。是的，没有人比他更热爱、肯定世俗，但是，也没有人像他这样沉浸在世俗的感官盛宴中却感到深深的悲凉。他的作品如此之好笑，但又是如此严肃，如此之伤感——我们除了吃吃喝喝，还有什么值得追逐的事情？这不是尼采所说的末人状态吗？这正是"人的终结"的主题，这个主题在此以两种方式表达出来：一种是海德格尔式的人的必死意识，一种是科耶夫（Kojève）式的人的终结意识。对于前者而言，我们看到了画面笑声后面的悲剧；对于后者而言，我们看到了画面悲剧前面的笑声。

三 福柯

年轻时的福柯

福柯对我们有何用

20世纪80年代构成了现代中国的一个特殊的历史氛围和知识氛围。正是在那个时代,邓小平倡导面向西方世界的改革开放政策,使得中国知识分子开始大量翻译西方现代和当代哲学著作。这个时候,尼采、弗洛伊德和萨特首先被挑中了。为什么是尼采?一直被集体性所绑缚的人,一直被平均化信念所主宰的人,一直牢牢地受缚于同一种观念的人,此刻最需要的是激情,是创造性力量,是能够让个体生命得以迸发的各种抒情性,尼采为他们提供了呐喊的可能。为什么是弗洛伊德?人们需要将性合法化,需要将性非罪化,年轻人需要为自己旺盛的爱欲寻求自主性,弗洛伊德告诉他们爱欲是"自然"事实,不需要进行人为的压制。为什么是萨特?人们需要自己决定自己的命运,需要自我选择,而不再听从国家、单位组织和家庭的安排。尼采、弗洛伊德和萨特,这些思想家在80年代的中国具有强大的吸引力。无论是否能够真正地理解他们，当时几乎所有的大学生都在谈论他们。这些哲学著作可以销售到几十甚至上百万册，80年代的中国，出现了一个阅读西方哲学的奇观。

福柯正是在20世纪80年代这个引进西方思想的潮流中来到中国的。在20世纪80年代之前，中国没有人提到过福柯（这和日本完全不同，福柯在日本很早就被翻译和阅读了）。在80年代初期，在介绍西方思想，尤其是结构主义的文章中，有极少数人在其中提到了福柯的名字，但是，这些作者并不了解福柯的著作——也就是说，只是知道法国有这么一个重要的哲学家而已。这个时候，福柯并没有受到中国人的注意。有些巧合的是，中国出现的第一篇专门介绍福柯的文章，是对福柯逝世的报道。1984年6月福柯去世后，在1984年9月出版的一个专门介绍西方思想的杂志《国外社会科学》上，发表了一篇文章《法国哲学家福柯逝世》。这是中国人第一次将福柯作为一个单独主题来谈论。这实际上也是从法国报刊上编译的一篇文章，因为中国人此时还不了解福柯。这也表明，福柯是在逝世之后，才开始在中国引起人们的关注。也只是在这之后的1986年，中国开始有人发表零星的介绍福柯的文章。1986—1990年大概出现过十来篇专门介绍福柯的文章。主要发表在《国外社会科学》和在知识分子中最有影响的杂志《读书》上面，这些文章都较为简要地探讨了福柯的一些重要主题：权力、疯癫、知识考古、话语，所评论的对象主要是《知识考古学》《性史》《疯癫与文明》和《规训与惩罚》这几本书。从文章本身来看，作者们介绍得极其简略，有些甚至还出现了明显的误解（比如在对福柯进行分期的时候，将谱系学阶段放到了考古学阶段之前），大多数文章都参考了西方人所写的有关福柯的论文，因为这些作者当时很可能并没有仔细阅读福柯的著作。不过，这样一种通过编译来介绍西方思想的方式，在20世纪80年代是非常普遍的：中国学者在那个时候几乎没有能力去理解和阅读福柯这样的思想家。而且，这些最早介绍福柯的学者，有好几位是在美国和法国攻读博士学位的中国留学生。他们之所以介绍福柯，完全是因为他们在西方的大学校园里感受到了福柯的巨大影响。除了中国人所写的介绍福柯的论文之外，还有一些被翻译成中文的西方当代哲学著作，也常常提到福柯，这对福柯在中国的早期传播也起到了一定的作用。

尽管从80年代中期之后开始的对福柯的零星介绍显得非常粗糙、简单和片面，但是，这些介绍性的论文，使得福柯引起了一小部分中国学者的注意。显然，福柯的主题，即便是简单地做一番介绍，也会令中国学者感到惊奇——因为这些完全不同于他们以前的知识系统，甚至也不同于他们粗浅了解到的西方哲学和理论知识。在80年代中期以后，萨特的影响降温了，而福柯则和德里达、罗兰·巴特、拉康等一道开始在一些为数甚少的年轻知识分子之间口口相传——之所以是相传，是因为他们的著述翻译成中文的极少，人们只是口头上听说了这些人，但是，在整个20世纪80年代，中国几乎没有人对他们有深入的研究。而且，中国学者把这些新法国哲学家作为一个"后结构主义整体"和"后现代整体"来对待，似乎这些哲学家之间并不存在着太大的差异。求知欲非常旺盛的中国的年轻知识分子，很快地知道了符号学、权力和解构（deconstruction）这些关键词，但对这些关键词的理解却是浅尝辄止的，福柯等人只是在一个对西方思想抱有极大好奇心的人数甚少的年轻知识分子圈子里为人所知。

福柯最早的两本中文译作可以说明这一点。在1988年和1989年，中国人翻译出版了福柯的两个不同版本的《性史》。这是最早的对福柯著作的翻译。但遗憾的是，这两个《性史》都不完整，而且都是从英文翻译过来的。1990年翻译出版了《癫狂与文明》，也是从英文翻译过来的。这两本书刚刚翻译成中文的命运，却展现了意味深长的事实。《性史》在中国的传播经历，本身就能显现20世纪80年代的中国的知识社会学特征。这本书是由上海的一家科技出版社出版的，人们将它当成一本性的科普读物，在书店里，它被摆在医学和健康的分类柜台中。年轻人买这本书，在当时的性知识非常匮乏的背景下，很多是出于猎奇心理或者是将它当成科普指南——但是，买回家后，发现内容晦涩，不知所云，完全没有任何性的指南知识，这些人大呼上当，将这本书当作废品处理掉了，这样，不久之后，这本书便遍布在中国大中城市的图书地摊上。（我是在90年代初在武汉的一个地摊上买到的，只花了一元钱！）事实上，在80年代，一切与性有关的书籍都非常走俏，这本书居然印刷了10万册！可是，印数如此之大，却并没有传播福柯的名声——事实上，当时的一般读者并不关心一本与性有关的书的作者是谁，（只要是一个外国人就行！）福柯还是没有超出极少数知识分子的圈子而为人所知。《癫狂与文明》的出版也可以证明这个事实。与《性史》差不多同时翻译出版的《癫狂与文明》几乎没有受到什么关注，在当时翻译西方学术著作的热潮中，《癫狂与文明》默默无闻——很多年以来，它沉默地躺在中国大学的图书馆里，乏人问津。

不过，福柯还是越来越被人关注。到了20世纪90年代中期，福柯开始在知识界广为人知了——而不再局限于一个狭小的学术圈子。或许是中国对西方世界的了解越来越多，或许是福柯在西方的影响越来越大，或许是中国知识分子同西方大学的接触更加密切，也或许是中国社会的"权力病"越来越醒目，总之，到了20世纪90年代中期，人们经常谈论福柯。不仅是哲学、文学，还包括社会学、政治学、历史学和教育学等等，提到福柯的人越来越多。福柯开始成为一个醒目的学术人物。其标志是，中国人自己写出了两本论述福柯的著作：刘北成的《福柯思想肖像》（1995）和莫伟民的《主体的命运》（1996）。但是，因为福柯的著作翻译成中文的很少，而且，先前翻译的福柯的两本著作已经在书店里面绝迹了，人们还是没有看到福柯的著作。这加剧了福柯的神秘感，也越发地刺激了人们的好奇心。这样，20世纪90年代末期，福柯著作的翻译出版成为中国知识分子的期盼。也正是在这个时候，福柯的几本重要著作和文集应运而生：包亚明编选的《福柯访谈录》、杜小真编选的《福柯集》都引起了广泛关注。尤其是后者，搜集了福柯的重要文章《什么是启蒙》《尼采、谱系学和历史》等等。但是，将福柯制造成学术时尚的事件是，由最有影响的三联书店于1999年同时出版了《癫狂与文明》《规训与惩罚》《知识考古学》。这几本著作的同时出版引起了轰动。人们争相购买,这些著作很快脱销,又重新再版。福柯这个时候成为了公众话题,各种学术讨论和文章中都频繁地提到福柯,甚至中国最有影响的一家报纸周刊《南方周末》用了整版的篇幅向普通公众来介绍福柯,这在中国是非常罕见的。可以说,从这时起,福柯在中国已经超出了知识分子圈子的范围。他的影响如日中天。到了2000年前后,几乎所有人文学科的研究生都知道福柯了(虽然并未有深入的了解)——如果对福柯完全一无所知的话,可能会遭到同学们的嘲笑。甚至是校园之外的人——我说的是,一些喜欢文艺的公司年轻人、白领、歌手和艺术家——都可能听说福柯。

或许,在刚刚过去的十多年时间里,福柯是对中国知识界影响最大的西方知识分子,至少是被读得最多的知识分子。在今天的一家名为"豆瓣"的读书网站上,建立了各种各样的读书小组。这些小组的主要成员是高校的年轻学生。他们根据自己的专业兴趣组成了读书小组。有许多小组都是以思想家为主题的。我们发现,在所有的西方思想家中,除了尼采之外,福柯小组的成员最多,达到5 000人以上,远远超过了康德、黑格尔、海德格尔和萨特等人。从2000年开始,福柯的《性史》《词与物》以及他在法兰西学院的讲座《必须保卫社会》《主体解释学》等相继出版。这更加激发了研究福柯的兴趣。关于福柯的论文也爆炸性地增长。在1990—2000年这十年间,在中国各类学术杂志上,专门讨论福柯的论文不到30篇,但是,从2000—2010年的十年中,讨论福柯的论文达到了600多篇，几乎涉及除了经济学之外的所有社会科学和人文科学专业。以福柯作为研究对象的博士论文有近20篇。论述福柯的著作有10部左右。此外，还翻译了好几部外国人论述福柯的著作和文集，其中包括德勒兹的《福柯》。尽管所有这些论文的质量参差不齐，主题也各个不一，但是，这充分说明了福柯在中国知识分子中所引起的巨大反响。今天，在中国，绝大部分知识分子都或多或少地读过福柯。福柯渗透到各个学科，尤其受到年轻人的喜欢。较之当今其他的法国思想家或者欧洲思想家而言，福柯的影响确实更大一些，而且，受到的尊重也更多一些，人们几乎总是存在着敬意地提到福柯——当然，这并不意味着他的理论得到了普遍的欢迎。

为什么福柯在中国的影响如此之大？最根本的原因是他本身的思想魅力。在中国，人们很愿意，而且似乎也很能顺利地接受福柯的思想，尤其是他的权力-知识思想，人们愿意将福柯的理论用于中国的历史和社会实践进行分析，并动摇了传统的学术思路和方式；福柯持续地讨论权力问题——无论怎样来理解这种权力概念——这对中国人本身就是一个巨大的诱惑，因为中国人就是被权力问题所苦苦折磨。福柯高度历史化的批判风格同中国的知识分子的批判传统较为接近；对社会的关注和干预，是中国知识分子的一个强大的传统，福柯符合这一传统，相反，纯粹的抽象哲学思辨不为中国知识分子所擅长。同时，福柯对西方传统和西方思想的理解，也为中国知识分子打开了另外一种视野，人们可以借助福柯的著述去重新看待西方，一种既不同于马克斯·韦伯（Max Weber），也不同于马克思的西方，后两者对西方现代社会的阐释为中国读者所熟悉。第二个原因是福柯的独有的论述方式，福柯的著作写得非常漂亮，即便是翻译成中文，也能感受到他的著作的华丽和激情，能感受到它的文学性，这使得福柯的著作具有较强的可读性。而且，相对而言，福柯的著作不是典型的抽象的哲学思辨，因为著作中的大量历史事件的描述，比一般的哲学著作更能吸引哲学圈以外的人，这使得他的读者较为广泛。第三个原因是福柯的生活方式本身的魅力——福柯的两本传记都翻译成了中文，人们对于福柯的生活有了更多的了解，福柯对任何权力机制的怀疑和抵制，对生活本身的审美要求，以及他所推崇的"危险生活"，所有这些，对那些被各种权力所纠缠的年轻人，对那些不满现状的年轻人，对所有还没有完全丧失理想的年轻人来说，都是一种鼓舞。福柯成为他们的生活楷模。

福柯在中国产生了诸多影响，这直接导致了中国的知识生态和习性不可逆转地发生了改变。除了哲学讨论外，历史学、政治学、法学、社会学和文学的研究都受到了福柯的影响。就文学而言，在很长一段时间里，中国的文学评论家遵循的是苏联的美学模式。在大学里面，文学理论教科书总是反映论式的，是苏联马克思主义式的。但是，现在，文学教师会讨论福柯的话语理论，会强调文学话语的实践性和物质性，文学话语并非对现实的忠实"再现"。它们也有自主性，语言本身可以有自己的独自重量。此外，福柯的规训和凝视理论，对文学研究、文化研究以及艺术研究产生了重大影响：文学和艺术中有关主体形成的探讨，有关观看机制的探讨，越来越频繁地引用福柯；许多学生在讨论奥威尔（Orwell）的《1984》的时候，都自觉地运用福柯的规训理论。福柯关于"知识型"的讨论，同时是文学史和艺术史写作的参考模式。在史学领域，人们也正是在福柯的启发下，开始讨论一些微观历史的问题，而不再局限于对重大历史事件的勾勒和回顾。人们更加强调历史的偶然性，而不再完全信奉有一个绝对的历史规律存在。同时，人们也开始用权力改造主体的概念来讨论历史——这在以前的保守的历史学界是不可想象的，对于后者而言，历史就是追求真相，就是将历史还原，但是，受福柯影响的历史学家，开始重视微观历史，人们现在也开始谈论医学史，谈论空间和身体的历史，谈论日常生活的历史。教育学理论也用福柯的"规训"来谈论学校对学生的教育和管理。法学界的人开始注意到《规训与惩罚》中的法学思想。这些学术取向上的变革，都直接或间接地同福柯有关。尽管对福柯的理解还存在着各种各样的误区，尽管人们对福柯或许还没有充分地消化，尽管对福柯的运用有时候并不是非常熟练，但是，毫无疑问，福柯改变了许多学科的面貌和取向。

但是，遗憾的是，福柯的有些著作翻译得不是很理想。尤其是他的《性史》，尽管出现了好几个译本，但没有一个译本是可靠的。同样，《主体解释学》也是一个糟糕的译本。最近几年，福柯的一些重要的著作和论文还在陆续翻译成中文。这包括他在法兰西学院的一些重要讲座，比如《安全、领土和人口》《生命政治的诞生》，以及一部重要的论文集《福柯读本》，还有福柯讨论马奈(Manet)的著作等等。这些著作刚刚出版,中国知识分子还没有对它们进行消化阅读。但它们所讨论的一些问题,我个人认为同中国的现实,甚至是当今世界的现实有很大的关系,但是,遗憾的是,中国知识分子对此并不了解。中国知识界最近十几年来围绕着自由主义展开了一场大辩论,但是,福柯在《生命政治的诞生》中对自由主义的杰出讨论,完全没有被中国知识分子所注意到。此外,令人遗憾的是,福柯一个非常重要的遗产"生命政治"(biopolitics)概念,中国知识分子也很少有人提到。事实上,中国今天的治理,在很大程度上,正是福柯的"生命政治"思想的一个实践——中国政府所采取的治理方式,正是要不断消除各种纷至沓来的社会危险,就是要保护社会。或许,要过几年之后,福柯对自由主义和生命政治的讨论才会成为人们注意的焦点——而这些在西方已经成为讨论的热点。也或许,这些一直不会成为人们注意的焦点。因为"福柯热"在今天已经退潮了(由我本人主编的刚刚出版的一本《福柯读本》,就没有引起太多的关注,尽管里面的文章都是从前没有翻译成中文的)。福柯在法兰西学院最后几年的讲座也还没有被完全翻译成中文,这是关于古典思想的讨论。但是,中国对西方古典思想的讨论中,也没有人注意到福柯。尽管很多人重视福柯,但是,人们已经认为这已经是一个学术"老人"了——中国知识界的一个特点是,总是要找到新的潮流,要找到新的代表人物,总是要找到新的热点。福柯作为一个学术时尚人物,其热度已经持续十几年了(这在学术时尚化的中国,已经是一个奇迹),他所激发的兴奋正在成为过去，他在中国也被高度符号化和口号化了，尽管他还有大量的思想没有被人消化，尽管中国知识界对他的了解并不全面和深入，人们已经没有耐心再去深入研究了。这样的情况不是发生在福柯一个人身上，而是发生在所有的思想家身上，在20世纪80年代的尼采是这样，弗洛伊德是这样，海德格尔也是这样，除了马克思之外的所有西方思想家都是这样。中国人没有耐心对西方思想家做出特别深入而细致的研究。他们通常是作为学术时尚人物而存在。

最后，我还想表明的是，包括福柯的思想在内的当代法国哲学和思想是怎样传入到中国来的。我们对法国哲学的选择基本上采用的是美国标准，也就是说，如果一个法国思想家在美国被广泛讨论的话，在中国才会有更多的关注者。法国思想家如果不在美国成名，就很难在中国成名。为什么会出现这样的事实？因为，在中国的哲学系，法国哲学研究一直是比较薄弱的，既懂法语又懂哲学的人非常少，而且这些人在整个哲学界不占据主导地位，他们直接推动的法国哲学很难在学术界广为流行。哲学系的主流是德国哲学和英美分析哲学。德国哲学研究之所以有力量，是因为马克思主义、康德和黑格尔研究在中国有一个深厚的传统，所以，中国的哲学系有丰富的德国哲学传统。分析哲学之所以重要，语言是很大一部分原因，中国懂英语的人非常多。相形之下，虽然这几年有所改善，但法国哲学研究还是处在一个较为弱势的状况。事实上，对当代法国哲学在中国的推动，除了哲学系研究法国哲学的人之外，中文系、英文系，甚至是社会学系和历史系的教师起到了很大的作用。很多重要的法国哲学著作都是通过英文转译的（福柯的《癫狂与文明》《规训与惩罚》和《临床医学的诞生》也是通过英文翻译的，尽管这几个译本质量不错），大量的法文著作无法直接从法文翻译过来。在中国，能够从事英文翻译的人很多，留学美国的人也很多，中国知识界对美国最为了解——因此，只要是在美国成名的哲学家，肯定会在中国产生影响。我举一个例子——比如德勒兹。在法国，德勒兹的地位和影响丝毫不逊于福柯和德里达，但是，在中国，德勒兹的影响远远不及这两个人——这其中的根本原因是，美国的德勒兹的影响不及福柯和德里达。总之，一个法国哲学家要在中国产生影响，并不一定要在法国产生影响，但一定要在美国产生影响。中国进口法国理论，肯定要通过美国这个中转站。

当然，在中国，和在法国一样（我在巴黎也曾碰到了很多反对法国新理论的学院知识分子），甚至在全世界各地都一样，都有一些反对法国新理论的人，他们总是说，这些源自欧洲的理论无法解释中国的现实。而且，更重要的是，他们指责这些法国理论趋于极端，而且不负责任，它们具有天生的摧毁性，对中国这样本身十分需要秩序和理性的国家来说，这些理论具有危险性。中国不需要这些东西，更需要建设性的东西。这些指责法国理论的人成分殊异，有些是大学里面的旧式权威，因为他们不了解这些理论——准确地说，他们没有能力去研究这些理论——如果这些理论在大学里面占了上风，他们就会失去自己的权威，进而失去自己的学术利益——他们完全是基于自己的既有学术位置来反对这些理论的流行和引进的。还有另外一些反对者——主要是政治领域中的儒家保守主义者和新自由主义者，他们都将法国理论视作激进左派传统的延续，尽管他们大部分人对这些理论道听途说，缺乏研究，但因为他们对左派传统从来都缺乏好感，因此，事先，从意识形态上，他们就毫不犹豫地拒绝这些法国理论。

尽管有这些保守势力的存在，但是，以福柯为代表的法国当代哲学还是逐渐在中国大学中扎根了。福柯等哲学家在持续地影响年轻人，并且在逐渐地改变大学人文科学的面貌。

我只要记录毫无修饰的哲学谈话[*]

访谈者：李洋，北京大学教授

  导语：《米歇尔·福柯》是首都师范大学汪民安教授拍摄的关于法国思想家福柯的纪录片，影片于2016年7月17日于广州时代美术馆首映，之后先后于9月11日在中央美术学院美术馆、9月22日在南京大学和复旦大学、9月23日在上海大学和上海季风书店、10月15日在北京大学举行了数场放映，每场放映都受到学者和学生的关注与欢迎。汪民安把珍贵的影像文献与三十年后对学者的访谈重新编织，围绕福柯的思想及其在华语地区的传播，以及德勒兹、阿甘本等思想家对福柯的评述，展现了福柯思想的发展及其

---

[*] 原载于《电影艺术》2016年第6期，标题为《〈米歇尔·福柯〉：论文电影与哲学纪录——汪民安访谈》，本文有所改动。

魅力。影片全部由引文构成，其反工业化、反唯美主义的个人风格也令人耳目一新，是中国知识分子创作"论文电影"以回应西方思想家的一次重要的思想实践。

李洋：影片在广州、上海、南京、北京放映的时候，每一场都爆满，观众非常热情，很多地方不得不加映一场，你怎么看待这部电影特别受欢迎的现象？

汪民安：首先，我觉得这是一个比较新的形式吧。哲学和电影大家都有兴趣，而且以影像的方式来讨论哲学，可能非常少见，至少在中国没有出现过。其次，我觉得是福柯的影响，福柯在大学里面，在知识分子这个圈子里面的影响巨大——如果我拍另一个人，绝对不会有这么多观众。当然，来看的人很多，但是我觉得有许多人是不该来的。许多人是抱着看电影的目的来的，就是想来看一个有情节有叙事的纪录片这样一个目的，他们在教科书或者哪个地方听说过福柯的名字。福柯本身有传奇性，他的故事非常适合拍电影。谁不想看一部有关福柯的免费电影呢？不过，抱着这个目的来的人，多少会有些失望——片子没有任何有趣的故事和情节，只有对他们来说枯燥而莫名其妙的哲学谈话。如果把这些观众去掉的话——我真的不认为他们是这个片子的适合观众——那么，看到这个片子的人就很少了。最后，我要说明的是，尽管场场爆满，但是，因为放映的场数并不多，包括那些看得昏昏欲睡大呼上当的观众在内，大概就3 000多人吧。在中国四个一线城市，这个数目的观众是很少的。当然，比我事先想象的多得多,我拍的时候预设的是300个观众,就是我的学生和朋友。我根本没有打算在外面放映。是朋友们的鼓励让我拿出来给大家看。我只是打算在课堂上和我的学生一起讨论福柯的时候放给他们看,和他们边看边讨论。这难道不是一个好的教学方法吗?

李洋:大概从什么时候开始,你产生了拍摄这部电影的想法?是什么促使你产生这个想法?

汪民安:我可能比较关注当代艺术,也跟艺术家接触比较多,对各种艺术经验都了解。也许同一般的学院内的人相比,我能接受各种非体制化的艺术形式。我算不上是影迷,看电影并不多,但我对实验影像并不陌生。我也经常在美术馆看各种展览,包括诸多录像作品。也许不是我的电影经验,而是我的艺术经验潜在地影响了我。我了解白南准、安迪·沃霍尔(Andy Warhol)以及马修·巴尼(Matthew Barney)的作品,我也了解戈达尔、居伊·德波(Guy Debord)和贾曼(Derek Jarman)的作品。对于我来说,这个片子与其说是一部电影或纪录片,不如说是一个录像作品、一个艺术作品。如果我不了解或者不接触当代艺术的话,我肯定就是一个纯粹写书的人——事实上,在这之前,我就是一个写作者。

至于具体到我为什么拍这个片子?我觉得我不太能说清有某一个特别确定的原因。也许是很多原因促成的。我真的得具体想想我为什么要干这件事。具体的动机很多,比如说,十年前,法国文化中心邀请我去法国采访过二十多位法国哲学家,他们希望我回来后写一篇采访报告,向中国读者介绍当时的法国哲学状况。我从巴黎回来后，跟朋友聊起了巴黎的采访经历，我记得诗人王家新当时说过一句话，给我很深的印象。他说："老汪，你应该带个摄像师去，把当时的采访过程都拍下来。"我记住了这句话，但是，我估计王家新早忘记了。另外一个原因说起来很难让人相信：我经常坐出租车，上车后司机常常会问我，您是艺术家？导演？歌手？我总是诚实地回答说我只是个大学老师，不是导演也不是艺术家。我的回答好像总是让师傅们有点失望，他们的失望好像也连带让我失望。这样的问答有太多次了。也许，我真的想回答说我是艺术家。现在他们再问我的时候，我就可以理直气壮地回答说是了。还有一个直接原因是，两年前，我们在红砖美术馆组织了一个福柯去世三十年的研讨会，那个时候，我就决定拍一部关于福柯的纪录片了。

至于为什么要拍福柯，首先是因为我喜欢他。我也想让学生们了解他。如果我要拍个片子的话，只能是他。而且，我觉得我也只能是拍与哲学相关的片子。拍别的片子，我不擅长，而且也不感兴趣。

李洋： 在电影中出现了很多福柯生前的影像资料，还有你后来也做了大量的采访，你为了这部电影总共准备了多少素材？

汪民安： 素材一共有多少，我真说不清楚。福柯的访谈，我们只要能找到的，都找来了。当然用的只是很少的一部分。而我们自己拍的素材就更多了，我估计用了十分之一吧。

正好去年我有两次机会受邀去巴黎做学术交流。我就顺便拍一些素材。第一次去的时候，我并没有想清楚我要拍一个什么类型的片子。或者说，我一开始是想拍一个比较传统的纪录片，想拍福柯的传记，他的工作、他的出身、他的读书生涯、他的日常生活等等，第一次去的时候就围绕着这个采访了很多背景性的东西。比如法兰西学院、巴黎高师、福柯去世的医院、福柯的家里，还有拉丁区的各种街道、书店、酒吧等等，就是通常纪录片需要的那些背景性素材。还用各种方式、各种机器重复地拍。也在福柯家里翻拍了他的很多照片，有些是很少见到的照片。

李洋：但这些素材在影片中都没有出现？

汪民安：是的。这是第一次，去年7月份的那一次，我在巴黎待了一个月，然后回来了。回来之后，我就开始酝酿怎么剪，我觉得材料足够了。我甚至打算写解说词了。但是，我隐隐约约地觉得拍一个这样的传统纪录片并不能让我满足。而且，这样的片子一般人都能够拍出来，不需要我来拍。看看福柯的传记，一般的导演都能拍。所以我就一直没动手。我一直在构思和酝酿。突然有一天，我就想到了纯粹拍一个谈话的片子。纯粹地谈哲学，所有的出境者都是哲学家，所有人都谈哲学，福柯谈自己的哲学，别的人围绕着福柯来谈哲学。完全不涉及哲学之外的任何东西，不涉及任何的故事，不涉及任何的空间背景，而就是最纯粹的哲学谈话。简单地说，这是一个纯粹讨论哲学的影片。当然，我不会去讨论这是否是电影或者是纪录片，它是什么毫不重要，它就是影像。我也不去设想它的观众——我没有任何的意图、义务和责任去迎合所谓的"影迷"。我只是想让哲学本身现身，让哲学开口说话。哲学脱离口语成为书面语的时间太长了。我想讨论影像、哲学和言谈的关系。我想让哲学和哲学谈话来展现自身的魅力。对我来说，哲学家在讲话的时候最美。看看福柯，看看德勒兹，他们在讲话的时候比任何演员，比任何的电影台词都充满魅力——这就是我想展示的哲学的魅力。我试图让哲学在讲话。如果说这个片子我想有什么目标的话，这就是一个主要的目标。当然，如果你对哲学并无兴趣，或者说，你无法理解福柯在讲话时候的魅力，你就不会在这个影片中获得任何东西。

这样，我就给自己定下了一个原则。或者说，这个原则就是我要达到的风格：它非常简单，就是全片都采用同样的镜头，从头到尾差不多就是同样的镜头：一个哲学家对着镜头、对着观众讲哲学，而且基本上是以他的正面特写为主。一个人讲完了之后，就换另一个人也差不多以同样的方式来讲，从始至终都是如此。当然每个人讲的内容不一样，只是都与哲学相关。片子就只有这个风格——它是极简主义的，当然你也可以说毫无风格。我想好了后，就马上决定重新开始。前面的街拍什么的，全都作废了。

李洋：所以你又重新拍摄了新的内容？

汪民安：正好我在11月份又获得一个赴巴黎的机会。巴黎七大召开罗兰·巴特诞辰一百周年的会议，他们邀请我去，但时间只有一周。我赶紧联系法国文化中心，说我要采访福柯研究专家，希望他们帮我联系。他们出面帮忙了。但因为时间太短，加上我在巴黎还要开会，只能匆匆地见几个人。如果时间充裕的话，我也许能多见几个人。访谈的材料也许会更丰富些。不过，几个人也基本上够用了。

这次因为我所有的方案都想清楚了，我就知道怎么做了。不过，在拍摄的过程中，我又给自己制定了一个法则：就是放弃任何的拍摄技术，强调拍摄的偶然性。我绝对不要去摆拍，不要去强调拍摄的背景、空间、构图、色彩、光感等等。我给自己制定了另一个拍摄原则，就是绝对的偶然性原则。我的意思是，我绝不规划，从头至尾都不规划。被拍的人在哪儿，他约我们去哪儿，我们就在哪儿拍。在巴黎，我事先并没有告诉对方我要去拍他们，只是跟他们说，要聊聊福柯和哲学。德菲尔（Daniel Defert）和朗西埃（Jacques Rancière）都是这样约的。只是到了后，我才跟他们说，要拍摄他们。当然，这要征得他们的同意。除了芭芭拉·卡桑（Barbara Cassin）不同意拍摄外——当然，她非常友好，她是出于特殊的原因拒绝了拍摄——其他人都很配合，都愿意被拍。这样，他们都是在没有准备的情况下被拍摄的。而我也完全不知道会在哪儿拍。拍摄取决于机遇，取决于对方预订的约会地点。他们约我去餐馆，就在餐馆拍，去酒店就在酒店拍，去家里就在家里拍。我绝不对他提出任何的拍摄要求和建议，绝不布景。他怎么坐着，我们就怎么拍。我从未在意身边的嘈杂噪音、暗淡光线之类的拍摄障碍。我把它们原封不动地保留在影片中。我只是要记录纯粹的毫不修饰的哲学谈话。

同时，我也刻意地强调自己不要选择机器。我们有什么机器在手边就用什么机器拍。如果什么也没有，我们就拿手机拍。如果那天能找到摄像机我们就用摄像机拍，能找到相机就用相机拍。这也完全是偶然的。所以这个片子中有手机拍的，有相机拍的，也有专业摄像机拍的。另外，我也不挑选摄影师。我要去访谈的时候，正好碰上了谁有时间，我就带谁去拍。在国内是学生，在巴黎是朋友。有时候正好碰上了愿意帮忙的摄像师（雅昌艺术网就帮我拍过），就带他们去。我觉得所有的人都可以成为摄影师。因此，我这个片子的片尾中没有显示谁是摄影师，可能有十来个人——几乎都是非专业的——帮我拍过。每个采访对象差不多都是不同的人去拍的。最后，我也绝不重拍，或者说，绝不做修改，哪怕拍的效果很差，哪怕镜头模糊抖动，声音含糊不清。我想要的就是这种直接的一次性效果。

李洋：这种拍摄理念与工业化的拍摄方法完全不同，你决定采取这种方式来拍摄的原因是什么？

汪民安：我曾经有过几次被拍摄的经验。每次都差不多的情况。我这个片子的剪辑师杨波是电影学院毕业的，他本身是个很好的导演，他拍过一个黄永砅的纪录片。当时，他为了拍这个片子来拍过我。我记得他上我家来的时候，来了四五个人，扛着一堆机器，把我们家塞得满满的。他们非常专业，给我挑选位置，纠正我的坐姿，布置后面的书架背景，而且家里不能有一点点声音。拍摄的过程搞得非常慎重而紧张——我的表演感马上就上来了。我想所有人面对这种情况，都会产生表演感。这的确不真实。另外几次拍摄经验都大同小异——有一次甚至还被强行化妆了。我要说的是，首先正是这些经验，使我下定决心，如果我来拍片子的话，我一定要放弃这些繁琐的安排，这些催生了表演感的安排。我要简单而直接地工作,要让拍摄对象没有在被拍的感觉。

因此,我要的是一种最粗糙、最原始的图像,剔除了一切修饰过的图像。当然,人们会说,我这种图像毫无美感。专业的电影拍摄之所以精心制作,就是因为他们对图像有要求,追求图像的美感。但什么是美感?我在复旦放映的时候,有个学电影的学生就说,汪老师,我们在你这个片子中没有看到电影美学,没有看到技术。他的意思是我的这个片子从技术层面上来看太低级了。我回答说,你们电影学院的那些技术追求,那些美学追求和图像追求,那些电影教科书上的拍摄教诲,还真的没什么价值。我干的事情就是要反对你们这样的电影美学追求。那些所谓的技术要求、图像要求和美学要求,不就是电影工业打造出来的一套规范程序吗?今天这样的追求几乎差不多成为电影的律令。它既是对导演的规训,也是对观众的规训。它的目标就是"好看"。而我所做的恰恰相反,我要打破这种律令,从图像神话中解放出来。我绝对不追求画面的"好看"。我只想还原原始而粗糙的画面。我要放弃所谓的构图、空间、灯光等一切的技术部署。如果说电影的历史就是不断地探讨图像语言的历史的话,我要做的就是回到电影的最初起点,它就是直接、单纯、简单和朴素的记录。

第三,在今天这个手机可以拍摄的时代,我希望每个人都能自己拍摄。每个人都可以是导演,每个人都可以是摄影师。职业导演和职业摄像的神话应该破除了。汽车司机因为汽车的普及作为一个职业早就废除了,导演作为一个职业难道不应该因为手机的普及而废除吗？几十年前，波伊斯（Beuys）就说过人人都可以是艺术家，今天，我们也能够说，人人都可以是导演。我也不想说我是业余导演，我们的摄像是业余摄像，我想说的是，就影像拍摄而言，根本就不应该存在着职业和业余之分。而所谓的"电影"，它的定义和概念真的应该遭到质疑了。我记得在剪辑的时候，杨波对我说，汪老师，你这片子肯定会让我们电影学院毕业的人发懵，从形式到内容他们都不会接受。我对他说，太好了，我要的就是这个效果。

李洋： 在影片中，尤其是福柯的演讲内容，那些影像我觉得非常精彩，福柯对自己的思路表述得非常清晰，而且与你对福柯的研究非常一致。电影中出现了很多人，有中国的，有外国的，有像德菲尔这样与福柯有特殊关系的人，还有当代知名的哲学家，即便他们的身份和背景不同，但影片中呈现的部分形成了高度的一致性，即在福柯思想的价值上是很统一的。你在采访的时候，有没有对采访的内容做引导？

汪民安： 采访之前，我有一点准备。但不仔细。具体采访的时候，我先是问有关福柯的问题，关于福柯的总的问题。或者让他们说对福柯印象最深刻的是什么？一方面，我让他们随便谈；另一方面，我具体针对某一个人提一些特殊的问题，所以既有针对性的提问，也有让采访对象放开来谈的。访谈的时间有长有短，绝大部分超过了一个小时。跟德菲尔谈了好几个小时，包括中间还吃了顿晚餐。他的那段录音就是在饭馆吃晚餐的时候录下来的。我在片子中就直接用了这段没有画面的录音。不过剪辑后，实际上每个人都只保留了几分钟。如果我把大家的谈话都保留下来的话，这个片子估计会超过十个小时。

李洋：这部电影有一个很明显的结构，就是分为三个部分，分别是"人之死""权力/知识"和"自我技术"，我认为这三部分内容存在一种内在的逻辑关系，而且在每一个段落里，谈话、演讲和采访也存在一个比较清晰的逻辑线索。你能否把这三个部分的结构关系再讲一讲。

汪民安：我们把素材全部整理出来之后，我当然就会考虑怎么剪辑它了。虽然谈话和拍摄都是偶然的，但我还是希望片子本身有一种结构性的东西。如果一切都是偶然的，如果片子全部是一个片段一个片段的，没有任何逻辑，那么片子就完全没法看了——我还是打算给学生讲解的嘛。所以我最后还是强调结构和逻辑上要构成一个总体性。偶然的拍摄应该编织成一个结构上的整体。

那怎么来让它成为一个有逻辑的整体？因为没有故事性，无法按照情节来编织，我就按照一篇论文的方式来组织它。这本来就是论文纪录片。我把所有的素材都看完后，就决定大体按照福柯的早中晚三个时期的不同主题来整理素材。当然，这三个主题之外的很多东西都剪掉了，剪的过程我也感到很可惜。比如有关生命政治的谈话，福柯和德里达、罗兰·巴特、阿尔都塞（Althusser）的关系的谈话，福柯和"68思想"的关系的谈话，都剪掉了。一部片子，不可能保留所有的素材，否则太长了。另外，如果把所有东西都呈现出来，就会有各种枝蔓，它的逻辑结构就会不清晰。还有一个原则是，剪辑的时候，要以福柯的谈话为主线。福柯毫无疑问是主角。当然，福柯的影像也被大量地剪掉了，我们保留的只是我认为比较核心性的东西。

我之所以将它称为"论文纪录片"，确实是因为它是按照论文（paper）的方式组织的。它真的是一篇影像论文。我这么说，还真不是通常意义上的"论文"（essay）电影。像论文写作一样，我把这个片子也按照早中晚的主题划分为三个章节。但每一章暗含两个部分。第一章就是"人之死"，这一章的前半部分就是讨论"人之死"的概念，这实际上就是《词与物》的一个结论。后半部分主要是谈到福柯的影响，福柯在法国、在中国大陆和在台湾的接受和影响。第二章的前一部分主要是讨论权力概念，主要涉及的是《疯癫与文明》和《规训与惩罚》。这章的后半部分主要是讲福柯的风格。每个人都讲他所理解的福柯的特殊风格，关于语言，关于思维方式，关于多变性等等。第三章前半部分讲他的自我技术，这是他晚期的主题。后半部分讲的是德菲尔和德勒兹对福柯的回忆，也是对福柯的一个总的评价。所以，这三章，每一章的前半部分都是在讲福柯的理论，后半部分都是从不同的角度来讲福柯的被接受、福柯的风格以及对福柯的总的评价等等。之所以这样来安排，也是为了让这个片子稍微有点松弛感。如果一直讲"人之死"，讲权力，理论的强度就太大了。

李洋：拍完这个片子，其实有一个问题：你降低了所谓的电影化语言，其实也就是最简单的剪辑，你所谓的剪辑也就是最简单的剪辑，就跟我们研究电影里头所谓的蒙太奇完全是相反的一个方向，你就是简单的，在我们这里叫切接，这段接那段，没有任何手法。

没有旁白,也没有镜头的移动,都是人在讲话,也没有什么引导。那么,我想问你,拍完这部片子之后,你对电影这种艺术有什么新的(理解)?电影语言或……

汪民安:很多人看了这个片子后,说这个片子没有导演,就是个剪辑而已。但什么是导演呢?就是统治、指导和调度整个影片叙事和图像的人吗?在这个意义上,我不是导演,因为我没有指导怎么演出,我让所有的人自己说话,毫无表演性地说话。我也没有在图像和场景方面绞尽脑汁地设计。我甚至没有叙事。在这个意义上,我确实不是传统意义上的导演。我只是准备了原始素材然后对之进行剪辑。我觉得剪辑最重要。也可以说,导演的工作就是剪辑的工作。你翻译过巴迪欧那篇谈电影的文章。他在那篇文章中说电影主要就是剪辑,或者说,剪辑对于电影而言非常重要,电影就是剪出来的。我同意巴迪欧这个观点。无数的素材准备好了,放在这个地方,但是不同的人剪出来的东西完全不一样。在这个意义上,导演的工作就是剪辑的工作,或者也可以说,导演很重要的一部分工作就是剪辑的工作。

当然,我也不是传统意义上的剪辑。对,我就是你所说的"切接"。我要把不同人的语言组织起来,让每段话和每段话之间有关联。每段话和每段话之间能够衔接得上,因此,我切换得非常快。我不想让谈话的速度降低下来。我希望有一种谈话的强度。同时,我这是在写论文,我要让这篇论文完整。在这里,我就是要把各种文献编辑成一篇完备的论文。这是我的"导演"工作。也许说这是"编辑"工作更准确。问题是,这样的编辑工作是一般电影导演没法完成的。它需要专业性。它需要哲学的专业性。实际上,我希望看上去我在这个片子中完全消失了,我根本不希望这个片子有导演。如果所有的人都在那里说话,而且无须任何表演上的指导,还要导演干什么呢?也许,今天导演真的应该在影像中消失了,或者说,我们真的应该放弃职业导演这个观点了。

李洋: 福柯有一个观点,他说作者最终要消失在作品中,影片中也提到这个观点。那么,你在这部作品中,怎么理解作者在创造过程中逐渐消失这个问题的?

汪民安: 我希望在片子中自己消失。所以有人说这个片子没有导演的时候,我觉得特别高兴。我要的就是这个效果,我就是希望让大家看到这个片子好像是没有导演似的,片子像是自己生成的一样。它丝毫没有"演"的痕迹,当然就没有"导演"的痕迹。当然,有些观众能够看到片子中的材料挑选,能够看到逻辑和论证,因而能够强烈地感受到导演无处不在,只不过这个导演的功能和传统的导演的功能不太一样。但对有些不熟悉福柯的观众而言,他们只能看到一堆素材和资料的堆砌,看到毫无想象力的资料重复。他们当然无法看到片中导演的存在。一开始我甚至没有打算让我出现在片子中,我想彻底从片子中消失。但因为论证的需要,有些地方确实没有串联上,我还是出现了,我是作为一个串联的角色出现的。

李洋: 你在影片中出现了两段,前面有一段,讲福柯与笛卡尔和康德的差异。后面来讲他晚年为什么转向古代,研究自我技术。

汪民安：对，前面主要是想讲他的一个总体思想。是接着福柯讲的，不过福柯讲得有点抽象，我不过是一个补充和呼应，想一开始的时候告诉大家福柯的总的研究主题是什么。这实际上起着一个概括的作用。后面那一段出现在讲福柯的自我技术的时候。我们当时找不着福柯的晚年视频，如果有晚年的视频的话，福柯就会讲得很多，无须我们出场。但是，他的《性史》于1984年刚出版的时候，他就住院了，很快就病逝了。没来得及接受电视采访。一般来说，福柯出版一本书之后，法国电视台就会找他去做节目，这样才可能有视频资料保存着。但没有关于《性史》的视频，福柯自己没有说话。我在采访的时候，也只是让张旭说了比较多福柯的晚年，但还是不够，所以我就只好自己出来讲了。我的本意真的是不想出现在片子中。

李洋：还有一个问题，你说本雅明的思想启发了你，他曾设想有一本完全由引文构成的书，但是他没有完成。而这部电影则基本上都是由引文连缀成的，没有其他的任何电影手段，比如叙事或旁白，你是怎么想到这个想法的呢？

汪民安：当我开始想到这个片子以谈话为主的时候，我还在犹豫是不是还要写些台词来解释这些谈话，或者用这些台词把谈话以一种比较容易理解的方式串联起来。不过，我把所有的谈话素材看了之后，发现这些素材很丰富，它们基本上可以自己串联。如果是这样，为什么还要写解说词呢？本雅明有过一个非常著名的愿望：写一本书，但是，所有的句子全部由引文构成。写作者本人不写一句话，他只是像路边的武装劫匪一样，将那些闪光的句子从原有主人那里抢夺过来，然后将它们秩序井然地组织在一起，使之成为一本完整的书籍。不过，本雅明生前并没有完成这个计划。这只是他的一个愿望。现在，我试图通过影像的方式来完成这个任务。我试图全部采用别人的说话来编织我所要的主题、逻辑和结构。我希望这些引文本身组织成一篇完备的论文。这是我的引文写作，不过是用图像的方式来写的。

李洋：很多对这部影片感兴趣的观众，他们来看电影时是对这部影片有期待的，一方面是对叙事的期待，期待你讲述一个福柯的生平和故事，另一方面是对语言或形式审美的期待，然而你的作品让他们的这两种期待都落空了。其实，我也可以理解为影片对他们的期待构成了一种很强的挑衅，我猜有人会有一种被冒犯或是被欺骗的感觉。不过对于这种电影来说这很正常，居伊·德波的电影当年在放映时就有人直接反对。你在上海曾说，你是在寻找一种最适合拍这部电影的方式，是不是？

汪民安：肯定有很多人看了之后很失望，他们没有看到他们想看到的东西。这不符合他们的观影习惯。我对此很抱歉，尤其是那些排了长队最后还没有找到座位的观众。我知道这个片子会让很多人感觉不舒服。但是，我真的不知道谁会来看片子，我没法事先提醒他们说这个片子真的不好看。我能做的只是不主动邀请人来看——这点比伊夫·克莱恩（Yves Klein）好多了。他弄了一个没有作品的空展览，还到处下请帖。我知道很多人实际上就是想来看故事，想看福柯的生死爱欲，看福柯的传奇性。在北京放完之后，就有同性恋者对我说，汪老师，我们是想来看福柯的同性恋生活，而且希望你在电影当中能够为同性恋运动呼吁一下。每个人都是出于各种各样的原因来看福柯。或许因为我的片名叫《米歇尔·福柯》，让大家都以为是传记。但是，传记不是我要拍的，也不用我来拍。世上有那么多的职业导演，拍传记并不难，他们都可以拍得很好。BBC就拍过福柯的传记。我说我要拍肯定就不是一个传记，我要拍的是哲学。我要拍的只能是符合我的职业和身份的片子，或者说，只有我能拍得出来的东西。传记片有无数的人能拍出来。但这种哲学影像，有强烈的我个人的痕迹。这只能是我的作品。

李洋：所以你选择了这种表达方式？

汪民安：是。很多人不会认可我这个形式，毕竟不好看嘛，好像也没有什么技术。不过有些宽宏大量的观众会说，好在可以通过片子多少了解一些福柯的哲学，因此，形式上的问题就不计较了吧。但我自己最认可最满意的就是这个影像形式。就我而言，福柯讲述的东西，我当然非常熟悉。这个片子对我的意义，不在于福柯的哲学本身，而在于我找到了一种影像形式——它就是一个人对着镜头说话，不同的人轮着说话。非常粗糙，非常原始，非常简单，以至于人们都忘了还有这样的影像形式；或者说，它太简单了，以至于人们想都不会这样去想了，人们都不敢这样去拍了。我要说，这并不是一个新的形式，它真的是被所谓的影像艺术和影像工业所压抑了。我希望在今天它是一种独特的影像方式。它不同于一般的电影或者纪录片，也不同于传统的哲学论文，它难以归类。我只能说它是一件作品。相对于传统的电影而言，我这毕竟更像是 video art（录像艺术）。它对有些人来说很枯燥，但对有些人来说，也能看得津津有味。我知道它对每个人的吸引力不同。不过，总体就可看性而言，肯定比德波和安迪·沃霍尔的作品好看。那个《帝国大厦》（*Empire*, 1964）绝对不会有人从头到尾看完——包括沃霍尔自己。

李洋：在西方，"论文电影"的历史也有很长时间了，包括你说的戈达尔的《电影史》（*Histoire[s] du cinéma*）。其实安迪·沃霍尔的作品更倾向于一种实验影像，但是也有电影更接近于思想论文，比如齐泽克自己编剧、主持或主演的两部电影《变态者电影指南》（*The Pervert's Guide to Cinema*, 2006）和《变态者意识形态指南》（*The Pervert's Guide to Ideology*, 2012），当然，齐泽克的作品比《米歇尔·福柯》更愉悦，更好看一点。

汪民安：他本身有电影镜头。

李洋：他搬演了很多电影桥段，他想通过模仿商业电影的快感，展开他对意识形态的批评。每当有这样的"论文电影"出现，都形成了对"电影"本质的质疑，或者说"论文电影"拓宽了电影的边界，让电影不再是大众所理解的那种电影，让他们对电影是什么提出了疑问，其实是对电影形式的开拓。而且，我们本身就到了一个电影逐渐消失的时代，电影逐渐被各种形式的视频和影像淹没，各种长片短片，在电视上或网上，电影已不再是原来只能在电影院里看到的以胶片为唯一载体的电影，它开始消失在大量增生的各种形态的影像中。到底什么是电影，什么不是电影，电影的边界本来就很模糊了。我个人对这部影片很感兴趣，我觉得中国知识分子应该意识到"电影书写"这个时代情境。你觉得用电影这种语言来书写，与过去用文字来书写，这两种书写方式有什么区别？

汪民安：这是完全不同的经验。我没有有意将二者进行比较——它们的目的、方法和条件完全不同。最直接的差异就是，论文写作者一个人呆在书斋里面即可，而且不用任何的花费。影像不是一个人能够完成的，它是一项集体工作。一个导演之所以不错，也许就是因为他有能力挑选最好的人来帮他。但是，写作完全是个人的事情，从这个意义上来说，我觉得文字写作比影像写作要隐秘和复杂，对作者的要求更高。不过，遗憾的是，今天是一个图像时代，没有人愿意看文字论文了。类似于我这样的抽象、简单而难看的影像论文都会比最细腻丰富的书写论文的读者要多得多——这不是发生在我身上的一个活生生的例证吗？

纪录片《米歇尔·福柯》，法国理论和当代艺术[*]

杨北辰：在您这部关于福柯的纪录片中，第一部分是"人之死"。

汪民安：从结构上来说，全片分为三个部分，或者说三个章节。分别讨论"人之死""权力/知识"和"自我技术"，这实际上是对福柯的学术脉络的梳理。而每个章节里面又分成两个小部分，比如"人之死"的前半部分是纯粹的哲学讨论，后半部分就讲到了福柯理论在法国以及在中国大陆、台湾被接受和引入的情况。第二章的前一半是围绕"权力"概念的哲学讨论，后面就是不同的人来谈福柯的哲学风格。第三章前半部分讨论了福柯晚期的自我技术，包括快感的享用等等，后半部分涉及福柯的哲学友谊，尤其是德菲尔和德勒兹对福柯的回忆。总的来说，这个片子的结

---

[*] 本文原为答《艺术界》特约撰稿人杨北辰问，载于《艺术界》2016年中法文特刊《一语山》，标题为《汪民安：福柯在中国》，有所改动。

构分成了三段，每段的前面是对福柯哲学的介绍（既有福柯自己的介绍，也有别人对福柯的解读），每段的后面则涉及福柯如何被引进和介绍、福柯的风格以及福柯和德勒兹的友谊等等。

杨北辰：先抛开关于福柯的讨论，从电影的角度来看，它回避了很多形式上更丰富的呈现可能。当时您手头的素材肯定要超过影片中展示的这些，因为传记电影一般都会有比如人物背景、生平、故居的拍摄，但您回避了这些东西，使用了纯粹的采访形式，变成了所有人都在"抽象"地谈论同一个人；如果观众不了解的话就会根据这些谈论来构建"福柯"的形象，或者说福柯是从他人的话语中浮现出来的——当然还有档案的辅助。

汪民安：最初关于要拍一个福柯纪录片的想法，是2014年在红砖美术馆的福柯研讨会时形成的。但具体怎么拍，那个时候还完全没有想过。开始的想法只是素材越多越好。一般拍人物纪录片很自然的方式就是传记式的。我一开始肯定是抱着这个想法去拍的。我去年去了法国两次，第一次没有想清楚，只觉得应该尽可能多地拍素材。我去了福柯家里，从书房到卧室狂拍了一通，德菲尔也很慷慨，他把福柯很多从来没有公布的照片都拿出来给我看；另外，福柯工作的场所环境也拍了很多，包括巴黎高师、法兰西学院、硝石库慈善医院（Pitié-Salpêtrière Hospital）、拉丁区等等，我还收集了一些60年代的资料片。但回来以后我发现，如果以这些资料为基础的话，最后出来的肯定是一部福柯的传记片。我强烈地感觉到这不是我要干的事情。我就决定放弃这些背景式的资料。我干脆用一个完全是谈话的方式来构思，即所有人，所有镜头都在谈话,从头到尾都在谈话,都在谈哲学,都在围绕着福柯谈。本雅明曾经有一个想法,即完全用引文来写一部书;那么,完全用引文、用谈话来拍一部纪录片不是也可行的吗?所以,整个片子我没有写一句台词,全部是不同的人在讲话,我把这些讲话,将这些"引文"组织起来,让它像是一篇完整的论文,当然也是一部纪录片——所以,我自己把它称为"论文纪录片"。

杨北辰: 其实存在"论文电影"的说法,比如晚期戈达尔的创作,以及克里斯·马克(Chris Mark)的很多作品。但他们的"论文"并不指向理论化的写作,而更多地倾向于一种自由组织材料的方式。这部影片形式的趣味就在于,您把福柯的档案影像置于其他人,特别是其研究者对他的讨论之间,使得段落与段落、观点与观点之间产生了很奇妙的关系。我猜想您也考虑到了引文与评论、"原文"与"注解"之间的关系?

汪民安: 当然,实际上我采访的内容非常多,而且我们翻译福柯的影像资料也非常多,包括一些很长的福柯采访,都翻译出来了。我把这些所有的访谈资料看了后,就清楚哪些是我想要的,我很快就确定了三个章节这样的结构,然后,根据结构的需要进行了裁剪,将福柯的谈话和其他人的谈话组织在一起。除了结构和主题上的需要外,也去掉了一些非常晦涩、不太容易理解的内容,留下的是相对核心的、比较清楚的论述,这样的目的是尽可能让观众容易理解一些——毕竟这全是哲学,没有传记,没有故事。同时,我尽可能想要给人一种这个片子没有导演的感觉——我的工作量很大,但我希望大家看上去好像忘记了有导演存在一样。

杨北辰：这其实应和了福柯的观点，就是"作者"消失了。

汪民安：我尽量让自己消失。但是后来我发现有些地方连不上，把所有的访谈资料都翻过一遍后，发现还是有些逻辑上和总体性的断裂。所以我只好出场了，将断裂的地方补充一下，使得片子更加完整。在谈福柯晚期思想的时候我出现过两次。这主要是因为找不到《性史》出版之后的福柯的采访资料——福柯在《词与物》《规训与惩罚》出版之后都会接受电视台的采访，但是《性史》出版后不久，他就生病去世了。我们没有找到他的晚期影像资料。这样，只好我们自己谈。后来我和张旭合起来把晚期的叙述完成了。如果不是这样的话，我就不会出现在片子中了。

杨北辰：我想回到"出发点"这个问题上：您已经写过很多关于福柯的文章、专著，做过大量的研究工作，为什么还要拍摄一部这样的影片？或者说"电影"是否对于您的福柯研究有特别的意义？

汪民安：为什么拍这个片子？其实可以说有很多原因。但也可以说只有一个原因，那就是因为我喜欢福柯，纯粹的喜欢。不过，拍这个片子或许有一个直接的触动，你刚才一问，我现在突然觉得，它可能一直潜伏在我的无意识中。2006年的时候法国外交部书籍处请我去法国采访二十多个哲学家，包括斯蒂格勒（Stiegler）、克里斯蒂娃、西克苏（Cixous）等。他们希望我回来后在中国写一个关于法国当代哲学的报告。我记得我写完后跟朋友说起这个报告的事，一个朋友无心说了一句话——我记得是王家新，他肯定忘了他说过这样的话。他说，你要是带个人去把对他们的采访拍下来就好了。可能这句话在无意识中一直影响着我。我是应该拍摄"哲学"和"哲学家"。

至于电影和研究福柯的关系的问题，对于我来说，这也许不是研究福柯的问题，而是普及福柯的问题——毕竟片中讨论的都不是福柯研究中特别偏僻和艰深的问题，对于专门研究福柯的人而言，这些都是常识。但对于一般观众和读者而言，我觉得这是有必要的，毕竟普通观众对福柯不可能非常了解。我希望这个片子首先是针对普通观众的，是一个简要的哲学普及，或者说一个研读福柯的序章。对于我而言，拍这个片子，很重要的一点是为了表达我对影像的思考，也可以说，是我思考影像和哲学关系的一个方式。我想让哲学公开说话，对公众说话。我们不得不说，哲学脱离口语成为纯粹书面语的时间太久了，我想将福柯作为一个切入口，来讨论影像、哲学和言谈的关系，因为没有人比福柯说得更好了。

杨北辰：所以您认为对于福柯这批思想家而言，他们到底是以怎样的姿态出现在战后的思想界中并取得如此位置的？前段时间我参加了一个美国大学组织的夏季课程，一位教授曾经感叹道：我们似乎在开一个关于法国的研讨班，从头到尾大家一直在谈法国思想。很明显，这已经变成了美国学院维系自身知识生产的方法。这其实也涉及"翻译"的问题——法国思想无论在中国还是美国都会遭遇作为中介的翻译，不仅是语言到语言的翻译，还有体制到体制的翻译。

汪民安：我觉得整个"法国理论"表现出的是一种全新的哲学形式，无论是写作还是思维方式，都是传统哲学史上所没有出现过的全新样态。所以很多人不说"法国哲学"而是说"法国理论"，因为它跟传统意义上的哲学确实有很大差异。我觉得法国理论丰富了哲学的形式——举一个简单的例子，比如说福柯之前的一批人，萨特、布朗肖（Blanchot）、巴塔耶（Bataille）……他们是哲学家，同时也是作家。他们一扫传统哲学家的刻板形象。还有，他们接受的都是尼采的思想，当然还有海德格尔。而这两个人在德国是长期遭排斥的。尼采已经开创了一种新的哲学风格。从形式上来说，尼采已经是非哲学化的哲学家了，这一点很强烈地影响了布朗肖和巴塔耶，以及稍晚点的福柯和德勒兹。可以说，尼采不是在德国而是在法国结出果子来了。法国理论激活了尼采，同时也在这个激活过程中发明和创造了自身。

杨北辰：福柯有一个很著名的说法，就是"penser autrement"（思维方式）——换一种想法来思考，或者说"另类"的思考——这恰恰说明了法国思想在所有正统、经典的脉络之外的空间里都可以开枝散叶、生根发芽。您跟当代艺术的连接也很多，您觉得为什么法国理论会在艺术界如此受到关注？

汪民安：整个20世纪，艺术和哲学的关系都非常紧密。所谓的现代主义，和尼采、弗洛伊德的关系非常密切。比如20世纪早期的达达主义、未来主义、立体派、超现实主义等等，都致力于攻击理性。这正是哲学领域的尼采和弗洛伊德所试图表达的。我想说，这其实是两种不同的形式在同时表达一个时代的征兆。我觉得艺术和哲学可以互相解释。至于当代艺术和法国理论的关系，我觉得就像20世纪早期的现代主义和尼采、弗洛伊德的关系一样。今天有艺术家阅读福柯、德勒兹，就像当年的超现实主义者阅读弗洛伊德一样。但我绝对不认同这样的说法，即当代艺术是由法国理论催生出来的。但我绝对相信，当代艺术最好的解释方式是法国理论。

杨北辰：但是反过来看，福柯、德勒兹这些哲学家的写作几乎没有涉及当代艺术。

汪民安：福柯的确很少谈到当代艺术。他谈过马格利特（Magritte）的《这不是一只烟斗》。德勒兹写过一本培根的书。但是，他们的很多重要概念和研究方法其实已经成为了艺术家与批评家共享的知识资源，比如《知识考古学》这样的著作所体现出来的思维方式，就和许多艺术作品的思路很接近。这样的概念很多，比如他的"异托邦"概念，非常接近当代艺术中的拼贴概念，等等。德勒兹更是如此，他发明了那么多的概念，几乎都被艺术家引用。

杨北辰：您一直在中文语境里推广福柯、推广法国思想，所以总会面对翻译的问题。不仅仅是语言到语言的翻译，它涉及一种非常广义且实质性的行动，比如说学术机构的结构，包括当代美术馆、双年展制度其实也存在不断翻译或者"误译"的过程。但"误译"可以说是某种带有主体性的理解西方思想的方式。所以您认为在当代中国怎样去阅读与理解法国思想？怎样去翻译？怎样在这种思想中寻找和我们自身主体性之间的关联？

汪民安：学术界一直以来总是强调西方和中国的差异，总是质疑西方理论是否适应中国的问题。如果这是在讨论19世纪或者更早的状况，我觉得这样的问题当然是非常有意义的。但是，在今天，我越来越强烈地感觉到，理论和哲学已经超出地域界线了。确实，存在着一个所谓的产自法国的理论，但是，这些理论一旦产生了，它们就脱离了它们的产地，它们变成全球性的了。全世界的大学都有讲法国理论的人，就像当年讲马克思主义一样。但是，人们从来不去刻意强调马克思是德国理论，带有德国的特殊性。那人们为什么非要强调法国理论的法国性呢？就是因为它来自法国，来自另一个国家，我们才会对它警惕吗？我的看法是，今天的源自地域的哲学这样的观念越来越失效了。不是说，今天在中国的这片土地上就会产生中国式的哲学。如果说存在一种当代哲学或者当代思想的话，它绝非只奠基于某个国度的特殊根基上，而一定是融合性的，它也绝非只在产生这种思想的国度发生影响。当代有力的思想一定是全球性的，无论是它的根源还是它的影响。说实话，就当代哲学或者理论而言，我不读法国理论，难道要读所谓的中国理论？我承认有一种特殊的中国政治、中国经济，但是，没有一种特殊的当代中国哲学。当然，研究中国传统哲学是另外一回事。因此，读法国哲学，坦率地说，我从未将它们看作是一个陌生国度的异域哲学。我觉得我跟它们非常亲近，比中国自己产生的当代哲学亲近得多。我甚至觉得中国现在源源不断生产出来的所谓当代哲学和理论才是来自另一个国家的，它们同我毫无关系。

用一部电影的时间读懂福柯*

记者：我们跳开纪录片，从学术的角度来讲，福柯为什么会在那个历史时间点出现，以及为什么福柯到今天对我们依然有意义？

汪民安：福柯出现在20世纪60年代，跟他所处的法国哲学背景有很大关系。福柯严格来说属于尼采的传统。因为希特勒挪用过尼采，所以二战之后，尼采在德国没有人谈，德国的尼采是受到禁止的，但尼采在二战后的法国产生了影响。而且有趣的是，在德国，人们将尼采看作是右翼，在法国，尼采（主义者）则是左翼。巴塔耶、布朗肖、克罗索夫斯基（Pierre Klossowski）、德勒兹……法国五六十年代有一批哲学家非常推崇尼采。福柯正是受这批人的影响——尤其是布朗肖和巴塔耶——而接近尼采。法国所谓后结构主义，福柯也好，德勒兹也好，包括利奥塔、德里

---

* 本文原为答《南方人物周刊》记者蒯乐昊问，载于该刊2016年第40期。

达,他们都是从尼采的传统中出来的。实际上应该说,法国60年代这一批哲学热,或者我们今天说的法国当代哲学,他们的隐秘的源头是尼采。

记者: 也不是很隐秘吧,福柯虽然从不公然引用尼采,但他始终承认自己是一个尼采主义者。

汪民安: 现在回头看当然脉络非常清楚了,但在诞生之初并不明朗。五六十年代法国思想界的最重要人物是萨特和梅洛-庞蒂(Merleau-Ponty),他们共同创办一个杂志叫《现代》,存在主义和现象学才是法国五六十年代的思想主流。与此同时,巴塔耶办了一个杂志《批判》,《批判》与《现代》非常不同,它更多是尼采的信徒们的聚集地。福柯更多的是受到《批判》的影响而不是《现代》的影响。不过,巴塔耶1962年就病逝了,所以,布朗肖才是萨特的潜在对手,当然,他远远没有萨特那么有名。当时法国有个说法:萨特是法国知识界的太阳,布朗肖则是知识界的月亮,布朗肖的影响是潜在的,地下的。他们相当于哲学界的地下运动。福柯受这个地下运动的影响,地下运动的思想核心就是尼采——当然,福柯和德勒兹最后让他布满光亮。

这个由巴塔耶和布朗肖所开创的潜在的尼采主义运动后来又遭遇了60年代兴起的结构主义,它们在气质上非常不同,但有一点是共同的:它们都是针对萨特的。结构主义是另外一条线索,他的奠基人是列维-斯特劳斯(Levi-Strauss)。他通过雅各布斯(Jacobs)接受了索绪尔的语言学的影响,最先从人类学中发展出结构主义。这两个传统,一个结构主义,一个尼采传统,同时指向萨特。福柯在《词与物》中流露出了结构主义的倾向。不过，在此之后，他就离开了结构主义。所以你看那个纪录片里面，福柯有一段是在攻击萨特的，说萨特只不过是属于19世纪的，意思是萨特已经过时了。

记者： 萨特不是也攻击他吗，说福柯的思想是小资产阶级的最后堡垒。

汪民安： 对。萨特也攻击他，是萨特攻击福柯在先，福柯这是回击。当时，福柯的《词与物》出版，引起了巨大的争论，萨特认为福柯是结构主义的代表，就对他进行攻击。这实际上是两代知识分子的较量。不过，知识界互相攻击是很正常的，他们也没有因此成为死敌。后来他们还有一些共同的政治合作，他们俩都是社会运动的积极分子，两个人还在一起签名、抗议，还能找到他们合影的照片。萨特去世的时候万人空巷，当时巴黎好几万人给他送葬，福柯也参加了葬礼。可以说，直到萨特去世的时候，他还是法国（思想界）的旗帜。

被剪掉的90%

记者： 你说拍摄素材你只用了10%，那么，在被剪掉的90%里面，有没有什么特别可惜的、挺有价值的内容最后被舍弃了呢？

汪民安： 很多啊。我们之前拍摄的所有背景素材——历史和空间的——全部被弃用了，福柯的谈话中精彩的部分非常多，但是为了逻辑关系上的连接，常常是一个多小时的素材只能选用几分钟。还有跟德菲尔的谈话，我们一起聊了五个多小时，也就选了几分钟吧。他特别能聊，而且善于讲八卦。比如福柯和罗兰·巴特、德里达、阿尔都塞的关系等等……

记者： 德勒兹追思福柯的那段谈话太精彩了，我觉得他对福柯怀有真正的深情。

汪民安： 他们彼此看重，也应该是彼此最重要的朋友。在同代人中，福柯评价最高的就是德勒兹，福柯在20世纪70年代就写过一句很有名的话："有朝一日，这个世纪是德勒兹的世纪。"

记者： 就学术上而言，你觉得福柯和德勒兹是可以平起平坐的吗？

汪民安： 至少在我心中，他们算得上20世纪最伟大的哲学家。只是他们俩的风格完全不一样。德勒兹的哲学非常有想象力，他像艺术家一样从事哲学，准确地说，是在发明哲学和创造哲学。他创造了一种全然不同的哲学形式。你看看《千高原》和《反俄狄浦斯》这样的书，你会觉得这是哲学的新形式——像艺术作品的哲学形式。这些哲学著作充满奇妙的想象，但是，它们并非以放弃真理为代价。这是将真理和想象不可思议地结合在一起的杰作，它既令人深受启发，同时也令人捧腹大笑。我觉得德勒兹代表了哲学的未来，即哲学可以以另外的形式、另外的思考来进行重新的组织和构想。而福柯的魅力来自于他的博学和穿透力。他几乎研究了人文科学的一切，而且，只要他所经历过的领域，那个领域就以全新的知识形式出现。他在任何时候都有自己的特殊的启发性洞见。同样，和德勒兹一样，他异常勤奋，创造力惊人。

他1970年就当上了法兰西学院院士，那时他才44岁。法兰西学院是法国最高的学术机构，而且院士必须给公众讲课。福柯的讲课每次都爆满，几百人的大厅水泄不通，讲台前面都坐满了人，每堂课都是盛况。每年讲课内容都不能重复，他两个礼拜讲一次课，我们看他的演讲录，发现他在讲这次课的时候，下次的课尚未准备好，有时候预告下一次要讲什么，但是后来发现讲的内容变了。这就是说，他在两个礼拜内必须写一篇详细的讲稿。也就是说，每两个礼拜要写一篇非常严谨的长篇论文。关键是他完成的演讲稿质量非常高，每一篇都可以独立成文，其中包含了大量的资料和注释。这是高强度的工作。福柯只活到58岁，但是他的著述好几百万字，而且绝无平庸之作。不仅如此，福柯的每一本书都不重复，每一本书都是一个崭新的研究领域。你看他的那些著作，不要说观点，就连内容材料都不重复。每一本书都是一个新的世界。而有很多所谓的大理论家，一辈子就那么一两本有价值的书，然后就是不断地自我重复或者扩展。但福柯的每本书都不能被他的另外的书所取代。每一本书都有它独一无二的价值。可以说，他的每一本书都称得上是经典。

福柯和德勒兹都是我最喜爱的作者。当然，非要说我对他俩的阅读感受的话，也许我更偏爱福柯一点——这或许是因为我阅读福柯的时间更长，也更为熟悉。关于他们俩之间的关系，德勒兹也承认自己"长期追随福柯"，后来，他们因为政治观点上的分歧一度有些疏远。但福柯晚年生病的时候，他最想见的人就是德勒兹，他还是觉得德勒兹是他最好的朋友。在他的葬礼上，是德勒兹致了悼词,他悲哀地读出了福柯在《性史》中一段关于为什么要进行哲学研究的话。

在尼采说"上帝死了"之后,福柯说,"人死了"

记者:福柯一生都在一个不断自我否定的变化过程中,他晚年的思想跟早期有比较大的变化,能给我们梳理一下这个变化的脉络吗?

汪民安:确实有很大的变化,他不断地触及一些新问题。比如他最早的著作《疯癫与文明》和《词与物》就几乎是完全不一样的两本书。

记者:在这之前,他还有第一本专著《精神病与人格》,但这本书后来被他自己彻底否定了。

汪民安:那是50年代他学习精神病理学的一个结果。他后来修改过。不过,真正的第一本书,我们一般认为是《疯癫史》,这是他的博士论文。这本书也是写于50年代,主要在瑞典写的。这本书受尼采影响很大。那时他对文学非常感兴趣,这本书就充满强烈的文学色彩,写得像诗一样美。他答辩的时候,老师对他说:你更像一个诗人。

记者:这也是尼采的写作方法。

汪民安:是的。福柯所有著作都很美,但是这本书尤其华丽,很多句子读起来就像诗一样,充满激情。不过,他越到晚年越平静。后来写《性史》的时候,就像一个老哲人一样,写得从容而平易,但是非常有力量。

《疯癫史》是他最早的著作，主要是受尼采"非理性"的酒神精神影响。而到了《词与物》，则跟前一本书完全没有关系。《词与物》更多地跟法国当时的结构主义潮流有关系，就是强调结构的重要性而宣布"人之死"。但是福柯讲得比较特殊，就是从人文学科的考古学的角度来谈的，他主要是谈了三个学科：语言学、经济学、生物学的历史发展过程。他谈"人"是怎么进入到这些人文学科里面的。福柯认为只是到了18世纪末，这些学科才将人作为主要的研究对象的。也就是说，只有这个时候，人文学科才开始诞生。而从尼采开始，人文学科所想象的"人"的概念遭到了批判。福柯著名的观点"人之死"即由尼采的上帝之死而萌生。而后来《知识考古学》就是对《词与物》的方法论上的一个考证。到了第四本书就是他的《规训与惩罚》。这本书倒是有一点回到了《疯癫史》，而且两本书经常被并列地提及。疯人院和监狱，都是禁闭惩罚的系统。

记者："权力的毛细血管"是福柯最早提出来的吗？

汪民安：这主要指的是福柯的规训权力。所谓权力的毛细血管是指各种小型权力，就是遍布在社会机体当中，即学校、医院、机构、工厂这些社会微型机构中存在的各种权力。

记者：所以福柯从来没有在思想上否定自己到对立面去，他只是在不断地变化。

汪民安：可以这样说。他到晚年之后，对自己不同阶段的研究有一个总结。他晚年有一篇文章，他说他研究的总的主题不是权力，而是主体（subject），简单地说，就是欧洲历史上的主体

（人）是怎么形成的。福柯认为有几种方式，第一种，人是被权力所塑造而成的，这种权力采用的技术是区分、排斥、规训和监视等等，像《疯癫史》和《规训与惩罚》，就是讨论这样的权力技术如何对主体进行塑造的。

第二种，人是被学科建构而成的，这就是《词与物》的观点，人文学科怎样将人纳入到自己的视野之中，从而建构了人的知识概念。

第三种就是，人可以自己创造自己，自己塑造自己。这就是他晚年所谓的"自我技术"。这个主题是他最后的研究。福柯说我以前研究的是外在的权力如何制约和塑造我们，但是，我们还可以自己塑造自己，自己改造自己——古代人就是这样行事的。

记者： 可惜他晚年写《性史》(亦译作《性经验史》)没有彻底写完。

汪民安：《性史》第1卷和后面的第2、3卷关系不大。他晚期研究主要体现在《性史》第2、3卷。《性史》第2卷是关于古希腊的，第3卷是关于罗马的。应该是有第4卷是关于基督教的，他好像写完了，但是他不太满意，不让出版。他跟家人说，不愿意在死后出版东西。不过，他后期的演讲录也出版了，这是一个完全不同的晚期福柯。

记者：《求知意志》《快感的享用》《自我的呵护》《肉欲的告赎》。最后一卷《肉欲的告赎》是关于基督教的。

汪民安： 对，第4卷就是关于基督教的那一卷。我的印象好像是烧了，不过不能确定。我不知道德菲尔手中有没有，他还有好多没有整理的手稿，法国图书馆前两年花了几百万欧元把这些手稿买走了。

记者： 我没想到人文学科开始得那么晚，我以为从文艺复兴的时候开始，就从神本转向人本了。

汪民安： 大部分人都跟你的看法接近。文艺复兴的时候对"人"比较重视。但是，按照福柯的观点——这当然并不能说明他说的是真理——真正把"人"作为主要研究对象的话，实际上还是从康德的《人类学》开始的。文艺复兴时期人的主体性在提高，但是它并没有进入到哲学的视野当中。福柯特别重视一门学科是什么时候出现的，在什么背景下诞生的。福柯讲的政治经济学、语言学和生物学，都是比较晚才诞生的。

记者： 这么看来人文学科很短命，18世纪末19世纪初才开始，很快到福柯的"人之死"就认为可以结束了。

汪民安： 对。按照福柯的观点，到福柯的时候也就一个半世纪吧。到尼采的时候已经开始谢幕了。不过，我们不要教条式地对待福柯的这个观点。福柯自己后来都不太讲这个了。我们今天人文学科并没有死。

记者： 相比之下，神的时代可是长多了。

哲学没有绝对真理，电影也没有

汪民安： 他那个时候有点病态，不是那么健康，同性恋给他带来很大的困扰。五六十年代的法国，同性恋很受排斥的，法国实际上是非常保守的国家。福柯到70年代的时候，都一度想移民到更开放的美国去。

记者：但是德菲尔说，福柯自杀不是因为同性恋，主要是因为他觉得自己长得不好看。

汪民安：福柯一直觉得自己长得不够帅。年轻的时候，他就没有什么头发，后来一直光头。他半真半假地说，我之所以努力学习，就是为了让成绩超过班上那些长得漂亮的男孩，从而吸引他们的注意。但整体来说，同性恋对他影响很大。那时候同性恋不能公开，大家都很压抑。但是福柯比常人表现得更有勇气，他后来是公开的。罗兰·巴特到死都没有公开。福柯因此还对罗兰·巴特不太满意。

福柯为人友善，但是，对别人的恶意绝不妥协，绝不会让步。他充满勇气。60年代在突尼斯的时候，有很多学生因为分发传单被抓捕。福柯利用自己是外籍教师的身份，营救和保护了很多学生。还有一件事情，我也觉得福柯具有常人不具备的勇气。一个餐馆失火了，餐厅老板被困在里面，福柯在煤气罐随时可能爆炸的情况下冲进去把老板给救出来了。这是真正的英雄。他体格高大，练过拳击，身体强壮，毫不畏惧。当年雷诺汽车工人罢工，福柯支持工人，在现场徒手跟警察干起来。

记者：福柯在世的时候，对福柯的批评者，主要是从什么方面来攻击他？

汪民安：有各种各样的批评，这在学术界非常正常。比如说《疯癫史》，有些学者说他的历史史实不准确；德里达也写过文章批评这本书，这是他们两人之间的著名哲学恩怨。《词与物》引起了萨特的批判。鲍德里亚也写过一本小册子，叫《忘记福柯》。因为鲍德里亚要起来，就必须向更大的权威发起挑战。但福柯没有回应，福柯挖苦鲍德里亚说，有些人想借我出名，但我不能把这个大礼送给他。不过总体来说，福柯遭到的批评不是特别严重，因为他的东西还是很有说服力的。不像德里达，德里达遭到的批评，甚至说是攻击，非常多。

记者：你从来没有怀疑过福柯吗？

汪民安：所有的人文学科，所有的哲学家，你都可以怀疑。

记者：人文学科没有百分之百的真理吧？

汪民安：没有绝对的真理。但是我们现在并不是在谈绝对真理，尤其是哲学的真理。对我来说，真理当然重要，但是，如何谈论真理也很重要。我们应该区分有意思的真理和没有意思的真理——有些显而易见的真理是非常无聊的。在哲学中，或许我们更应该谈观点而不是真理。简单地说，一个观点有没有意思同样非常重要。哲学如果有一个绝对真理一直摆在那里的话，后面的人就没法继续讲了。思想史就是不断辩驳的历史，我们可以说，哲学的历史就是不断地把前人的说法推翻的历史。这其中的关键是你的观点有没有启发性，有没有一个新的与众不同的角度，哲学的魅力就是开启别样思想的可能性。福柯就是一个打开别样性可能的思想家。

记者：那在拍摄这部关于福柯的电影的过程中，你怀疑过自己吗？

汪民安：我从来没有想这个事情。因为我没有把它当作一件大事情，准确地说，这就是一个游戏，一个愉快的游戏。我不对谁负责，所以我不用怀疑。关于这个影片，我自己最满意的就是这个形式。我最烦的就是那些说我没有电影美学技术的人——如果说我有什么怀疑的话，我就是对这样的观众产生怀疑。我真的不应该让这些人看到这部影片。通过这部影片的放映，我发现，追逐学术时尚的人比追逐商业时尚的人可能还要肤浅。他们无法理解什么东西是真正的酷。

福柯在中国，无处不在又毫无影响*

记者： 福柯对你的影响有多大？

汪民安： 福柯的作品对我来讲首先是一个美的对象。我首先是把这些哲学著作当成完美的艺术品来对待的。阅读它们，就像看一幅画，听一首音乐那样，让我获得巨大的满足和快乐，这种快乐是难以替代的。这也是我在别的书本中很少有过的阅读经验，也是我能够持久而反复地读他的作品的原因。这是最为直接的，一个感官式的影响。知识，首先应该是"快乐的知识"。

这种快乐既是美学上的，也是知识方面的。就知识而言，他重新更新了西方的思想、政治和社会历史。他的著作动摇了既定的有关西方历史的成见，或者说，他从另外的不同于所有人的角

---

* 本文原为答《澎湃新闻》记者赵振江问，载于《澎湃新闻》2014年12月16日"文化课"版块，有所删节。

度，或者稍稍狭隘一点地说，他从"主体构型"的角度，重新解释了全部的西方历史。他是将哲学、政治和历史的探究结合得最完美的人，在这个方面，没有人比他更宏大，也没有人比他更细腻。没有人比他更复杂，也没有人比他更清晰。当然，他在这个解释过程中还孕育了一些极具启发意义的理论洞见。比如，他对各种权力技术的精细分析令人大开眼界。福柯的著述是艺术品，同时，他的生活也是一个艺术品。作为一个人，福柯还具有强烈的魅力。这一点，我们只要看看他的传记就非常清楚。

记者：作为福柯研究者，你如何传播福柯？

汪民安：作为一个教师，个人的传播没有太大的作用。我会在课堂上不断地讲到福柯。学生们都听说过福柯，但是，都没有真正地读过福柯。我自己带的研究生当然必须认真读福柯。我有好几个博士，他们的论文就是以福柯为研究对象的。一开始他们觉得很难，但是，越是深入下去，越是读得多，他们的兴趣就越大。对其他的学生而言，我当然告诉他们福柯很重要，以及福柯为什么重要。但是，他们对福柯是否有兴趣，或者是否愿意读福柯，我并不了解。我有时候到别的院校或者一些艺术机构去做讲座，也经常讲到福柯——因为今年是福柯逝世三十周年，我故意地讲过几次。今年我大概在不同的地方做过五次关于福柯的讲座。

另外一种传播福柯的方式，当然就是出版和翻译他的著作了。这方面国内有一些很好的学者做了很重要的翻译工作，比如刘北成、莫伟民、钱翰等等。他们的翻译对福柯的传播至关重要。

记者：福柯在中国的影响有多大，学术界对他的研究如何？

汪民安：现在福柯在中国可以说无处不在，但又毫无影响。说他无处不在，是因为人人都在提福柯。所有人都可以对福柯谈论几句。他的权力、知识、话语概念，人们耳熟能详。他的主题，疯癫、性、惩罚和监狱，人们也不陌生。人们对福柯的兴趣极大，你看，豆瓣的福柯小组的成员远远超过康德、黑格尔、弗洛伊德和海德格尔，在文章中引用福柯的人也数不胜数。这点也和西方一样，我十年前看过一个谈论引用率的统计数据，大概就是说，在某个时间段内，福柯的引用率是最高的，比柏拉图和马克思还高。

国内对福柯的研究，有些东西吸收和介绍得比较多，比如他的规训权力，比较好理解，也适用于中国的语境。但他的《词与物》《知识考古学》，真正理解的人，我估计不多。另外，福柯晚期的著作，尤其是关于自我技术的讨论，引起的关注也不多。当然，还有福柯的近几年来在西方引起巨大讨论的"生命政治"概念，国内才刚刚开始有人注意到。也就是说，尽管福柯无人不知，但是，至少还有半个福柯处在沉睡状态。

说他毫无影响，是因为我发现他并没有真正改变我们的人文学科——福柯和他的法国同行对美国大学的人文学科的改变要大得多。我们的大学有自己的一套知识生产机制和传统，他们不仅难以接受福柯，而且从某种意义上来说，他们难以接受各种新的观念和知识。大学愈来愈保守。新的思想和知识进入到大学中，不是去改变大学的陈旧和保守状况，而是被大学的陈旧和保守状况改造了，被他们庸俗化了。你看看，现在新的哲学家，比如阿甘本、巴迪欧这样的哲学家，总是在艺术界率先受到关注，而大学总是持抗拒态度。

记者： 几年前你去法国访问，福柯在法国知识界的地位如何？

汪民安： 在法国，知识分子总是处在争斗中，他们相互嫉妒、攻击、诋毁。每个人都自以为是。这一点同中国相比毫不逊色。但即便如此，福柯是无可争议的，几乎没有人否认福柯。也许很多人会对德里达，或者德勒兹，或者拉康等人有各种各样的不服，但是，他们对福柯基本上达成了共识。他们提到当代法国哲学的时候，几乎所有的人第一个提到的名字就是福柯。福柯是无可争议的大师。巴黎甚至还搞出了一个福柯广场。

记者： 你对福柯的认识是有变化的吗？

汪民安： 对我来说，读理论著作大概有这样一些经验。有些人你开始读的时候觉得没意思，后来读的时候你觉得还不错；有些人是你开始读的时候觉得不错，读多了你就觉得没意思了。但是，读福柯的经验完全不同，一开始读的时候，就让你震惊。接下去会不断地让你震惊。这是一个从未有过的经验。尤其是最近他的法兰西学院讲座陆续出来之后，这种感觉越来越强。你发现，他几乎所有的领域都涉及过。从医学到哲学，从古希腊一直到今天。最重要的是，他的谈论和解释与众不同，他总是更新他谈论领域的成见。他经过一个地方，那个地方就开启了一道新的探索大门。哪怕是一幅画。比如《宫娥》这样的画，他谈完了后，几乎所有的艺术史家再谈这张画的时候，都必须参考他的看法。

记者： 为什么？

汪民安： 这只能说他是天才（gift）。所谓天才，就是上帝送给人类的礼物。

四　艺术何为

王国锋，《朝鲜2012 No.3》，2012年，摄影，750×220cm

艺术批评何为

最近二三十年文化变革的一个显赫征兆就是当代艺术的盛行。当代艺术折射了诸多的社会变动：景观社会的诞生（半个世纪前居伊·德波就敏锐地预测到了），与这种景观相对应的视觉文化的兴起（书写文化正在无可挽回地衰落）；都市生活的激荡和巨变（当代艺术正是激荡生活本身的一部分，它和喧嚣的都市相互寄生），这种巨变引发了对各类主流价值观和习性的摆脱和逃逸（当代艺术能够宽容地接纳各种各样的越轨人群和反常观念）；资本主义和消费主义霸权式的统治（没有资本的四处游逛和加持就没有当代艺术的繁盛），以及对各种霸权的文化抵制（众多的艺术作品都以批判资本主义和主流价值观为己任）。当代艺术据此成为现代社会的症候，时代的文化真相凝聚和浓缩在其中。

但是，当代艺术作为症候并不好破译——它一方面表现得直接、感性而生动，它是表象性的，甚至是喧闹的，这正是它吸引人的原因；另一方面它也委婉、曲折和费解，它奇怪的思路和想象令人们无从着手。这是它另一个吸引人的原因：人们迫切希望知道艺术家为什么要这么干。这形成当代艺术的一个悖论：没有比它更表面化的了，也没有比它更难以言说的了，因此也没有什么比当代艺术更需要阐释的了。随着作品和展览的大量涌现，艺术评论也开始大量涌现。我们曾经目睹过文学评论的辉煌，如今，随着艺术日渐取代了文学在文化生活中的位置，文学评论越来越黯然了。文学评论家越来越少，艺术评论家则越来越多。就像三十年前的文学评论写作吸引了大量年轻人一样，现在的艺术评论则构成了一个生机勃勃的写作场域，甚至是先前从事文学和文化评论写作的人，也开始转向艺术评论写作了（这本书《从A到Z：当代艺术关键词——*Frieze* 25周年精选》中有好几个这样的作者，他们开始的写作生涯并非起步于艺术）。在哲学领域也会发现这样的事实：20世纪的哲学家总是愿意以文学作为哲学讨论的案例，而如今的哲学家通常是将当代艺术作品作为讨论的案例。与之相应的是，文学评论对哲学的诉求相较于二三十年前要弱很多（今天的文学评论家几乎远离了哲学），而艺术评论则反过来，几乎所有的艺术批评家都要诉诸哲学和理论。文学研究越来越退缩到校园之内，而对当代艺术的写作和评论则越来越扩大到校园之外——从许多方面来看，文学评论依赖于大学，而当代艺术评论则与大学格格不入。

Frieze 就诞生在这样一个背景之下。它于1991年由私人创办

（很难想象一个哲学或者文学研究杂志诞生在大学之外）。我特别强调它的非大学性质，就是想要说明，当代艺术评论文章从各个方面同学院体制的律令相抵牾。它不是所谓的研究和项目，它也摆脱了学院论文的那种框架和格式——后者正是在所谓研究的名义下日益呆板、程式和教条化。大学机器打造了一套平庸而固化的写作格式。而当代艺术评论则形成了另外的特殊风格。我们从 Frieze 的这些精选文章来看，它们既非学院论文式的，也同报纸的报道和叙事风格迥异。或者说，它们恰好介于这二者之间：既有报道和叙事，也有论述和分析；既有轻松的讲述，也有艰涩的辩驳；既有毫不掩饰的肯定和嘉许，也有暗藏的讽刺和挖苦。写作者的态度绝非以中立自诩，相反，存在着某种意义上的嬉笑怒骂。它们虽然很难说是学术论文，但也很难称得上是典型的随笔——这些文章虽然不晦涩，但也并不像随笔那样轻松自如；虽然谈不上深邃，但也并非完全根除了行话。它们大多不长篇大论，既不需要费力地引经据典，也不需要过于谨慎的逻辑推论；但也不是匆忙的潦草打发（绝非几句印象感言就可以敷衍了事）；它们不是饱学之士的呕心沥血之作，但也绝非毫无训练的无聊呻吟。艺术评论写作——至少在本书中——既淡化了学院的森严体制同时又舍弃了媒体报道的新闻耸动。它们绝不追求写作经典，但也绝不自甘平庸。所有这些构成它们的文体特异性。这就是 Frieze 这样的艺术评论杂志所树立的独特气质：介于研究和叙事之间、论文和随笔之间、客观和主观之间、高深和肤浅之间。简单地说，这些评论文章介于专业和大众之间。这是今日艺术评论所特有的反等级风格。它需要的不一定是作者先前的大量学识，而是各种现场经验；需要的不一定是丰富的（20世纪之前的）艺术史知识，而是一定的当代理论训练；需要的不一定是没完没了的深邃挖掘，而是瞬间的直觉和敏锐的洞见。

这样的文章的读者在哪里？既可能是那些看过展览的艺术圈之外的观众——他们对艺术感兴趣，并试图理解这些超出他们日常经验之外的作品；也可能是艺术圈内的从业者，他们期待评论家的专业意见，并使之与自己的经验产生对照。艺术评论的这种专业和大众化之间的风格，正好满足这两部分读者。当然，最重要的读者，是那些跟这些作品密切关联的人，即创作者、收藏者、展览的举办者和赞助者——今天，一件艺术作品的诞生和展览，绝非个人的私密行为，而是有一个巨大的体制托举它和环绕它。这个体制认真地对待人们对它的作品的反应。不过，有点奇怪的是，艺术家有时很难判断出哪个评论家的文章更加准确和精妙——艺术涉及的主题和观念太多样了，艺术家甚至难以说清自己到底为何要如此行事，而评论家的结论对他们构成的困惑就如同他们的作品对评论家构成的困惑一样。另一方面，艺术家或许因为对文字的不敏感而更加难以判断这些针对他们的评论：艺术家是图像的动物而非文字的动物，正如评论家通常是文字的动物而非图像的动物一样，他们有时候并不能够自如地沟通。在这个方面，作家和文学评论家的配合就要顺利得多：他们的职业都是写作者。

但无论如何，这种自由而灵活的写作方式和它们的讨论对象有关——当代艺术本身就是对各种教条的打破。它唯一的律令就是反对各种各样的既定律令。难以想象用一种刻板的写作模式和标准来谈论当代艺术，那是对当代艺术的绑缚。何谓当代艺术？或许我们无法给出一个肯定的答案：没有什么框架能将当代艺术完全地笼络住。我们只能从否定的角度说，任何一种无法被既定的现存文类所容纳的艺术形式，都是当代艺术。比如说，影像，如果说它既不是一般意义上的电影，也不是常规意义上的电视录像，如果它不被任何现存的规范化的影像模式所吸纳的话，我们可以将之归纳到当代艺术中来。当代艺术是各种现存艺术体制的剩余物：电影的剩余物、戏剧的剩余物、舞蹈的剩余物、摄影的剩余物、音乐的剩余物以及各种经典绘画的剩余物，它甚至是人的日常行为的剩余物——那些"艺术"行为和表演不总是被"正常"举止所排斥，不总是令常人感到匪夷所思吗？让我们这么来说吧：那些被常规艺术体制所排斥和否定之物，那些各种非功用性的奇怪的物的组装，那些反常的人的行为，那些无法依据常规来分类的作品和行为，如果它们无处藏身的话，就把它们收纳到当代艺术中来吧——只要它们愿意赋予自己以艺术的名义。幸好有了当代艺术来包容所有这些疯狂的越轨。

　　本书是从二十五年之久的杂志期刊中精选出来的60篇文章，它们只是无数评论中的一小部分，但是讨论的内容和方式五花八门。我们来看看艺术家的奇特想象吧（其中的一些方式因为频繁使用以至于今天的人们见怪不怪）：一个艺术家将两个纸做的雕塑挂在墙上，观众通过牵扯绑在它们身上的细线，能让它们进行虚拟的性爱；澳大利亚艺术家在一个菠萝种植园里制作了一个16米高的玻璃钢菠萝装置，这个地方就此成为许多澳大利亚人的朝圣场所。这个作品甚至令整个澳大利亚兴起了构造"庞然大物"的浮夸风格：大香蕉，大拇指，大吉他，大母牛，大擀面杖——评论家称之为刻奇（kitsch，即媚俗）。这是在澳大利亚，但要是在另一个完全不同的地方，比如拉斯维加斯呢？一个艺术家在这个与文化圈子相互区隔的赌城生活了三十年。对他来说，这就是个赌城——如果不赌的话，呆在此处有何意义？他把赌城以及他在赌城的漫长生活作为自己的作品。和这个城市的其他过客一样，他也在赌。但是，无论是对他还是对这里形形色色的赌徒而言，他发现，人们真正要赌的，不是金钱，而是明天，是未来，"未来才是你的赌注"。有对未来的赌注，当然也就有对过去的怀旧，尤其是对20世纪60年代的怀旧——另一个作者在今天的艺术作品中发现了60年代的顽固回归。就像本雅明曾经说过的那样，过去总是挤入当代之中，和当代拼贴在一起而从未真正地消失。如果说，与拉斯维加斯相关的作品包含着人生特殊洞见的话，那么这类怀旧作品可以说是对历史和时间的哲学表达。当然，另外还有些艺术家追溯得更远——追到了史前时代，很难说他们的目的是什么，他们只是通过作品对那个无限久远的智人时代表示了好奇和兴趣——兴趣就够了，为什么非要表达哲学呢？谁会以科学和理性的名义要求艺术家呢？神话同样是艺术家的偏爱，就像废墟也是他们经久不衰的主题一样。

但远不止这些主题式的探讨。我们在书中还看到了艺术家和艺术作品中的爱、情感、追忆、友谊、苦痛和哀悼。更重要的是，我们还看到了艺术家的生活和经历。各种各样对立的态度、价值观和生活方式的并置：声名狼藉的人和德高望重的人，一夜成名的人和终生潦倒的人，暴富的人和困窘的人，野心勃勃的人和散淡超脱的人，四处移动的人和偏居一隅的人，甚至是恶魔和圣徒——他们都可以自然而和谐地位列艺术大师的名单之中。没有任何一个职业中的人有如此显著的对立倾向。没有一个标准能框住艺术家的身体。

同样，也没有一个标准能框住这些艺术主题和艺术文章。容纳这些文章的书，最恰当的方式只能是随机对待它的内容。因此，编者只能根据主题的字母从A到Z进行排列——这种排列也是反等级式的——没有哪个主题特别重要，没有哪篇文章、没有哪个作者特别重要——排序完全取决于字母的偶然性。这符合当代艺术的气质。就这本精选的集子而言，当代艺术将自己的主题和兴趣四处延伸，人们可以碰到各种奇思妙想。同样地我们也可以说，如果你关注的问题不被任何一种艺术或者学科所接纳的话，你也可以被归入到当代艺术的主题中来。艺术家对现实的各种问题都非常敏感（看看这初步选出来的60个关键词），作品就是他们对社会的既奇特也敏感的报晓。从主题和形式上来看，艺术家之间并无共同之处，但他们都或隐或现然而又是不屈不挠地抓住现时，啃噬现时，纠缠现时。他们都试图以自己独一无二的方式来表达自己对现时的独一无二的兴趣。

事实上，大部分读者无法目击展览现场，更无法对所讨论的艺术家有整体的了解，他们只能通过评论来触及这些想象中的作品。而这些评论同样是从不同的角度触碰到艺术作品。它们当然不是对这些艺术家和作品的全面概括，在某种意义上，它们也是对这些作品的猜想，或者说，它们也是对这些异想天开的想法的异想天开。对当代艺术作品而言，没有任何的意义阐释是充分而准确的，因为它们本身就没有一种确切的意义。因此，可以说，这些艺术评论都是对作品的再生产：它们或者是对这些作品的激活，或者是对这些作品的改写，或者是对这些作品的曲线延伸。它们通过对艺术的有限再生产，不仅触碰了艺术作品本身，也在触碰中完善了自身：它们是将艺术作为出发点的独立写作——每一篇文章既可以看作是艺术评论，也可以看作是评论家被艺术作品点燃后的自我爆发。因此，这里的艺术评论在某种意义上是艺术作品的来世——它借助于艺术作品写出来的时候，它就脱离了艺术作品，获得了自己的生命。艺术作品在这些评论中既被得到强调，也被最终抹去直至消亡：它在书写中被强调也在书写中消亡。

当代艺术最显著的特征就是自我重复*

记者： 现在我们谈艺术，还有没有对独立价值的诉求，还能不能谈独立精神？

汪民安： 现在确实存在这个问题，应该说当代艺术重要的一面还是在于批判，但是批判的前提就是你要独立，一旦不独立，就很难产生严格意义上的批判。所以你看有价值的艺术作品，就是要不断地对既定的现成体制批判，对既定的价值观批判，在某种意义上说是对既定的一切现成模式批判。它要提供另一种可能性，这是当代艺术比较重要的一个特征。

但是今天的问题是（这个模式应该是从60年代开始的），艺术很难摆脱同资本的关系。今天的艺术开始跟资本调情，同资本游戏。当代艺术和资本的关系采取了一种很复杂的方式，它批判

---

* 本文原为答《艺术虫》杂志记者赵成帅问。

资本，但是又不拒绝资本。就是说，既跟资本调情，也对资本（主义）进行讽刺和质疑。你在很多艺术家中发现，艺术同资本既有共谋的关系，同时也有抵抗的关系。

这是今天的艺术现实：你很难逃离资本的逻辑。也就是说，今天的艺术不可能脱离资本而真正独立。甚至可以说，没有资本的地方，就不存在艺术。通俗地说，没有钱，就谈不上艺术。现在哪个大的艺术家或者哪些重要的艺术作品没有跟资本发生关系？没有进入资本的流通逻辑中？中国当代艺术为什么这十年有一种爆发性的增长？我觉得跟金钱有很大的关系，就是大量的资本进入到这个领域中来了。在2000年以前，没有钱到这个领域，那个时候艺术家非常少，整个北京大概不会有一百个当代艺术家，没有这么多美术馆，也没有画廊，也没有展览。实际上，"798"这样的空间不是艺术创造出来的，而是资本创造出来的。所以资本对艺术的功能是双重性的，一方面它确实起了积极的作用，如果没有资本到这个地方来，这个地方就没有艺术。但是反过来，资本又对艺术家构成束缚，它有它自身的逻辑，控制着艺术家。北京的艺术非常繁荣，各种展览层出不穷，各种活动特别多。但这里面到底有多少特别好特别有意思的艺术家呢？艺术的繁荣并不意味着一定会出现特别重要的艺术家。所以资本对艺术来说形成一个悖论：没有钱，它起不来，有了钱它起来了，但是又受到钱的绑架。今天如果非要谈独立的话，我觉得还真不只是对所谓权力体制的独立，而更主要的是针对资本的独立。

记者：资本和艺术的这种同谋关系，也只能反讽，反讽是有点无奈的、矫情的。甚至会不会连反讽都在减少？

汪民安：反讽的艺术家还是有很多。甚至直接对艺术市场和资本的反讽也有。但是，这种反讽还是会陷入资本的逻辑宰制中。有一个湖北的艺术家王思顺，我觉得他的作品挺棒，他最开始是把一万块钱的一堆硬币搅碎，把它制作成一个立方体，然后拿去卖。他将这个作品所卖的钱换成硬币再重新打碎，再做成一个立方体，再去卖，再次换硬币打碎。这个行为一再重复，可以一直持续下去。我觉得这是艺术直接反思资本的一个比较有意思的作品。

记者：你觉得资本、金钱主导的这种文化逻辑会改变吗？或者有没有别的路径？

汪民安：我觉得今天好像很难。从目前这个趋势来看，似乎愈演愈烈。这就是为什么有那么多，甚至可以说全世界的重要知识分子都在谈这个问题：即怎样在资本主义逻辑之外找一个选择，找一个不同的出路。也因此，抵抗问题或者说独立的问题确实很重要。但是即使是这些知识分子，比如齐泽克，他也天天批评资本主义，但他自己也明确地承认他受惠于资本主义，他在全世界各地旅行讲座，也要收费，也要住高级酒店，也要坐商务舱或者头等舱。他批判资本主义，但是，他所有的行为也符合资本主义逻辑。你看看，现在所有大学也是按照资本主义的逻辑来管理的，大学差不多就是个公司了。学校招生是为了挣钱，老师申请项目，项目是什么不重要，项目完成得怎么样也不重要，关键是项目拿了多少钱。所谓的教学研究都是按照资本主义的逻辑展开的。

记者：这正是去年詹姆逊谈的一点。我觉得"奇异性"的提法有道理，但是论证的过程比较粗糙，最后又要把"奇异性"的美学逻辑归结于资本。你怎么看他的那个报告？

汪民安：他讲的是资本对艺术的控制问题，我同意他的观点。但他还讲了一个空间的问题。他讲文学作品、艺术作品的时间性消失了。作品的空间性现在更重要。所以他特别强调装置，原来的文艺作品、文学本身就是个时间性的东西，特别强调时间上的不朽：一部文学作品的野心就是不朽。而现在艺术的主导形式是装置，一个装置做完就完了，可以拆毁，因此，它们更强调短暂性、一次性。它只是一次艺术事件。在短的时间之内，以一种空间的方式迸发出事件的强度，但绝对不追求永恒性。他说的当然有道理。但是在今天，同样有很多艺术作品，我甚至觉得比装置更受欢迎、更受关注，也是以事件的形式出现的，但不见得是以空间的、体积性的形态出现。比如说有些艺术家的作品，恰恰是把事件、把现实生活中的事件，或者说，把真实发生的事件借助于某种艺术体制转化成作品。这是非空间性的事件。我觉得这是很重要的一个方式。如果说波伊斯是把艺术作品做成事件，做成社会运动的话，我觉得今天有一种重要的艺术实践恰恰是反过来，把社会事件做成作品。或者说，它们打破了社会事件与艺术事件的边界。这些作品与美术馆、博物馆无关。或许不应该说它展示了，而应该说它发生了。这是一个新的趋势。

记者：这里面"转化"是核心，今天的艺术观念充满设计感，都在谈"方案"制作，都跟现实有点关联，但是很少能转化为真正有寓言性的作品。对这种思路、方式都意识到了，但是能力不具备，这是今天成为"独立"的一个内在障碍。

汪民安：对于很多艺术家来说，作品承载着事件，事件置身于作品中。事件不过是作品媒介当中的一个内容。比如说地震，作为一个事件，进入到很多绘画中。它是一个画框中的内容。但是，对另外一些艺术家来说，可以直接将地震事件，将跟地震有关的物品直接转化为作品。这与通过作品来再现事件是两码事。这与行为艺术也是两码事。对于行为艺术来说，是通过艺术家的选择性行为来创造一个事件，从而将这个行为事件作为作品来对待。但是，这不是社会事件，不是一种艺术家无法掌控的社会事件。将社会事件巧妙地纳入到艺术体制中，是一个非常重要的实践。它一方面没有削弱对社会事件的批判和反思的强度，另一方面又使得这个事件获得了作品的形态，让作品变得更具有事件性也因此更具有批判性。我觉得这是对作品和社会事件的双重强化。

记者：我了解了詹姆逊的美学逻辑之后，对这个大背景有点悲观，感觉大家都在玩票，从前现代进入现代的时候，上帝这个依据被解除了，人们开始构建自我的"主体性"这个依据，但是现在，"主体"也没了，"物化""方案""奇异""玩票"这种短期效应，跟游泳换气一样，换一口气就多活一会儿。你认为当下这种文化逻辑的建构意义或者出路在哪儿？

汪民安：你说的是虚无主义和机会主义的流行？或许是的。尼采的说法就是虚无主义的出现。在今天的中国，人们缺少信任，没有安全感，只相信金钱。但是，金钱并不能填补空虚。这导致了另一方面，就是今天比较重要的现象即宗教复兴。一部分人经过极端的空虚之后，开始信教了。而一部分人则完全没有信仰，成为活生生的欲望机器。

记者： 我看到艺术圈的多数批评家都在谈理性、谈启蒙，而思想文化界，却在反思这些东西，他们谈"主体性""中国性"。

汪民安： 对，保守主义思潮在某些圈子里面特别盛行。孔子也好，或者宋代也好，甚至古代希腊也好，他们在他们的时代，在他们的语境下，肯定有他们的价值，我们现在回过头去温习一遍没有坏处。但是，对于今天的人来说，试图将这些东西召回来，让它们重新成为规范和标准，成为一种实在之物，并以此来衡量当代的一切，我表示怀疑。在今天，文化也有自身的逻辑和路径，它不太可能被知识分子所引导。那些试图当哲人王的普遍知识分子梦想也许该醒醒了。今天的文化应该是什么样子？它会变成什么形态？谁都难以预料。我只是相信，每个时代有每个时代的文化，或者也可以反过来说，正是因为一种文化发生了变化，一个时代才发生了变化。我们去哪里寻找所谓文化的主体性或者根源？二百年前？二千年前？还是五千年前？我不觉得有一个唯一的根源等待着我们去发现、去依附、去寻找合法性。另外，我还是觉得文化要想获得活力，与其让它绑在某个树根上面，不如让它同别的文化发生交流和碰撞。文化的新生，一定要让它发生变动。就像一个人一样，一定要走动，要有见识，才会眼界高远；就像水一样，如果不流动，肯定是死水一潭。文化需要另外的文化的刺激。我可以理解保守主义的玩赏心态，但是，我决不同意将它们作为现实的政策器具。因为不要说历史变了，甚至人本身都变了。不仅仅是心态变了，身体也变了。今天中国人同两千年前的中国人的差异，也许比我们同今天的外国人的差异更大。我们跟我们历史中的人不太一样，文化不太一样，我觉得全世界的人跟以前的人都不一样。我们跟五百年前的中国人的差别，肯定要大于现在跟欧洲人的差别、跟美国人的差别，所以我觉得没有必要搞这些地域主义，或者所谓的文化民族主义这种东西。而且我相信终有一天，全世界的多元文化会越来越少。

记者：这还是全球化的逻辑，全世界都在谈多样性、多元性、异质性，但事实上都在同质化。

汪民安：我有个学生是西藏的，我经常问她，现在西藏的年轻人生活方式如何？她说现在都在学汉族，都在追求现代的生活方式，他们也喜欢现代的舞厅、酒吧。我不是肯定这个现象，我也感到很遗憾。但我觉得这个现象是一个不可避免的事情，也许将来的生活方式会不可避免地接近美国的生活方式。你看看，地球上的语言越来越少，文化的形态也必定会越来越少。随着全球化的加快，这种现象将会越来越显著。但是，将来会形成一种什么样的文化？我想谁也说不清楚，肯定是各种文化的反复竞争和协商最后形成一种奇特的东西。它可能既不是一种纯粹的美国文化，也不是一种纯粹的中国文化或者其他的文化，它肯定是一种杂交的品种。可以肯定的是，地球上的人们的生活方式越来越接近。文化的同质化趋势会得到加强。很多知识分子都提到"反全球化"，既包括经济上的反全球化，也有文化上的反全球化，强调地域的独特性、文化的独特性，这当然重要，但是这也恰好说明了同质化的强大趋势。

记者：我看到你也参加当代水墨的讨论，你对他们这个整体是怎么看的？

汪民安：水墨在这个里面就变成一个材料了，在某种意义上可以说是把水墨作为一个材料给保护下来、继承下来了。但是它的制作方式完全属于今天，和水墨画的传统判然有别。在这里，水墨并不是用来画画的。

记者：还在摸索，现在都在谈各种可能性，其实是挺悲剧的一种处境。

汪民安：所有人都在找可能性，最后呢，你会发现全世界的艺术都很像，尤其是当代艺术。年轻艺术家跟国外年轻艺术家做的都很像。当代艺术是以追求独特性、个性著称的，但是具讽刺性的是，当代艺术成为最没有个性、最没有独立性的东西。你到各大双年展看看，发现展览作品几乎都可以被替代。当代艺术最显著的特征就是自我重复。

齐泽克写过一本书批评德勒兹，他说德勒兹一天到晚讲多样性、讲差异性，但是，当他一直这么讲的时候，他实际上就是在重复，就是信奉单调性。

记者：就当下的文化逻辑，詹姆逊认为现在是空间性的艺术时代，从我们的语境分析，你认为有什么不同吗？

汪民安：我觉得中国艺术家还是以绘画为主吧。大部分艺术家还是在画画，并且确实也擅长绘画。因为有升学的压力，他们从小训练的基本功不错，从绘画造型能力、技术这方面来说，中国艺术家在全世界都算是不错的。西方人最近几十年不太重视绘画技术这方面，他们大部分人在做影像和装置，那是他们的主流。

　　反过来我们的影像、装置是比较弱的。因为影像、装置不是一个技术性的行为，它更多地需要思考，需要综合的文化修养。很多艺术家画得很好，但是装置做得很可笑，很幼稚。绘画需要天赋，但是，装置需要思考。因为装置确实能够更明确地检验你的综合文化修养和思考能力。所有的电影大导演都是思想家，所有的装置艺术或者影像艺术大师也都是思想家。

记者：这也恰好是全球化中的文化独特性，只要还有独特性，我们就没有白谈"独立"。

知识型与艺术史*

访谈者：鲁明军，四川大学艺术学院副教授

鲁明军：如果抛开既有的各种艺术史叙事对于艺术的定义，放在一个认知的角度看，我们发现艺术与政治、社会、文化、思想以及科学等之间存在着一定的同质性。也即是说，在某一时代，艺术家、思想家、科学家等不同角色可能共享了一些感受和思考。比如19世纪末的巴黎乃至整个欧美，还有晚清民初时期的中国，以及风潮、运动几乎席卷全球的60年代。可以举例说明吗？

汪民安：这是一个福柯式的问题。他的说法是，一个时代有一个时代的知识型。他的意思是，在某个时代，各种各样的迥异的知识形态，都分享了一个共同的知识型。也就是说，各种知识的内

---

* 本文原为答《中国当代艺术评论》鲁明军问。

容不一致，但是，这些知识的构成方式、语法形式基本一致。或许只有在这个层面上，可以将不同的知识形式进行比照。当然，福柯特别强调的是不同类型的学科之间的关系。比如生物学、经济学、语言学等等。至于艺术与政治、社会、文化、思想和科学之间的同质性——我不知道指的是形式方面还是观念方面。如果说是形式方面的话，是难以比较的。我想你的问题指的还是讨论的对象方面的同质性，或者是观念的同质性，如果是这样，这种同质性在今天比其他任何时候要突出一些。因为，各行各业的人都在关注共同的观念方面的问题。我们看到，今天艺术讨论的问题，涉及政治、思想、文化的方方面面。但是，它们借用的形式完全不同于其他的学科方式。

鲁明军：19世纪末的西方，现代社会已经高度成熟。在这一时期，印象派是如何回应这种变化的，或者说，他们为我们提供了哪些认知方式？与此同时，本雅明、尼采、韦伯、弗洛伊德这些思想家又是做出何种回应？包括科学家。那么，他们之间的关联在哪里？

汪民安：印象派一方面可以说是对古典绘画的反应。古典绘画太成熟了，物极必反，这是包括艺术在内的世界的伟大规律。艺术史也就是这样一个不断同前辈做斗争的历史。19世纪末期需要一些反对古典绘画的艺术英雄出来。印象派承担了这个角色。这是从艺术史内部而言的。

从外部而言，印象派的出现当然还是人们感知时代的方式发生了变化的结果。时代在加速地变化，人们平静的生活方式被打破了。马克思的著名说法是，一切固定的东西都烟消云散。那么,没有一个整体性的东西能够被把握,能抓住的只有一瞬间。对这个时代只有印象,——今天,这个趋势越来越明确。印象派敏锐地抓住了这一点。只有瞬间,只有印象。本雅明笔下的浪荡子概念,受益于波德莱尔,他感受的是巴黎五花八门的碎片。或许,只有他的观察方式,同印象派有一点类似。如果非要说尼采和弗洛伊德同印象派有关联的话,也只能说,他们强调感性的、无意识的、身体的观看方式,而不是古典绘画的理性的、精雕细琢的耐心规划。至于韦伯的现代思想,我看不出来同印象派有何关联。

鲁明军: 20世纪中期,整个西方艺术、知识及整个社会发生了一次巨变,尤其是60年代。这种变化是如何体现在认知层面的呢?可以举例说明吗?

汪民安: 60年代的巨变跟全球范围内的左派造反运动有很大关系。尤其是毛泽东的思想对法国思想的影响,进而影响到北美。中国的"文革",法国的五月风暴,以及北美包括抗议越战在内的一系列社会运动,不可能不对激进的艺术运动产生影响。当然,除了革命之外,60年代的一个重大现象就是消费主义的兴起。它直接导致了波普主义的猖獗。革命和消费,这迥异的两级,恰恰体现在波伊斯和沃霍尔的差异性上面。无论是沃霍尔、波伊斯还是贫困艺术,都对社会做出了全新的反应。艺术和社会的关系此后愈加密切。这一点在今天甚至成为了艺术行规。60年代激进的社会思潮对艺术的影响还表现在气质方面,革命气质深入到艺术的骨髓之中。他们推崇不破不立的方式。这可以使我们理解60年代为什么是先锋艺术大爆炸的时代。几乎所有的人都在想新的办法，人们大大扩充了对艺术的理解和想象。它对今天的直接后果是，人们好像已经没有办法创造新的艺术方式了，或许，这就是"艺术的终结"？

鲁明军： 从历史的角度看，杜尚与福柯分别开启了一个新的艺术和知识的时代，那么二者之间是否构成一种同质化的关联呢？

汪民安： 尽管处于同一个时代，尽管都是各自领域里最伟大的人物之一，但他们两人并不相像。杜尚在艺术领域做的事情和福柯在知识领域做的事情，并非起到了相同的作用。杜尚革新了艺术的概念，为艺术的未来打开了一扇新的大门，有无数的后来者闯进了这扇门。而福柯的最重要的意义，或许就在于他更新和重写了历史。正是他的叙述，使欧洲的历史展现了新的一面。许多人效法他，是想重新书写他们各自的历史。

鲁明军： 技术改变了生活方式，20世纪以来的认知转变中，如何理解技术所扮演的角色？

汪民安： 这个问题非常复杂，几乎难以说清楚。我只能简要地指出，技术对认知的改变到了难以控制的地步。人们无法阻止技术对生活、对人本身的改变。或者说，技术不仅改变了人的认知方式，它甚至改变了人本身。技术在重新书写人的定义。我们一眼就能看出技术带来的全新的可能性。但是，我们也应该清楚，技术也让我们迷惑不解：它有时候让我们兴奋，有时候让我们恐惧。对此，海德格尔早就发出了警告，但是，技术体系不会屈从于任何的哲学意志和人的意志。它将人类带到什么地方，我们一无所知。

争夺真理的屏幕

屏幕跨越了电影、电视、电脑和手机的不同阶段。眼睛越来越被屏幕所吸引和霸占。人们越来越生活于一个屏幕的世界,人们在屏幕中观看、讨论、思想和生存。世界以屏幕的方式——而不再是海德格尔说的那样是以图像的方式——来展开。对于海德格尔来说,现代就是一个人类和大地分离以至于人们跳出大地来观看世界的时代。整个世界变成了一个图像。但现在,人们不仅观看屏幕,而且就是生活在屏幕之中。世界不是一个屏幕,而是无数屏幕的集合。王功新的作品表达了屏幕和屏幕之间的共振关系。它们彼此指涉,共鸣,嬉戏。屏幕彼此作为对方的工具,它们正是在对其他的屏幕的共鸣和回应之中完成了自身,或者说,屏幕必须在另外的屏幕中找到自身和发现自身。屏幕针对的不是它正在放映的图像,而是另外的屏幕,是与之共鸣的屏幕。世界就是一个无限的屏幕游戏,它没有绝对的起源和结尾,它一直在喧嚣的刺激中存活。这些彼此呼应的屏幕将人们包裹在其中,似乎是它们在看观众,它们从不同的角度观看观众,在包围着观众,既用图像包围着观众,也用声音包围着观众。不过,我们离开了王功新的作品就摆脱了屏幕的包围了吗?那美术馆的整个展览的无数屏幕不同样将所有的观众围困吗?如果我们走出了美术馆呢?我们不是被上海这个巨大的屏幕城市所围困吗?人们陷入了一个巨大的屏幕陷阱——这是今天屏幕世界活生生的现实。

但是,人们难道真的只是被包围而无法观看图像吗?难道没有一种逼真而稳定的图像?是的,有无数的屏幕图像,但是,屏幕总是受到了干扰。从起源之处就受到了干扰。投影机受到了各种各样的干扰——这是间接的投射,投射之光被打断、被折叠、被扭曲、被切割或者被晃动——在投影仪和屏幕之间出现了错觉,或者说,投影仪不是屏幕的直接起源,二者之间有一个中介,行走的人的身体作为中介,蜡烛作为中介,铁丝作为中介,动物标本作为中介,这些中介不仅是投射的对象,它们本身还扰乱屏幕,它们被投射给屏幕的同时,也质疑了屏幕。甚至也可以直接以屏幕来反对屏幕,一个上下滑动的百叶窗作为屏幕,一个镜子和屏幕的相互照射;也可以以错觉和假象来质疑屏幕:一个各种黑点在其上变幻闪烁的屏幕,一个影子出没的屏幕,一个将被拍摄的景观进行色彩颠倒的屏幕——所有这些都打破了屏幕的既定预期。屏幕因此被划破,它们既不稳定,也不安静,并不是一个可以被操控的确定客体,它是不确切的移动屏幕。它是光的偶然游戏,屏幕不仅是对真实的谎言,而且是对投影仪的谎言,甚至是对自身的谎言。屏幕的来源因此并不确切，它像骰子的一掷那样充满偶然。这不是屏幕和屏幕之间的游戏，而是屏幕自身的游戏，屏幕自己诋毁自己的游戏，屏幕和真实相互诋毁的游戏，屏幕嘲弄再现的游戏。

如果屏幕不再现什么，那么，它除了同自我、同其他的屏幕进行游戏外，它还能做什么？或许，我们在这里还能看到屏幕同画框的游戏。屏幕也是一个移动的画框。它是一个开放的画框。它被"画"上了作品。就此，（经典）绘画以影像的电子形式出现。人们在屏幕上画画和书写——有水墨画，有山水画，有书法。绘画获得了一种电子形式，它剔除了各种绘画的实物和媒介材料。但它们不是绘画的照片的投射，它们呈现了绘画过程，它们甚至也不是静止的，不是一劳永逸地完成的，它们在偶然变化，它们甚至瞬间变化大量的作品，瞬间生产迥然不同的作品——屏幕是绘画的自动机器。但画面止于屏幕，绝不将它打印出来（纸上或布上），而是永恒地在屏幕上，屏幕是它唯一的现实。一种屏幕绘画诞生了。而与之相反的屏幕和画框的关系是，画框是对屏幕的再现——屏幕偶然生产一种形象，一个现实的画框就复制了这个形象。画框和屏幕因为这个相同的图像而对照。就像屏幕和屏幕彼此的呼应一样。就此，屏幕可以是对一个既定绘画的再写。反过来，一幅画也可以是对屏幕的再现，是画屏幕，画屏幕发生的一切，画屏幕的偶然一幕。

屏幕和屏幕，屏幕和画框，屏幕自身内部，总是依赖一种特殊的图像在游戏。但也有一种完全没有信息的游戏，一种空白的屏幕。单纯的空白屏幕并非一种创造。重要的是，这种空白的屏幕是一层层折叠的，是多个空白屏幕有层次的拼贴，它一层层地往下拼贴，往地洞深处拼贴。因此，屏幕最终通向的是一个深渊。而且，它还要求一种特殊的观看方式——不是我们通常针对屏幕的平视或者稍微仰视的方式，而是俯视的方式。它要求我们俯瞰，要求我们俯身低头向下，要求我们探测。但是，我们看到了什么了，探测到了什么？我们探测到的是光的游戏，光和光之间的折叠游戏，最终我们费力探测到的是一片虚空。

屏幕既是一种虚空的深渊，也可能是一种实在的力量。我们在展览的另外一些屏幕——我要说，照片同样也属于一种屏幕——上面，看到了记录、历史、政治和情感。这是屏幕的伟大功能。它们在和书写、和书本竞争。屏幕如此地直截了当，简明扼要，无须解释就可以触动人心。它们是确定无疑的见证。在某些特殊的时刻，屏幕即是对真理的显身，屏幕现实就是真理事实——毁坏屏幕和保存屏幕就是有关真理的斗争。在这个展览中，我们已经看到了，没有什么比屏幕更加拒绝真实的了，但是，我们也同样看到了，没有什么比屏幕更加渴求真实的了。这是争夺真理的屏幕，这也因此是一个争夺真理的展览。

纪念碑的摄影和摄影的纪念碑

在王国锋这里，建筑首先是作为一个景观出现的。它是一个单纯建筑，一个没有内部空间的建筑，一个没有人群和背景的建筑——王国锋赤裸裸地暴露出这种建筑，让建筑占领你的全部目光，让建筑成为绝对的焦点。建筑以它的全部形式感，以它的体量、形态和结构显现出来。它抽空了（居住或者办公）功能，剔除了背景，斩断了文脉。这是一种突兀的没有语境的建筑形式。这是建筑的现象学，让建筑单纯显示自身的现象学，让建筑物显示在目光中的现象学。我们不得不面对它们。我们似乎经常见到它们，但似乎从未正视过它们，我们从未总体性地看到它们——王国锋的这些作品让我们前所未有地看到了它们的总体性。

为了让建筑单纯地赤裸地展示，王国锋的摄影采用的是正面的角度。他正面面对建筑物，就像一幅画要有一个站在理想的观看位置的观众一样。只有在这个位置，这个建筑才能最大限度地暴露。只有这个位置才能最恰当地展示这个建筑物的客体性——建筑物应该以它最该呈现的样式，一种正面的、全景式的形象呈现出来。这是建筑物对他的要求。因此，观看和摄影的位置，是一个不可替代的唯一的位置。

但是，这些建筑物巨大。王国锋不仅要抓住它们的总体性，还要强调细节的清晰和逼真。王国锋并不因为总体性而放弃细节，也不因为细节而放弃总体性。他要同时保留细节的清晰和总体的完整。因此，他采用了一种特殊的拍摄方式。他先是对建筑物本身进行局部拍摄，从而保留细节的清晰，他试图让每一个细节都同等的清晰，让它们享有同样的地位，而不是像透视主义那样对细节有一种等级式的区分。在对它们进行局部拍摄后，王国锋通过电脑对这些局部进行编辑和拼贴，最终完成照片的总体。这样的结果是，它同时获得了建筑的总体感和细节的逼真感，而且每个细节都有同样的清晰度，每个局部都获得同样的视觉权利。这样，建筑物在获得一个完全正面的视角的同时，也放弃了透视主义的没影点。或许，我们可以称之为散点摄影，就像一张传统的巨幅中国画那样。这是王国锋对建筑所采取的拍摄方式，也是他对朝鲜的大型场景所采用的拍摄方式。

王国锋的照片尺幅结构完全是根据建筑物的结构而展开的。建筑物如果是宽阔的，照片就是宽幅的，建筑物如果倾向于垂直的，照片的尺幅就是狭长的。建筑物的客体性决定了照片的尺幅。也就是说，他完全尊重建筑物的客体性，他最大的目标就是竭尽所能地展示建筑物的客体性。他让目光被客体性所捕获，而不是相反地用目光去改变和重构对象。

呈现在我们目光中的建筑物的客体性就是：体量庞大，厚重牢靠，结构对称，秩序井然。中间部分突出（要么是高度，要么是体量，要么是顶部，要么是形式），从而获取一个明确的统治性的中心感，它的两边均匀而自然地对称，有序地向外平行地伸展，直到最边缘的左右两翼再一次发生变化（图15）。

这些没有语境的建筑显赫地占据了我们的目光，我们要问，它们来自哪里？这些没有文脉和语境的建筑却迫使人们考察它们初始的文脉和语境。也就是说，王国锋的机器剔除了建筑之外的杂质，就是为了对建筑物的还原，就是让建筑物自我展示，而这种还原和展示恰好是为了重建建筑物的初始意义，就是让建筑物自我说话，让它们抛弃了任何干扰地在说话，或者说，让它们作为一种绝对的纪念碑在说话。就此，我们可以说，摄影机器在这里的意义，一方面是抹擦，另一方面是重建。这是作为抹擦的摄影：抹擦最后的语境；另一方面又是作为重建的摄影：重建最初的语境。抹擦的是历史叠加上来的语境——历史将这些建筑物的语境慢慢地吞没了，或者说，周围不断添加的建筑物，不断变化的历史、人群和城市，使得这些纪念碑性的建筑物隐藏了它们的初始意义——建筑物的意义总是随着时空变化而发生变化。王国锋的摄影机器恰好是要将这样一个累加的语境剥落，让它赤裸地还原。而另一方面，一旦它回复到它的最初状态（确实，它出生之际，完全没有受到历史的困扰），它又激发人们重建它的语境，重建它的最初意义。

图15　王国锋，《乌托邦——捷克布拉格国际酒店》，2014年，摄影，522×300cm

　　王国锋将这组作品的照片称作《理想》和《乌托邦》。前者是有关中国的，后者是以前的苏联和东欧以及朝鲜等社会主义国家的建筑。这些建筑虽然具有不同的形象，但几乎都具有纪念碑的特征，它们不仅是功能性的，而且深具象征和纪念意义。我们可以马上说，这是国家建筑。它们是国家意志的体现。正是这一点，使这些建筑物有惊人的相似，它们好像是出自同一名建筑师之手，也可以说，国家意志是最终的建筑师，建筑师是匿名者，是国家意志的执行者。建筑是一个产品，一个国家意志的产品，它的作者是国家。这就是为什么王国锋要拍一组照片的原因——确实，它们是不同的团队设计的，但它们仿佛就是同一个团队设计的，我们只能在国家意志的层面上来理解这些建筑物的作者。

建筑表述的是国家意志。就《理想》系列而言，我们可以更具体地说，它们的被生产是为了展示和庆祝一个新生国家的合法性，一个新生国家的气质和能力，它的强大、牢靠、稳定、庄重、秩序和正义——没有偏差，没有错失，没有缝隙，没有偶然性，没有任何的意外之举。这些建筑也是新生的社会主义国家的力的实物形式。国家之力通过建筑获得了它的可见性和具体性。建筑物的体量和厚重本身就是力的性质表达。不仅如此，它们也是对这些力的价值的肯定：这些建筑是自我肯定的。它们毫不在意历史（中国传统建筑学的特征微乎其微），它们是新生的，它们有力量，它们硬朗而壮实，它们充满着炫耀，它们自我肯定。它们既是力的实现，也是力的成就：它们是伟大的产品——建筑和空间总是特定的产品。一个特定的时代，就生产一个空间产品。它们是社会主义最初、最直接和最具有可见性的产品。也就是说，它们既是社会主义之力的具体化和物质化，也是社会主义之力的产品和成就：社会主义之力在此以一种景观的方式自我肯定。

王国锋为什么要拍这些建筑呢？是这些建筑让他感到兴味盎然吗？可以肯定地说，王国锋拍下来的所有东西，都不是他的激情所在，或者说，他拍摄的东西都不是他喜爱之物，不是他受到诱惑之物。没有人被这些建筑物所诱惑。通常，人们总是要拍打动自己的东西，要拍让自己情不自禁地拿起摄影机的东西，人们总是从本能出发去拍摄——但是，王国锋想拍摄的东西，也许正是他毫无兴趣之物——或者也可以说，王国锋充满激情地去拍摄的东西就是毫无激情之物，也可以说，他的摄影机就是努力去根除激情，根除意外，根除偶然性。正是这一点，正是因为对激情的摒弃，他才拍得如此慎重，如此大张旗鼓，如此地投入，我们要说，如此地充满激情——他耗费经年地拍摄那些毫无激情之物，那些完全不是欲望客体之物。而这几乎颠倒了摄影的常识——摄影，通常是受诱惑去拍，通常是因为冲动和激情去拍，通常是满足欲望地去拍。

因此，同众多的偶然抓拍不一样，王国锋是一种理性摄影。或者说，是一种考察式的摄影，一种研究式的摄影——我们可以说，这是一种人类学式的摄影，摄影机器不是灵光一闪地捕获对象，甚至不是去捕捉一个非凡而神圣的瞬间，而是有计划有步骤地去拍摄他的研究对象。在此，摄影就像是写作一样，深入到一个对象深处，扒开盘旋在对象周遭的迷雾，让它充分地彰显。

理性摄影的共同特征是摒弃偶然性和激情。但理性摄影既可能是主动的，也可能是被动的，或者同时兼有主动和被动的成分。有一种专职摄影，他们只被允许拍摄某些特定的场景。这样的被动摄影并不多见。摄影自诞生之初，就有强烈的主动性。摄影的历史，在某种意义上就是一种凡俗化的历史，它由专门化向大众化转移，同时，它也由职业活动向日常生活转移。这就使得摄影越来越频繁，越来越随心所欲，越来越自由，越来越主动。尤其是今天，随着手机所携带的拍摄功能的出现，摄影越来越像是一种游戏，一种娱乐。人们可以随时随地地拍摄，可以毫无来由地拍摄——每个人都是摄影师。

如果说，王国锋的建筑摄影是理性的，那么，在朝鲜的摄影不仅理性而且并不是完全主动的。至少，他不是随心所欲的。所有的拍摄过程都处在监视和审查的状态。在这里，拍摄没有自由。这个国家没有观看和拍摄的自由。尽管王国锋提出了自己的拍摄计划，但所有的拍摄都要被报批，被审查，每一个拍摄的瞬间都要被国家机器所确认（他永远处在被监视的状态，他的每一次拍摄瞬间都要被审查），也就是说，他在拍摄对象的同时，也被国家机器的目光所拍摄。因此，这是王国锋提出来的拍摄方案，同时也是被指定的拍摄：摄影者、摄影对象和摄影空间都是被指定的，这是王国锋和国家机器的协商拍摄。警察可以提出任何的修改和确定意见。人们可以说，每一张照片都是王国锋拍摄的，但它也是由国家机器拍摄的，是一个国家机器同王国锋合作的产物，是二者协调的产物，照片是王国锋自己的作品，但也是国家机器的产物。一个艺术家和一个国家共同完成了作品。

这对拍摄对象也构成了挑战。王国锋拍摄了朝鲜民众的肖像。他试图记录朝鲜人的日常状态（这是他的初衷），我们在照片中确实看到了一些普通的民众——工人，学生，孩童，老年人，各种各样的职业工作者，他们是被挑选的，我们并不清楚他们是不是一再被挑选。王国锋不能选择他的拍摄对象。这是在特定地点被挑选出来的特定人群。但是，我们没有看到他们的日常状态。我们只是看到了他们在面对摄影机的状态。摄影机让我们看到了他们的面孔，或者更恰当地说，我们在照片中看到了他们的特定面孔，面对摄影机的面孔，照相时候的面孔，仪式般的面孔，一种特定情境下的表演面孔（只有幼儿园孩童的目光中流露出了一点兴奋和好奇，他们被这个机器，或者说，被拍摄这个游戏所吸引）。在此，被拍摄就是一项工作，一种对国家而言的有益工作，或者说，一种宣传工作。就此，他们必须收敛自己，不能在摄影机面前表现出随意性，而且，他们也无法获得这些照片。他们面对摄影机，就像是面对一个政治任务——在某种意义上，这是一种政治献祭。无论如何，摄影机体现出它的客观性和科学性，但是，它摆脱不掉它强烈的政治色彩，它被政治操纵（警察决定了它的启动和取舍），它也是操纵工具（它有强烈的威慑性，对被拍对象的威慑性），被拍的人没有流露出放纵的一面，摄影机器对着他们，就像是一个警察机器对着他们一样。这是宣传，也是见证。他们是同时作为宣传工具和见证工具而进入到这些照片中来的。也就是说，在某种意义上，他们是摄影的道具。

我们见证到了什么呢？富足？幸福？美妙？一旦被拍摄对象是被选择和指定的，这就是见证的反面，或者说，它见证的恰好是它不可见的。摄影在这里不是一种总体记录，而是一种划分：什么是可以被拍摄的，什么是不可以被拍摄的；什么是正确的，什么是不正确的；它是一种意见判断，一种裁决。它在展示的同时，也在隐藏。它是暴露也是压制。这是这些照片最有意义的地方，它同时带出了可见性和不可见性。我们甚至要说，王国锋的摄影与其说展示了朝鲜可见的一面，不如说，它更多地展示了朝鲜不可见的一面：日常生活的不可见性，悲愁和痛苦的不可见性，性和肉体的不可见性，暴力和放纵的不可见性——一切与社会主义价值观相对抗之物的不可见性。这些照片展示的是一个欣悦的朝鲜,一个积极的朝鲜,一个消灭了痛苦和差异的朝鲜。从这个意义上而言,王国锋拍摄了朝鲜,但不是让我们看清了朝鲜,而是向我们遮蔽了朝鲜——这正是这些照片的意义所在:照片与其说是一种展示,不如说是一种遮蔽。照片的目的就是为了遮蔽和隐没。照片是用来撒谎的。照片因此通向的是暗室。但是,这种照片的"暗室",或者说,这些照片的"撒谎"恰好又是一种揭示:它隐没了朝鲜的日常生活,但恰恰是这种隐没又暴露了朝鲜的权力机制。在这里,一种拍摄的决断暴露了权力的无所不在的管制。在照片中,我们看不到哭泣或者大笑,疯癫或者狂暴,痛苦或者狂喜,它们永远不会出现在镜头中。这并非因为它们不存在,而是因为它们不能被见到。能见到的,只有强大、富裕、兴高采烈和欢呼,以及宗教般的虔诚和信念。就此,摄影在这里变成了一种划分。它是权力在毅然而然地陈述。

这些照片旨在展示朝鲜民众的面孔。这是标准化的面孔,被身份和职业所标示,人们通过照片能确认他们的职业:每个人都有职业!劳动者的职业,高尚的职业!他们的衣着和他们的面孔一样醒目,人们能通过他们的衣着——这些工作服来记住他们。这些着装显示他们是劳动者,但无法显示他们的激情和内在性——或许正是因为劳动,伟大的劳动和职业消除了他们的内在性。或许,他们只有一种劳动的激情,一种只有劳动才能获得满足的激情。尽职尽责地劳动(学习)是他们的存在意义。这是在拍劳动者,在拍一份职业和身份(医生、工人、学生等),而不是在拍一个人！无论如何，他们的面孔和职业越是清晰，他们的内在性就越是神秘。不过，如果我们越过这些面孔，将目光放在身体之外的地方，我们会看到这些照片中的人物所置身的特定空间，我们会看到室内空间，看到内墙，看到墙上的领导人照片和标语。它们既是照片中人物的背景，也是他们的指南。也就是说，在王国锋的照片中，在这些照片的空间背景中，在家庭、学校、工厂、医院等公共空间的墙上，会看到另外的照片。我们几乎是无一例外地看到了这些照片，看到领导人的照片，以及他们的话语（我们看到了如此之多的朝鲜文字）。也就是说，我们能看到照片中的照片。他们无处不在（两个领导人并列在一起）。他们更让我们感兴趣。他们才是照片中的另一个主角，他们是引路人，是被拍摄的人的灯塔，他们在每一张照片中都要被纪念和吟诵。这是无所不在的目光。是的，我们在前面注视着这些拍照的人，但是，领导人在后面，在后墙上，也注视着这些被拍摄的民众。如果说，王国锋的照片是片刻地注视他们的话，领导人的照片则是永恒地注视，不停地注视，全方位地注视（甚至在家中注视），不仅注视他们的动作，而且，还注视他们的灵魂，不仅注视他们的面孔，也注视他们的背影。

　　领导人既以照片的形式出现在所有单独的封闭空间中，也以现身的方式出现在各种人群密集的庆典活动中。他是巨大人群的绝对中心。正是因为他而出现了一个庞大人群，庞大人群是为他而存在的，环绕着他，注目他，膜拜他，臣服他。这种心理上的忠诚，在王国锋这里，是以可见的巨大景观而被具体化的。照片让魅力、情感和崇拜物质化了。领导人是这个庞大人群的组织者、发动者和控制者。正因为他的存在，庞大的人群像一个巨型机器那样整齐划一地行动，他们既不喧嚣也不凌乱。这正是一个独一无二的景观，我们必须说，它非常壮观，它的要素是统一的然而是无数的身体。他们被领导人的魅力所驾驭——尽管每个人被无数人所包围，但他们都将专注的目光投向领导人，他们对身边人群毫无感觉，他们在对领导人的注目中放弃了自己。领导人是唯一的客体，激起他们相似的反应。人群因此而形成一个统一的自动反应机制。领导人无穷无尽的能量是通过人群的数量而得以表述的（他本人谦和，收敛，并不激动和外露）。能量是无尽的，因此，人群必须是无限的——在王国锋的照片中，我们看到了人群的极限，他们不仅充塞了他们所置身的现实空间，也充塞了王国锋的图片空间。人群饱满而拥挤，没有任何空隙，这是高密度的人群。密度是强度的展现：王国锋的这些大型集会照正是有关强度的：情感的强度，认同的强度，权力的强度——领导人展示了强度：他的每一个动作，每一句话语，都会引来所有人群的掌声和欢呼。我们可以说，这或许是最晚近的情感强度和权力强度，王国锋捕获了这一切，但是，他并没有告诉我们，这是不是最后的最终极的因此具有一种历史目的论的权力强度。

这些被领导人吸引而失去了自我的人群，并没有失去自己的面孔。王国锋没有让个人的面孔消失。尽管他们做着类似的动作，尽管他们从功能上来说是大型人群机器中的一个配件（无论是集会还是大型表演），但是，王国锋努力捕获他们的面孔差异。

他不让每个个体被人群所吞噬。他在呈现"多"的同时，并不去牺牲"一"，他同时肯定了个体和全体，肯定了"一"和"多"。他让个体和全体同时呈现出来——这是他的考量中心之一。事实上，这些照片让我们目击了大型的表演和集会的场景，我们也看到无数的通过单一身体而叠加形成的一个巨型身体。但是，我们不仅看到了这个巨型身体，我们还能看到单个身体上的这张脸。我们看到了这个巨大的身体是如何通过无数的脸生成的——这个巨大的身体的制作并不是以牺牲每一张脸为代价的。我们在这些具体的脸上看到差异了吗？难道这些脸上不是写满了激动、颂歌和忠诚吗？或者，相反地，我们在这些脸上看到了平静、诽谤或者虚与委蛇吗？这些单一的脸，因为隐藏在人群中会激发人们的探索兴趣——我们既可能被这个巨大的场景所震动，也可能被单张的脸所吸引。照片就此提供了两个观看层面，两种景观：作为人群的景观，作为一张脸的景观。照片能够提供这两个景观并置的历史记录，但是，它无法预料这两个景观将在何时何地分崩离析。

因此，王国锋的这些照片并不预测未来，而是对过去的纪念。它拍摄的也是纪念之物或纪念场景，但是，同它被拍下来的纪念之物（场景）相比，这些照片注定会更加长久，这些照片本身会成为纪念碑，成为摄影的纪念碑。

温柔的折磨

在蒋志的《哀歌》系列中，鱼线挂钩抵达了身体，对身体（各种各样的身体，肉的身体、花的身体、人的身体）进行垂钓、渗透、撕扯。弯钩刺入肉体，又从肉体的另一个部位悄悄地渗出，它好像要将一片肉从肉体的总体性中扯掉一块一样（图16）。它让肉变得紧张，但是，这种紧张并不一定导向痛苦，而是导向一种力量之美——从局部上看，这些肉仿佛在被折磨，但是，鱼钩和肉的结合如此之完善，如此之精巧和充满秩序，鱼钩并不是盲目、散乱、蛮横而偶然地穿透肉体，相反，它的穿透被精心地规划和组织，它显示了秩序。事实上，这些照片上的每个细节都充满了计算。不仅是暴力和残酷的计算，那些鱼钩对身体的渗透程度，它出入身体的刹那，它尖锐钩子的悉心暴露，鱼钩和鱼钩的距离关系，它们的数目，它们的排列，鱼线的笔直、倾斜、并行以及布满在它身上的光泽，它隐匿的在照片之外的起源，都经

图16 蒋志,《哀歌 之 弦外之音》,2013年,摄影,65×90cm

过了精心的规划——为了让鱼线具有光线的效果而用黑色大背景衬托出它的闪亮线条,仿佛这不是物质性的线条,而是柔和的非物质性之光。最后,被鱼钩刺透的身体——它们有时是花的身体,有时是动物的肉体,有时是人的身体——都尽可能地隐藏它们的面孔。

就此，整个照片都是对秩序的强调——鱼钩和鱼钩的关系，鱼线和鱼线的并列关系，鱼线、鱼钩和身体的关系，以及黑色背景和光的关系，都有严格的规划性——鱼线正是在黑色背景下凸显出它的光的色泽，它被渲染成光，准确地说，渲染成光线，一束光线。照片显示出严密的理性。如果说鱼钩对身体的刺入有一种残酷的话，这也是一种审慎的残酷。这种审慎和理性削减了残酷性，甚至可以说，残酷因为这种审慎而获得了自身的美学。残酷美学通常有两种表现方式：一种是绝对的残酷，毫无余地的残酷，致命的残酷，它让理性在它面前崩溃而获得了自身非理性的美学，这种暴力之美的代价是交付了理性，它有时候通向邪恶；另一种就是审慎的残酷。残酷在此被精心地计算，它施加残酷的同时绝对避免毁灭，美就诞生在对残酷的精巧计算中，它让痛苦和快乐有一个精确的转换时刻——这是形形色色虐恋的法则。蒋志的作品正是后一种美学，它是残酷的，但是是审慎的，也是理性的，它有精心的计算。蒋志的《哀歌》系列就是计算之作，暴力被纳入到计算的范畴中而获得了美学。

被刺入的身体以各种部位来迎接鱼线的入侵。有时候是背部，有时候是大腿，有时候是胸部，有时候是颈部，有时候是生殖器官。这各种各样的身体以一种仪式般的姿态而存在。它们纹丝不动，犹如赤裸的有造型的雕塑一般。这种强烈的仪式感，并不是一种拒绝，而是一种慎重的接纳。它们看起来不是在痛苦地受难，而是在迎接光的沐浴。鱼线不仅给它们带来了鱼钩，而且给它们带来了光亮；不仅给它们带来了苦痛，而且给它们带来了喜悦；不仅给它们带来了残酷，而且给它们带来了诗意——我们要说，这就是残酷的诗意仪式。这诗意因为光和黑暗的交错，痛苦和喜悦的交错，肉体和暴力的交错，而充满了狄奥尼索斯（Dionysus）般的神采。

如果说，《哀歌》有冷静的计算的话，那么，另一组作品《情书》则完全相反。它充满情欲。鱼线是笔直的，但火却是跳跃的，它不可预料，有时候瞬间爆发，有时候平静柔和。在《情书》中，蒋志将花朵点燃。蒋志有时候是点燃一束花，有时候仅仅是点燃一朵花，一朵有细长花茎的花朵，它从花瓶中向外孤独地伸展，花朵仿佛一只寂寞的小鸟一样蹲在花枝上，而火则构成了鸟的烘托氛围。点燃的有时候是焰火，有时候是烈火，有时候是细微的火苗，有时候是狂热的火束。它围绕着花朵起舞，仿佛不是要将花朵毁灭，而是伴随着它跳舞一样。灿烂之花朵仿佛还没有达到它的极限，或者说，蒋志试图突破花的灿烂极限。他点燃它们，他让花在开花，火是花朵之花。它是花朵爆发的激情。一朵花绽放出另一朵花，花朵由此在大笑，在狂欢，在毫无痛苦地燃烧。在这些照片中，被点燃的花朵不是通向毁灭，而是更加剧烈地绽开。将花朵燃烧，在此并不意味着它的生命趋向毁灭，而是意味着它的生命更加璀璨。或者说，花借助火来燃烧，它是花的新生，是对花的抚育。这个燃烧的瞬间——用尼采的话来说——是正午的时刻，是激情饱满的时刻，是欲望最充沛的时刻——花的萌芽和垂暮都被隐去了，它以这样的正午的巅峰时刻而永恒。这些花永不凋谢！它们也由此处在照片的绝对中心，有时候完全占据了照片的全部空间，花枝和燃烧的花朵挤满了人们的目光。没有冗余之物的打扰，这是绝对没有任何杂质之花。但有时，图片上也出现了花瓶和桌子。这古旧的花瓶和古旧的桌子，沉默地将它们托付在一个纯净的空间中，这是花的依托，但不是依靠水和土的滋养，而是凭借桌子和花瓶的无声倚靠。这不是花的哀悼和追忆？这唯一寂静而纯粹的花朵，在诉说命运的脆弱还是强硬？

如果火就像巴什拉（Bachelard）所说的那样，"它从物质的深处升起，像爱情一样自我奉献。它又回到物质中潜隐起来，像埋藏着的憎恨与复仇心"，那么，在蒋志这里，火就是升腾和奉献之爱。如果说，花朵在此非常稳定，它们是美丽——没有比花朵更能担当起这个词了——的微型实体，那么，火则飘忽不定，蒸腾，挥发，或浓或淡，既上升又下坠。它到底要干什么？——我们还是引用巴什拉的话来作答吧："它把天堂照亮，它在地狱中燃烧。它既温柔又会折磨人。"

拍摄是一种攫取

纳托拍摄的是街头的弃物。这些弃物无人问津,沉默地呆在街头的一角。但是,纳托的镜头不仅让这些沉默之物显身,而且还赋予这些弃物以尊严和诗意。纳托的镜头赋予它们光亮,但是,这光亮并不是要让沉默之物开口,而是让它们更加沉默,这些物恰好就是因为沉默,因为光照的沉默而获得自身的尊严和诗意。一旦不开口,它们的姿态就凸显了。镜头抓住的是这些弃物的姿态和身体,这些废弃物被一种温暖的橘黄色之光亮所包裹,仿佛残阳在抚摸它们,让它们被废弃的感伤贯穿着温暖。纳托的另外一些黑白照片,显得更加萧索和冷峻,它们仿佛穿越了历史而来,它们被时间一而再地清洗过并因此而获得超越时间的沧桑。

纳托将这些废弃物作为绝对的焦点,镜头紧紧地盯着它们。她努力地获取它们的全身,有时候出于身体比例的原因,只能截取大半个身体——她尽力地锁住它们的全貌。她拍摄的时候全身凝神专注，似乎有保全拍摄对象的永恒意志。这些镜头显得有力而稳定，它们如此地周正、庄重（你看不出来丝毫晃动），仿佛是对被拍摄之物的攫取，像是用力的对它们的拦截一样。正是这种拦截，镜头仿佛有一种隐秘的力量，将周围的东西——不仅是周围的环境，还有周围的人，还有周围别的镜头——推挡在外。拍摄，就不仅仅是让拍摄之物保存下来，还是对它们的攫取，也是对其他拍摄的排斥——这些被拍之物似乎只能属于这些镜头，这些被拍之物似乎只能以这样的方式存在！摄影同时是显示、占有、攫取和排斥。拍摄似乎将对象变成了拍摄者的所有物，似乎它们只能被她拍摄！似乎这是它们唯一的被拍摄！正是在这里，我们看到了摄影师的意志。她对被拍摄之物有一种巨大的投入，她充满了全部的激情在拍摄。她不仅拍摄了这些照片，同时她也获得了这些照片中的对象。她拍摄它们，是为了占有它们，理解它们，是为了抚慰它们，是为了同它们窃窃私语。

为什么要和这些街头弃物交谈呢？我们看看这些被拍摄之物吧：揉皱的报纸，沾满残炙的碗，瘪的瓶子，垃圾堆，木箱，破旧棉絮，晾晒的衣服，旧鞋，枯死的野草，墙上的涂鸦（图17），锈迹斑斑的铁桶以及众多无人光顾的肮脏角落。这些弃物和角落被一种孤寂的气息所笼罩。它们被人遗弃和拒绝，形单影只。这是物的必然宿命。这是颓败的宿命。但是，对于纳托而言，她要拒绝这种颓败，她要和它们热情地交流。或许，她要以她的激情去感染这些对象以至于让它们不再孤寂？或许，是她自身的孤寂

图17　纳托,《街头》,2015年,摄影,尺寸可变

以至于要和这些孤寂的对象交流？或许,孤寂才显示孤寂自身的光芒？无论如何,这些照片不是试图让这些拍摄之物来展示自己,而是试图让它们说话；这些被拍摄的照片也不是供观众观看之物,而是拍摄者充满激情的低语。

腾空和下坠

周力的《尘埃-蜕变》这个巨型作品，悬挂在深圳机场大厅的中间（图18）。它从各方面改变了机场内部的空间性质。作品呈网状结构，透明而空洞，可以发出各种颜色的光（图19）。它本身具备空间的性质，但绝非一个严格意义上的空间，恰当地说，它是一个造型，一个图案，甚至是一个发光体。

这个作品由细小而流畅的线条编织而成，它造成的直接效果是：虽然巨大，但也很轻盈。它在下坠，但也像是上升。它静止不动，但也像是盘旋。它是单色，但也有光的多变。作品有一种内在的运动感，蕴含着一种运动和色彩的潜能。它可以根据环境和天气来改变自己的色彩从而根本地改变自身。正是这种可变性和透明性，不会令人感到单调，也不会令人感到压抑。人们不会被一个硕大而呆滞的体积所压倒。相反，这个多变而轻盈的作品令人产生一种轻松而愉快的感觉。它甚至同悬挂它的那种格子状

图18　周力，《尘埃－蜕变》，2014—2015年，综合材料，直径9m，高21m，深圳宝安国际机场T3航站楼，深圳

图19　周力,《尘埃-蜕变》(侧面)

的白色天花板有隐约的呼应。它们仿佛有一种愉快的交谈。那个透明的天花板不是对它的禁锢和束缚,而是对它的照应和呵护,它们甚至是彼此的延伸。天花板借此连接到地面,像是一个网格的盘旋游戏一样通过这个作品触及地面。反过来,人们似乎也可以沿着这个作品的线条攀爬上天花板,可以在这里进行盘旋的攀升游戏。

不仅如此,这个作品将机场的内部变成了室外。它使得机场内部变成了一个大的开放广场,它让人们仿佛置身于一个室外的开放空间。人们仿佛在室外观看一个景观。正是因为作品强烈的景观性——它没有内在性,它的中间是空的,它没有蕴含幽深的谜语,它只是各种线条在欢乐地跳舞,各种光在欢快地闪烁。这种景观性作用于视觉,以至于让人们片刻性遗忘这是在机场,遗忘了这是在一个功能性的空间之内。它让人们产生一种在公共广场的观赏错觉。机场大厅的无所不在的功能性质突然遭到了压制——对机场大厅而言,它几乎是一个纯粹的功能性场所,人们在这里匆匆忙忙。无数的机场尽管在造型上、在外观上存在着巨大的差异,就像人们在效果图上、在天上看到了机场的外部形态各个不同那样——机场作为一个建筑可以有自己独特的外形。但是,机场的内部空间语法则是高度地相似的。它总是设置了那几个习惯性的语法通道,总是设置了那几个习惯性的检查要点。机场就围绕着这几个检查要点和它们之间的联系通道而组织起来。人们总是按照那几条路线,更恰当地说,人们总是按照机场的指示牌来行动。必须遵守机场千篇一律的语法。机场的律令是让所有的乘客像孤独的单词一样在这个机场的空间语法中快速地有效率地流动。机场将自己想象成一个巨大而便捷的过道,迅速地吞没旅客然后又将他们迅速地排泄掉。对机场而言,乘客都是匆匆过客。它绝不希望滞留。

但这个作品就是对机场这个语法的打破。它以其强烈的视觉性切断了机场的功能特征,也因此切断了机场的空间特征。机场变成了一个强烈的视觉对象——它让这个大厅获得了一种异质性,它吸引了人们的眼睛,让人们在这里停下脚步,让人们产生不解、惊讶、兴奋,让人们拍照、逗留,甚至让人们有一个短暂的无关于旅途的交流和分享——人们从旅行中解脱出来,也可以说,人们在旅行的途中而不是旅行的目的地开始了游览。它在机场内部制造出一个不同人群可以共享的公共空间。或者说,它把机场片段性转化成一个展厅。由于这个装置本身也是网状的、空洞的，它在将不同的观众区隔开来的同时，也让人们毫无障碍地能够彼此看见。人们不用在这里绕圈去看，人们可以在任何一个角度看到它的整体，可以对它一览无余。这是它和密封的矩形实体不一样的地方，后者会迫使人们绕着它看，也会将不同的观众区隔开来，从而阻碍视觉的通透。作为一个客体对象，这个作品以其流畅的线条，连接起一个虚实之间的辩证意象。最终，它让人们注意到机场内部空间本身。这个作品完全不是功能性的，它是一种景观。事实上，人们极少去观看机场的内部空间（旅客唯一可以参观的是机场内部的免税店）。但是，这个作品吸引了人们的视线。它将机场空间变成了一个视觉对象。

这件作品改变了机场空间的性质，机场大厅也被这个巨大的装置作品分割了，或者更恰当地说，这个作品使机场大厅获得了一个重心。许多大型机场，如果没有详细指示牌的话，就会令人迷路。机场有各种场所，但没有焦点；有严密结构，但没有中心。因此，人们在机场内部必须通过仔细的阅读来指引自己的步伐。但是，现在，深圳机场出现了这个巨大的作品，就会让人们获得一个参照。它可以随时被看见，它是中心，它可以让人们自己定位，它不需借用指示牌就可以被找到。机场内部的其他要素也可以以它作为参照，它毫无疑问地让机场空间取得了一个绝对而醒目的焦点，它也让这个分割的机场获得了某种程度上的总体性。人们不会迷失于机场。这个作品，同时也重设了机场大厅的空间布局，它甚至使出发和到达这两个不相关的通道发生了有效的连接。到达或者出发都可以看到它。进和出不再是不相关的两个迥然不同的通道，而是一个整体，一个通过这个作品可以进行有效交流的整体。

不仅如此,这个装置还可以发出自己各种颜色的光,这些光一方面可以淹没材料本身,似乎这是一个单纯由光组成的图案,一个没有材料(而不仅仅是轻型材料)的美妙的光的图案,这些丰富的光的造型同机场内部的白炽灯光区分开来,从而在颜色上而不仅仅是造型上改变了机场大厅的空间。更重要的是,机场顶部的阳光可以透过屋顶照射下来,从而同这个作品所发出的各种色彩的光产生交汇。外部的光和内部的光,自然光和技术光连接起来,从而冲破了机场的屋顶,仿佛这屋顶不存在,仿佛这屋顶不是区隔开了机场的内部和外部,而恰恰是连接了机场的内外,机场在这种光的交汇中失去了它的上层边界。

人们正是在这里可以理解作品中的大量蝴蝶造型了。蝴蝶翩翩起舞,不是正好可以冲破任何的束缚吗?能够想象一种封闭空间中飞舞的蝴蝶吗?蝴蝶不仅可以冲破机场的屋顶,还可以带动整个作品腾空。作品正是在这种腾空中才可以获得一种特殊的轻巧气质。实际上,所有腾空的东西,所有轻盈的东西,都是没有重负的生命的勃发表征。生命就在于腾空,就在于无休止地起舞。尽管是在机场的内部,但是,这蝴蝶,以及这蝴蝶附着于其上的巨大装置,同机场跑道上的飞机一样,都随时准备上升和跳跃。一架飞机,在机场的跑道上,在巨大的轰隆声中,瞬间冲向深不可测的天空,不久,它们将再次在轰隆声中下降返回。而这些机场大厅中的蝴蝶仿佛在无休止地跳舞,它们沉默着不断地升腾,也在不断地下降。如同跳跃着去目送一架架飞机的腾空,也下坠去接纳一架架飞机的降临。

作为事件的舞蹈

身体为什么要运动？存在着几种类型的运动：首先是功能性运动。这种运动有具体的目的性，有它的实用功能：我们拿一个杯子要动，走向一个地方要动，写字也要动，做饭要动，等等。这个运动纯粹是有目的的运动。其次，还有一种运动并没有一个具体的目标，但是，它有一个抽象的或者一个愿景式的目标，比如说减肥，比如说让自己强壮，精力充沛，比如说想在某种比赛中获得冠军，等等。这样的运动，我们通常指的是体育运动：跑步，游泳，快走，体操，或者说是足球，等等。运动的目标是让身体得到锻炼，让自己体魄强健，让自己在比赛中获得荣誉。最后，第三种运动，我将它称为无目的的运动，就是单纯的运动，就是运动本身，它没有外在的目标来驱使它运动。

一旦没有任何外在的目标来诱惑它运动，那这种运动的动力来自哪里呢——运动不可能没有来由地发生，它一定是有一个驱动力的。只不过这种运动来自身体内部的驱力。如果身体充满着力，如果身体积聚了太多的力的话，人就要消耗和释放这种力，就要通过运动的方式来消耗。因此，这种运动来自身体之力的过剩，这种运动，在这个意义上，没有任何的外在目标——运动就是力的消耗，仅仅是力的消耗，纯粹的力的消耗。运动仅仅意味着要将剩余的力浪费掉。否则，过剩之力令人难以忍受。这方面最显著的例子是孩子们的游戏。孩子们精力充沛的时候，总是要情不自禁地跳跃、奔跑、欢呼。孩子们会在沙滩上搭建各种奇怪的建造物，然后毫无理由地将它们推倒；然后又再次搭建，再次推倒，如此反复地循环。这是纯粹的无目的的运动，也就是身体之力的消耗运动。归根结底，这种力积聚太多了，它内在地需要释放和消耗；它是纯粹的释放和消耗，并无目的。就像太阳的光的释放一样——太阳的能量过剩，以至于它要无限地释放和消耗。任何过剩的东西，都要消耗掉。碗里注满了水，它一定要溢出；体内注满了力，一定要消耗。

那么，这种身体之力又是什么呢？我们可以区分两种不同类型的力，一种是积极和主动之力，一种是消极和被动之力；身体积聚了这两种不同的力，有时候是消极的力在积聚，有时候是积极的力在积聚——它们都可以达到饱和的状态。何谓消极或被动的力？大体而言，就是给自身带来痛苦的力。比如说，当我们感到恐惧和愁苦的时候，我们就能感受到有一种力在敲打、折磨、撕咬和损毁自身，我们感到有一种力在蹂躏自己。这种让自己备受煎熬的力就是消极和被动的力。何谓积极和主动的力？就是令自身倍感振奋和快乐的力。当我们感到快乐的时候，就是积极之力在运作，这种力让身体感到喜悦、鼓舞、轻盈，我们感到有一种力令人想跳跃和呼叫。也可以说，我们痛苦，是因为我们体内充满了消极之力，它让我们下坠、收缩、压抑；我们快乐，是因为我们体内充满了积极之力，它让我们上升、放松和自由。痛苦和消极之力相伴随，快乐和积极之力相陪伴。二者密不可分。

但是，无论是哪种性质的力，无论是消极之力还是积极之力，它们在不断地积累和增长，它们的趋势都是积累至饱和状态。消极之力的饱和就是达到极度痛苦，积极之力的饱和就是达到极度快乐。不过，无论是哪种力，一旦达到饱和状态，或者说，一旦达到过剩状态，它就内在地要求去释放、去消耗。积极的力的消耗就是在表达快乐，消极的力的消耗就是在表达痛苦。或者说积极的力就是快乐本身，消极的力就是痛苦本身。力的消耗，就由此形成了两种不同性质的运动，快乐的运动和悲苦的运动。来自体内的运动就此具有了情感的性质。这和有目的的运动截然相反——对后者而言，运动可能是中性的：我拿起一杯水，既不会快乐，也不会痛苦。

我们可以将舞蹈看作是体内之力饱和之后的消耗，可以看作是这种无外在目标的运动，舞蹈是身体之力的释放，它的动力来自体内之力。为什么要舞蹈？难道不是缘于身体之力的驱使吗？难道不是欢乐或者痛苦之力、积极之力或者消极之力的运转吗？也就是说，在舞蹈中，我们能感受到的只是快乐或者痛苦。也可以说，舞蹈，要么因为积极之力所带来的快乐而舞蹈，要么因为消极之力所带来的痛苦而舞蹈——大体而言，要么是因为快乐而舞蹈，要么是因为痛苦而舞蹈。因此，舞蹈，将不再被看作是一种模仿。许久以来，舞蹈就像其他艺术类型一样，都被看作是模仿，或者是对故事的模仿和再现，或者是对美的模仿和再现——在此，舞蹈被看作是一种身体叙事，动作和姿态要么是通向故事的媒介，要么是通向美的媒介。人们将姿态看作是符号，要辨识和破译的它的符号意义，它要讲述的意义。这样的舞蹈，就特别强调情节的编排，强调动作和姿态的编排，仿佛作家在编排自己的文学细节和故事一样。每一个舞蹈的动作都被编码到一个整体的叙事之中——只有这样，舞蹈才能表述它的故事、意义和审美。而一旦我们将舞蹈仅仅看作是身体之力的消耗和运动，是没有外在目标的运动，那么，它就不是为了讲述一个故事而舞蹈，也不是因为要制造出某种美而舞蹈；它是身体之力过于饱和以至于需要释放和消耗而舞蹈。如果说，我们感觉到舞蹈中的某种美的话，这种美并非舞蹈的追求目标，而是生命之力驱使身体运动而带来的附加效果——因此，运动的目标不是去表达某种美，美只是运动的效果。

这样，我们对舞蹈的关注就不是所谓的舞蹈之美，而是舞蹈之力，是舞蹈运动中所表现出来的力。我们要确定的是：这是痛苦之力，还是快乐之力？抑或是痛苦和快乐彼此交织的力？因此，我们要关注的是这种力的运转过程，也就是舞蹈的动作和姿态本身。力，或者姿态，或者动作，它们又如何运转呢？或者说，舞蹈采取怎样的运动方式呢？我们如何去描写、衡量和评估这种力的运动？对力的最合适的评估方式是来确定它的强度。就像我们讨论痛苦或者快乐的时候，我们总是要确定这种痛苦或快乐的强度一样。或者说，只有强度才能描述痛苦或者快乐，也只有强度才能描述力、运动或者姿态。如果说，舞蹈只是痛苦或者快乐的力的形式的话，那么，我们要看重的就是它的强度，就是舞蹈的力的强度。力的强度的最大化，也就意味着快乐的最大化，或者痛苦的最大化——对舞蹈而言，姿态的衡量和评估就是看它是否保有强度，保持多大的强度。

那么，姿态或者动作，如何获得强度，如何尽可能地保持强度呢？我要说，舞蹈就是赋予动作以强度。我们可以看到提高强度或者铭刻强度的诸多方式：(1) 强度是在克服障碍的过程中体现出来的。障碍物越多，就越充满对抗和紧张感，因而强度就越大。因此，有诸多障碍物的使用（人们在水中跳舞，在假山石上跳舞，在座椅密集的咖啡厅跳舞，在吧台内外跳舞，在逼仄的房间和围墙中跳舞，绑缚着绳索跳舞，拿着酒杯跳舞，等等）。跳舞意味着身体对障碍物的克服，越是存在着障碍物，舞蹈动作的强度就越大。(2) 强调通过重复来表达。动作的重复和语言的重复一样，都是强化的手段。动作和姿态的重复，加速地多次重复；舞蹈中的音乐也是对动作姿态的重复，它和动作共振，相互模仿，相互强化。声音和动作彼此重复。还有人和人的重复。集体舞的同一姿态的重复，不同的人用同样的重复的姿态跳舞，多样性重复。这是景观的重复。(3) 不可能的舞蹈：垂垂老矣的丧失运动能力的人跳舞，失去双腿的人翩翩起舞，残疾人和正常人共舞；这种舞蹈的不可能性和可能性之间的剧烈对照所导致的强度。

这是姿态获得强度的外部条件。我们还没有涉及具体的姿态。最核心的是，要让动作获得强度，就是让每一个动作都成为事件。何谓事件？事件概念的核心是不可预料感，所有能预料到的都谈不上事件——事件是突然出现的，出其不意的，只有这种突然性，才会产生强度。一般的运动和姿态都不是事件，它们都在一个逻辑链条内，它们是可以被预测的。我们可以以足球为例：足球最精彩的瞬间都是难以预料的。大部分时间中，球场上的运动员的动作都是可以被预料的，运动员跑位、接球、停球、带球、传球、射门，基本上都有一个预期和合理性，但是，一旦一个球员做出了一个无法预料的动作——比如，他在接到一个传球后，不是按照大家预期的那样将球停下来然后射门，而是直接背对着飞来的球突然倒钩射门——这个动作超出了所有人的预想之外，它就构成了一个动作事件——事件会引发整个球场的激荡。这个不可预料的动作事件因此就有了属于它的强度，球场的强度显著地提高了。一场球赛的质量就在于它充满强度的事件的频率，没有事件的球赛显得平淡无奇。这个动作因为它的突发性，而有了自己的特殊的重量。在这个意义上，它堪称舞蹈——舞蹈就是赋予动作以强度，就是动作的事件化。动作的事件化，一方面摆脱了目的论——所有有目的的动作都是非事件化的，人们能够预料到它的方向。而舞蹈的动作总是画出了一条出乎意料的线，这条动作之线，是突然的拐弯和曲折，它的速度莫测变幻，它并不寻求均匀和谐。我们要说，每个舞蹈的姿态都是潜能——它有向各个方向运动的潜能，它向各种方向开放，向各种动作开放，向各种速度开放，最终它向各种强度开放。舞蹈因此肯定了姿态的潜能和开放性——每个姿态和动作都神秘莫测，难以预料。但是，姿态也不是静止和分割的，不是在自己的狭隘的范围内自主地存在，它们并不在自身领域内获得一个确切的意义，相反，每个姿态都是一个连续运动过程中的瞬间，它是上一个瞬间的结束，也是下一个瞬间的开端，也就是说，每个姿态既属于它自身，但也不限于自身，它是现在，但是，它包孕了过去和未来，因此，它处在一个运动绵延而无法切分的过程之中，它不能从这个过程中自我摆脱出来。也就是说，从时间上来说，每个姿态都是过程性的瞬间，它不可避免地处在绵延时间系列之内，但是，另一方面，它总是不可预料、诡异和断裂式地导向下一个瞬间，姿态和姿态在时间上是连续的，但是，在动作上是断裂的和逆转的，它们彼此构成对方的事件。因此，舞蹈就是这样一个姿态的时间连续过程，但是是一个无法预期的连续过程，一个充满事件的过程——也因此是一个充满强度的连续过程。这个过程由姿态的变异性、姿态的潜能、姿态的不可预料性组成。就此，姿态不是通向结局，不是通向明确目标，它不是在一个充满逻辑的轨道上起舞。它只是在自己的强度上起舞，它只是以事件的方式赋予自己以强度。

姿势和动作的强度，正是情感的强度。我们也可以说，是悲伤或者快乐的强度。这是悲伤或者快乐的可见形式——而不是美的可见形式——我们在姿态中会体会到悲伤或者快乐。在姿态的强度中体现悲伤或者快乐的强度，体现情感的强度。

而什么是生命呢？生命不就是情感的强度吗？无论是痛苦的强度还是快乐的强度。一个没有强度的生命是不值得一过的生命——平庸的生命，一帆风顺的生命，一眼就能看到头的生命，充满逻辑的生命，所有这些生命就意味着没有事件的生命，所有这样的生命就是没有姿态的生命。我们可以将生命看作是一场漫长的舞蹈，而这场漫长舞蹈中的每一个姿态都应该有它的强度。在这个意义上，生命应该是无穷无尽的事件的连续，充满舞蹈姿态的连续，就此而言，生命应该是一场无穷无尽的舞蹈：它应该在痛苦和快乐中尽情地跳跃。痛苦地跳跃，较之那些没有姿态的人生，也更能体会生命的强度——只有有强度的生命才是美的生命。

五　友谊与潜能

佚名,《女人左手的绘画练习》,
18世纪,纸上蜡笔,16.2×11.3cm

亲密关系的核心是友谊[*]

记者：您作为福柯的研究者，又是吉登斯（Giddens）《亲密关系的变革》译者之一，您如何评价吉登斯所理解的亲密关系？

汪民安：吉登斯是从性的角度来讨论男女之间的关系的。他认为避孕套的出现，能帮助女性从怀孕、生育乃至由此而引起死亡的恐惧中解脱出来。女人由此不再恐惧性行为，并能自主地获得同男人一样的性快感。这样的两性关系因此更加对等，更加自洽。这即是他所提出的"纯粹关系"，即一种没有权力等级的、民主的并具有高度协商性的性关系。

吉登斯试图把男女之间的这种亲密关系理论从私人领域推广到公共领域。最简单地说，这种平等协商式的私人关系，可以由

---

[*] 本文原为答《三联生活周刊》记者张星云问，载于《三联生活周刊》2017年第14期，标题为《亲密关系作为一种"生活政治"》，有所删节。

下而上地影响到公共领域内的政治关系，乃至国际关系——如果公共政治领域或者国际关系领域都以男女之间新出现的民主式的亲密关系为参照和根基的话。显然，吉登斯的这种推论有点一厢情愿。避孕套普及已经有几十年了，但我们根本看不到它对民主政治有何影响。而且，他认为避孕套是妇女能够获得性快感的决定性因素。对此，他完全未提及20世纪的妇女平权运动所带来的性观念上的变化。让我们想象一下，一个19世纪的裹着小脚的中国妇女，或者一个12世纪的欧洲基督徒，如果在那个时候使用了避孕套，是不是就能获得完全的同男人一样的自主的性快感？避孕套当然重要，但是，观念的更新——比如说，将性从耻辱和罪恶中解放出来——或许更加重要。此外，在这本书中，吉登斯对福柯的批评也没有瞄准目标。

记者：福柯是怎么谈亲密关系的呢？您认为什么才是亲密关系呢？

汪民安：福柯并没有直接谈亲密关系——亲密关系这个词在哲学中使用的人并不多。坦率地说，我也不能肯定我是否真的了解这个词的特定意义。但他有一篇文章非常有意思，这篇访谈文章叫《友谊作为生活方式》。这是福柯1981年接受法国同性恋杂志《性吟步履》(*Le Gai Pied*)的一篇采访。记者希望作为同性恋者的福柯来谈谈同性恋的未来。事实上，20世纪六七十年代美国的同性恋已经在艰难的抗争中逐渐地获得一些成果。一些同性恋激进先驱开始构想同性恋婚姻合法化的问题。不过，福柯比他们看得更远。他的看法是，同性恋没有必要去模仿异性恋，没有必要模仿他们的婚姻制度。他觉得同性恋者应该创造一种新的关系，你可以说这是一种亲密关系——这种关系不同于制度化的婚姻关系。这种关系的核心就是"友谊"。应该让这种友谊成为生活方式。如果让友谊成为生活方式的话，如果用友谊来衡量各种关系的实质的话，那么，婚姻关系、父子关系、恋人关系，乃至朋友关系，就没有根本的区别。一旦让友谊作为核心重新来到这种关系中间的话，这些关系原有的法则、制度和教条都应该被打碎。在这里，我们看到了福柯对婚姻制度的强烈质疑。或许，同性恋关系的真正未来，不是模仿异性恋的婚姻制度，而是相反地帮助异性恋来打破婚姻制度。也许将来有一天，应该是异性恋关系来模仿同性恋所创造的友谊关系。

记者：那到底什么是友谊呢？

汪民安：对福柯来说，友谊就是彼此给予对方快乐的总和。如果我们将亲密关系看作是友谊关系的话，我们可以将亲密关系定义为相互无限地给予对方以快乐的关系。从古至今，有很多大哲学家都曾讨论过友谊。亚里士多德、西塞罗（Cicero）、蒙田、培根等都有非常著名的文章讨论过友谊。我们可以非常粗略地说，这些古代哲学家论友谊的一个共同观点，就是朋友之间的距离应该尽可能消除，他们应该做到完全的共享，朋友的关系就是亲密无间、毫无隔阂的关系。我想，这就是你们所说的亲密关系的特征吧。

但是，从布朗肖开始，对友谊的看法就发生了变化。布朗肖说，友谊并不意味着共享，而恰恰意味着分离。真正的朋友应该是保持距离的：不联系，不来往，不见面。布朗肖给我们提供了一个新的思路：所谓的亲密关系是不是一定应该生活在一起并保持密切的联系？有没有一种建立亲密关系的双方，平时并不密切互动，但总是彼此在心里惦念？不过，福柯强调友谊是一种生活方式，他还是更多强调在一起生活的重要性，这种友谊生活应该给双方带来快乐——但是，他并没有刻意提及亚里士多德和西塞罗的友谊观点中所包含的强烈的政治和道德倾向——这些古典哲学家们说只有好人才配得上友谊，坏人之间是谈不上友谊的。能够促进城邦团结的关系才是友谊的关系。而且，单纯的快乐关系也不是友谊，只有一种基于正义的精神上的默契和理解才是友谊。而福柯的快乐概念跟他们不一样，它更加包容：一方面排除了道德和政治诉求，另一方面则囊括了额外的诸多复杂的精神需要。

记者：按照福柯的理论，与以友谊为基石的亲密关系相比，是否可以说其他现存的所有关系形式都是制度化的？

汪民安：不一定都是制度性的，有些关系是遵从习俗的。婚姻关系当然是最制度化的，它需要法律来给它提供一个严密的框架。但是，有些关系，比如说父子关系、兄弟关系则基本上是以习俗作为大致的规范来框定的。不过，这些习俗正在经历剧烈的波动和震荡。它们并不稳定。我们可以发现父子关系最近几十年来发生了巨大的变化——一个儿子绝对服从父亲的时代已经过去了。现在似乎发生了颠倒：很多父亲撕下了自己的权威面孔而在拼命地讨好儿子。但总体上来说，友谊关系的规范化和制度化是最脆弱的，尽管人们也会赋予友谊以某些规范，比如朋友之间的信任和忠诚等等，但是，相比其他的亲密关系而言，友谊关系是最灵活多样的，它也最具有创造性和可塑性。每一个具体的友谊关系并不一样，而且，人们都可以发展出不同的友谊关系，在每一种友谊关系中都可以扮演一个独一无二的角色。

记者： 与其他关系相比，这种以友谊为原则的亲密关系有什么特点吗？

汪民安： 友谊是灵活的也是有距离的亲密关系，它并不要求你去绝对而完全地了解对方的一切。在这个意义上，你可以说友谊总是有限度的。但正是因为这种有限性，正是这种距离感，会激发你去追寻友谊的无限性和最终真理。你会一直在探究这种无限友谊的路上并因此而保持着微妙的激情。这正是友谊的魅力所在——它没有终点，没有真理，因此，也总是在探究真理和终点的途中，友谊关系正是在这种无尽的探究中得以发展和发明。

而夫妻关系、情侣关系和一般的友谊关系的区别就在于，前者没有距离感。情侣双方可以探索和了解对方的全部。你和对方有了性关系，你了解对方的身体，了解对方的一切之后，就可能会产生一种彻底的满足感，而一旦完全地满足，就意味着关系的可能结束。这就是婚姻关系和爱情关系容易破裂的原因。反过来，有距离的友谊关系有时候要长久得多。但是，父母和孩子之间的关系要复杂一些，他们时刻生活在一起，没有距离，彼此完全了解。他们因此会产生各种各样的冲突，但并不容易彻底地破裂，这是因为这种关系中存在着血缘的本能纽带。这样，即使父母与子女之间产生了强烈的冲突，一方也没法抛弃另一方，双方只能采取短暂和解的方式，不过，和解之后又会产生冲突，然后又和解，又冲突，这是一种特有的家庭关系的冲突—和解循环模式。事实上，我们要说，这种冲突内在于各种亲密关系之中。说起来有些奇怪，亲密关系恰恰是以冲突为标志的。

记者： 亲密关系是一种现代人创造出来的关系吗？

汪民安： 亲密关系是创造出来的，但并不是现代人创造出来的。婚姻关系本身就是人类文明发展阶段中的一个创造，但是，它也在不断地变化。费孝通曾经用功能主义来解释婚姻和家庭的诞生。婚姻和家庭制度之所以产生，是因为只有这种形式才最适合人类繁衍。一个孩子的顺利生长，需要一个女人和一个男人共同来抚养。女人在家里照顾和保护孩子，男人在外面寻觅食物，只有这样的稳定结合，孩子才能够顺利地长大。这便是最早的家庭和婚姻诞生的根源。

但如今，一个单身母亲，不需要跟另一个男人组建家庭，便可将孩子抚养长大。如果是这样，为什么还要婚姻关系呢？在北欧，非婚生的孩子比例很高，因为北欧有很好的福利制度。一旦社会可以抚养孩子，婚姻关系就可能会自动弱化。北欧是家庭关系、婚恋关系等亲密关系的风向标，它们或许代表着这种种关系的新趋势。另外，既然婚姻和家庭是一个发明，而所有发明的东西应该都有消亡的一天。以一夫一妻制为形式的婚姻关系当然暂时不会消亡，但是，我们已经感觉到了它暴露出来的脆弱性：结婚年龄在推迟，单身生活越来越流行。对于北欧来说，婚姻的脆弱性是因为福利好，但是，对于有些地方来说，婚姻的脆弱性则是因为相反的原因，是因为经济越来越不好。不过，人们不愿结婚，有太多太复杂的原因。但无论如何，越来越多的人接受了这个观点：婚姻并非人生的一个必需惯例。

记者：为什么现在人们如此关注亲密关系？

汪民安：现代社会最大的特点就是流动性和可变性。流动性一方面使得人们建立亲密关系的可能性增加了——我们有机会碰到各种各样的人；但另一方面，也让亲密关系很容易崩溃。而可变性使得人们对某种稳定的亲密关系有着强烈的需求。当然，这并不意味着先前社会的人们不注意亲密关系，只不过原先的社会相对稳定，无论是建立亲密关系的途径还是解散亲密关系的方式，都要单调和稀少得多。在那个时候，人们对亲密关系并没有太多的想象。

记者：在当今社会，人们的亲密关系是增强了还是减弱了？

汪民安：很难说是增强了还是减弱了。我们只能说，亲密关系的形式发生了变化。非婚男女住在一起，同性恋住在一起，反过来，合法夫妻也有自愿分居的。还有，比如说，在中国，孩子越来越多地离开了父母而独自住在外面。而在欧洲，孩子付不起房租又只好从外面搬回来跟父母同住，等等。所有这些都是亲密关系的新的相处形式，它们较之原先稳定而单一的家庭婚姻制度来说，要丰富得多。不过，这种相处和居住方式跟亲密关系的强度并没有必然的联系——你当然会看到，在历史的任何阶段，都有催人泪下的爱情故事。

记者：亲密关系会成为人类的终极关系吗？

汪民安：人们需要亲密关系。这点毫无疑问。西塞罗和培根都说过类似的意思：友谊是人和动物的根本区别之一。只不过，如今的亲密关系并非只发生在人和人之间。对有些人而言，人和宠物的亲密关系要胜于人和人的关系。随着技术的进步，将来会出现新的有智能的机器人，它们或许会满足人的一切要求，包括亲密关系的要求。这样的事情并非不可想象：人最亲密的伴侣不是和他一样的人，而是一个被技术所发明出来的机器人，它可以最大限度地满足他，抚慰他，以至于他对别的人、别的关系提不起任何的兴趣了。也就是说，人的伴侣并非一定是人！

个人经验有普遍性吗?[*]

记者: 我注意到您在写作《论家用电器》时并没有使用很多外部的政治经济分析,而旧作《现代家庭的空间生产》里面还是比较多的,您是怎么考虑的?因为很多"物"是一个时代的产物,"物"的生与死在很多时候是一个时代决定的……

汪民安: 是的,我没有使用外部的政治经济分析。我理解你说的外部分析就是强调物是如何被时代生产出来的,又是如何被时代和历史所淘汰的。这确是一个重要的问题。我的朋友徐敏有几篇谈论这样问题的文章非常精彩。比如他分析录像机是如何走私进来的,如何在中国普及的,又是如何在几年之内被快速地淘汰的,还有与之相关的录像厅是如何被创造出来的等,他的文章充

---

[*] 本文原为答《澎湃新闻》李丹问,载于《澎湃新闻》2015年3月27日"思想市场"版块,标题为《专访 | 汪民安:哲学家怎样"批判"家用电器?》,有所删节。

满了大量的数据和历史调查，非常具有说服力。这些研究从一个非常特殊的角度——我要说的是，完全不同于时下众多回忆80年代的角度——展开了对20世纪80年代的历史分析。但我的意图有点不一样，我强调的是对机器的使用，尤其是在家庭中使用这些机器的经验。我把这些机器尽可能限制在家庭空间之内。这也是我将自己局限在家用电器方面的原因。我不仅想表明，这些家用电器带给个人什么样的影响，而且还试图表明，它对家庭产生什么影响，不仅对家庭的伦理关系，而且对家庭的空间关系诸如家庭的部署等等产生什么影响。事实上，家庭伦理和家庭空间密切相关。

不过，我并没有对此做大规模的社会考察，我无意于此，也不擅长于此。我是从自己的个人经验出发来展开我的论述的。这次，我不是在桌前摆满一堆书，翻几页书，写几行字。我的桌面上空空如也。我一边写作，一边回忆，有时候还长时间地盯着这些机器就像画家正在描摹它们一样。使用这些电器的经验逐渐浮现，我快速地将它们记录下来，提出了一些问题，发表了一些感想，仅此而已。但是，你或许会问，一种个人经验有何代表性和普遍性呢？我的回答是，每个人的个人经验是历史性的，是具体而独特的。但是，每一种独特性都带有某种普遍性。人们常常将独特性和普遍性对立起来，似乎普遍性的前提就是要消灭独特性。但是，我的意见正好相反，普遍性的前提和基础就是要肯定独特性，没有独特性和具体性就没有普遍性。普遍性和独特性应该相互肯定。现在，我越来越强调独特性和具体性的经验。我把它展示出来，这是我个人的机器使用经验，但这难道完全不是时代的经验吗？

记者：今天的物化、异化与过去有什么不同？从整体上，您怎么评价当今人在机器中迷失的状态？您引用了马克思，有没有一个批判的立场？

汪民安：异化和物化是马克思和卢卡奇从黑格尔那里借来的概念，是马克思主义传统在一个特定时代的批判用语。它们的脉络和意义非常复杂。如果非要对它们进行最简单概括的话，它们指的是人们劳动生产出来的对象反过来控制了人本身；人和人的关系变成了物和物的关系；物塞进了人的意识中并牢牢地控制着他们。在马克思主义者看来，这一切都和商品及其普遍生产脱不了干系。在今天，这一切并没有发生变化，而且愈演愈烈。人们的意识完全被物所控制。今天人们普遍意识的主要客体不就是一套舒适的住房吗？所有人都为此殚精竭虑。

在卢卡奇那个时代，机器尚未进入家庭，机器在工厂之中。工人们在机器上被迫地适应它的节奏。机器是异己的力量，它对人的吞噬非常残酷——今天很多人提到的血汗工厂仍然大抵如此。但我分析的是当代家庭中的机器。工厂中的机器和家庭中的机器有所不同。家庭中的机器看上去是非强制性的，看上去人们可以主动地选择它，就像人们打开电视或者电脑好像是自主的一样。但是，电视、冰箱、空调、洗衣机乃至电脑已经控制了人们的生活，或者说，它们嵌入了生活从而构成了生活本身。一旦它们从生活中被剥离出去，人们就会感觉到生活出现了巨大的失误。我在书中谈论了许多这样的问题。

当然，家庭对机器的依赖，这说不上是迷失。机器带来的方便显而易见。在此，我也很难说对机器进行了严格意义上的批判，我不过是试图暴露它们的运作机制，这些机制太日常了，以至于我们很少对它投以质疑的目光。我确实引用了马克思一次。我在书的后记中解释了一下我为什么要有引文。引文在这里相当于某种程度上的演戏。你知道，没有引文很难在所谓的学术刊物上发表文章。我必须装点一下。这就是我要用引文，包括引用马克思的主要原因。

我对机器谈不上批判。尤其是家用电器。总的来说，我不喜欢批判，但我喜欢怀疑。批判是用一种立场取代另一种立场。怀疑则是对一切立场都表示批判。

记者：著名的英剧《黑镜》用极端的情境展示了电器发展到一定条件之下呈现的黑暗人性样貌，而您的物的抒情诗基调还是有温情的。所以想延伸出来问问，就您自己而言，对于家庭居住空间，是否怀有某种迷人的、吸引您的乌托邦想象？

汪民安：家庭住宅谈不上有什么迷人之处，更谈不上乌托邦想象。对我而言，家庭空间就是一个生活和工作的场所。我必须吃饭，必须睡觉，必须工作，我就在这里，只能在这里，当然，我也决不排斥这里。而家用电器不过是家庭这个空间的必需配件，它们内在于住宅结构本身，是住宅的有机部分。住在家宅之内，在某种意义上就住在电器之中。我去过很多朋友的家里，许多人精心收拾房间，一尘不染，考究的家具灯饰，合理的空间区隔，沐浴在阳光中的宽大阳台，以及巧妙地点缀在房间中的花花草草，所有这一切都舒适怡人。这或许是一个迷人的空间？不过，我更看重的是一个沉默的空间，一个沉默的空间比一个整齐舒适的空间对我来说重要得多。我能忍受凌乱，但不能忍受喧嚣。你之所以觉得我充满了抒情的基调，还有一个可能的原因就是，家庭空间是我能回避他人的唯一地方。如果不待在家里，我还能待在哪里呢？这并不是说，我不愿意和他人相处，而是说，我不愿意参与到一些我没有兴趣的人事之中。你知道，在被迫跟一些乏味的人待在一起的时候，你是多么迫切地想回到家中——这个时候，家庭空间确实充满了迷人之处。

记者：如果说家庭空间体现了父权制，那么反抗和争斗是不是也可以从家庭空间入手？

汪民安：我十年前的文章近乎有点开玩笑地说家庭空间体现了父权制。空间生产体现了父亲（家长）的力量。这么说，有它合理的地方，你看看孩子在家庭空间的部署和选择方面有什么发言权吗？但随着孩子的长大，我要修正自己的观点。今天，孩子通常是家庭空间中的主权者。家庭通常是围绕着孩子而运转的。反抗和争斗，既有孩子对父母的反抗和争斗，也有父母对孩子的反抗和争斗。

记者：您认为90年代因为房屋商品化使得中国的家庭空间开始施展力量并塑造家庭，20世纪随着城镇化蔓延、房地产掠夺式开发和房价飙升，大众的居住观也在发生变化，您认为在这个过程中，家庭空间的生产有没有什么变化？

汪民安：只要房价很高，只要房产是家庭中的一个决定性的经济事件的话，家庭空间的生产就很难说会发生根本的变化。家庭空间生产的问题本质上是一个经济的问题。当然，90年代是一个开端，所有人面临着住宅的私有化问题，也就是说，所有人都面临着无家可归的状态，因此，人们不得不在住宅市场上孤注一掷，倾尽全力。这就是这个世纪头十年席卷整个国家所有阶层的残酷的空间之战。这或许是人类历史上最惨烈的空间战争，在某种意义上，它甚至决定了这个国家的未来。今天，这场战争开始逐渐落幕，但它最后的结局尚未清晰显现，它也未得到有效而生动的事后分析。不过，有一点可以肯定的是，许多人通过这场空间战争已经获有自己的一席之地，他们对住宅的需求也许并没有那么迫切了，至少在可见的眼前没有那么迫切了。而且，有点讽刺性的是，人们开始买房是担心将来无房可买（这就是空间战争的重要根源），但是，后来发现，无论买了多少房子，总还是有大量的房子等待出售。空间消费的速度比不上空间生产的速度。毫无疑问，围绕着住房的空间之战还会继续下去，但它的剧烈程度会减低。

记者：接下来是一个好玩的问题。您愿不愿意聊聊马桶盖？这可是目前最为人们追逐的家用电器，一个专门为下半身服务的家用电器。

汪民安：我听说过中国人在日本抢购马桶盖的事情。我不认为这有什么特别之处。它就像一个按摩椅一样，是针对人的身体的。只不过它作用于身体的部位不同而已。只是那个部位比较敏感，人们以前从未想到过它会受到机器的伺候。实际上，家用电器的差异很大。除了都是使用电，都是在家庭内部使用之外，它们的功能没有什么共同之处。有些家电是用来对付事物的，像吸尘器、洗衣机或者电冰箱之类。有些家电是对付人的，比如电视机、收音机之类。还有些家电是通过对付事物来对付人的，比如空调是通过调节空气的温度从而来对付人的身体的。如果说马桶盖有何特别之处的话，它只是针对人身体的一个特殊部位。

记者： 您这本书让人想到巴什拉《空间的诗学》，在诗意之中呈现的是一个抽离、抽象的家庭空间，在我看来您笔下的家和电器甚至带有一种陈列的遗存的视角，相比之下人性更加缺席。写作"物的传记"是否会带来"人"的空缺？

汪民安： 以物为主题的写作当然是以物为主。我写过几本讨论所谓"观念""思想"或者"人文"的书，我有点厌倦了。我觉得有必要谈谈非人的东西了。几年前我写过一篇关于垃圾的文章，也写过一点有关植物和动物的东西。我一直在为写一本关于动物的书而做准备。不过，这些非人的主题并非和人没有关系，只不过它们不是从人的角度来谈论人的，它们转换了视角来谈论人，或者说，它们不再是作为人的配角来谈论人，它们在和人的关联中都有自己的能动性。谈论物，谈论机器，谈论动物，将它们上升为书中的主角，但这并不意味着要把人从这个舞台上删掉。在这个意义上，我并不认同目前欧美新近的哲学时尚"思辨实在论"（Speculative Realism）的看法。他们重视物，但是，代价是要将人牺牲掉。我的观点是，物很重要，它可以对人产生能动作用，但是，这绝不意味着没有人。我写过一篇长文来讨论在物的研究中人所占据的位置，本来想把它作为《论家用电器》的前言。但是，我发现它太理论化了，同整本书的风格不匹配，就把它拿掉了。

13幅名画中的手

一

手就是脸（图20）。手在说话，在表述，在抒发内心，身体的内在秘密都是通过手来传达——人们传达内心的方式多种多样：目光的传达，声音的传达，脸的传达，但是，这里变成了一双手的传达。这双手微微合拢，它们并没有触碰到任何外物，它们稍稍倾斜地指向上方，指向一个虚空，我们可以将它理解为指向无限而隐秘的上帝，这是一双祈祷的手。双手微微合拢，左手稍稍高点，它的五根手指不经意地突出在右手指上方，和右手轻轻地应和。双手手指的触碰是轻柔的，好像怕伤害了对方，它们显得小心翼翼，慎重，或者说，虔敬。这双手的微妙触碰，它们的合拢——它们缺一不可，这双手的意义就在于它们合在一起，就在于它们彼此的搜寻、抚摸和倚靠——正是这合拢的颤抖的双

13幅名画中的手 | 295

图20　丢勒，《祈祷的手》，1508年，纸、墨水，29.1×19.7cm

手在诉说，在表述，在向上帝虔诚地诉说和祈祷。小心翼翼的手托起了巨大而厚实的期冀。

　　同时，这是一双粗糙的手，劳动的手，是一双男人的手（有一个关于这双手的不确切的传说），但是没有（男人）身体和面容的手。也就是说，这双手脱离了人。它们从黑袖子里面，从这个黑洞里面透露出来。仿佛这双手不是来自身体，仿佛这双手可以脱离身体！它们徒剩一双手。仅仅一双手，自主的手，独立的手，切除了任何根基的手。或者说，它们就是自己的根基，全部的根基。它们就是自己的身体,就是全部的世界,手获得了自身的宇宙。它同时是身体,是大脑,是语言,是灵魂,是目光,是包含心灵在内的一切内在性。手自身囊括了所有这些。它是所有这些的表述,或者说,它表述了一切。人在这个意义上就是以手的方式来存在的,或者说,人就是手。手在思考,在感受,在说话,手不是心灵的表述,它就是心灵本身,就是存在本身——从这个角度而言,身体确实是多余的,它应该根除掉——手上的皱纹、肌肤、痕迹和关节,构成了手的最后身体。

二

祈祷的手是静止的,时间在这双手上凝固了。不过,卡拉瓦乔恰好是通过手来肯定运动和时间。这个男孩右手的中指被蜥蜴所咬(图21)。这是手的意外瞬间。手的偶然性引发了慌乱,也引发了画面的动感。被咬的中指出自本能地反应,它想摆脱蜥蜴,它往后往上拉扯,另外四根手指也是本能地上翘,远离这只撕咬的小动物。右手的痛苦和慌乱也同时传到左手上来了,一双手总是彼此感应,左手——它离蜥蜴如此之远,它丝毫没有危险——如同右手一样慌乱,它上翘后退躲闪。但是,它也呈现一种舞蹈之美,仿佛手在跳舞。被蜥蜴所咬的中指,在画面中也被黑暗所吞噬,而另外的四根手指则拼命地躲藏、摆脱——从而也在显示,它们被光亮所笼罩。被咬的右手在剧烈地往后退缩,以至于手的上臂和下臂呈现尖锐的转折。这是身体的紧急状态:一

图21　卡拉瓦乔,《被蜥蜴咬伤的男孩》,1595—1600年,布面油画,65×52cm

根手指的被咬引发了全部身体的惊恐瞬间,一个意外的瞬间,一个充满张力的动态瞬间。

三

上面被咬的手是本能的,不可预知的。而这幅画中的手则是计算之手(图22)。画面中有三个人的五只手。每只手都充满理性,都在盘算、筹划、衡量、表述。左边少年的双手在筹划出牌,双手在苦苦地计算;中间的中年男人,他在偷看少年手中

图22　卡拉瓦乔,《纸牌作弊老手》,1594年,布面油画,94×131cm

的牌,同时伸出他的三根手指——它们戴着破手套,两根手指从破旧手套的缝隙中露出来,这既暗示着他的底层身份,也预示着他的密谋,他的不光明,他的阴暗和诡计。这伸出的手指在向右边的男孩暗示和说话,而右边男孩的右手——毫无疑问,他不是左撇子——在回应它,在身后灵巧地换牌。他的左手则如此地冷静,在演戏一般地平静地支撑在桌子上,它试图构成左边男孩的视觉对象。这是演戏之手。所有的手都在演戏,这张画是关于手的戏剧:手是舞台上的主角。这三个人的手都处在理性筹划的状态,它们在交流(两个骗子的手语),在灵巧地操作(换牌),在掩饰，在演戏——手的每个动作，都在严密的控制之下，手在紧密地计算——只是左边那个男孩的计算能力太差了，他投入到他的计算之中，他那犹豫不决的手早已经被另外两个人的手所窥视，所操纵。

四

卡拉瓦乔画出了瞬间的手，理性计算之手。但是，他似乎也相信永恒命运之手。一个女占卜者的一只手感触另一只手（图23）。（这个少年就像前面一张画中正在犹豫出牌的单纯少年！）在此，男女之间的手的触碰并没有激起任何的情感涟漪。手蕴藏着人生的秘密，永恒命运的秘密——手在此既不是瞬间性的本能闪现，也不是一种理性的盘算计划，而是手的长久的不变的必然命运。而另外一只手，则能探索出这只手的命运轨迹？它是侦察、预言和先知之手？一只手埋伏着秘密，一只手在挖掘和试探这秘密——手同时是命运和命运的侦探者。被占卜者一只手脱下了手套，只有脱下来，只有脱掉所有的遮蔽，只有纯粹的赤裸之手，才能被占卜，才能展示和暴露它的命运。另一只戴着手套的手，还拿着一只空手套，它有两只手套在手！一双手呈现出两种形式：赤裸之手和戴手套之手。后者被包裹着，被两只手套掩饰着。它叉在腰间，似乎在等待着另一手的命运告解。

而女占卜者的两只手和男孩的手发生触摸，一只手控制着男孩的手，另外一只手的手指则触碰着这个男孩的手掌心。这是试探、感触，类似于医生和巫师的触摸。她真的凭借手的接触能

图23　卡拉瓦乔,《女占卜者》,1595年,布面油画,93×131cm

够获得命运的神迹?或者说,她真的有占卜的知识和信仰吗?我们无从得知。但是,她的眼睛或许能够说明一些什么:她的目光专注地盯着那个被占卜者,或许,她占卜的结果不是来自她的手感,而是来自她的目光,来自于目光从那个男孩的面孔中所捕捉到的信息。或许,手对手的探究和目光对面孔的探究能有效地结合在一起?就像作弊的玩牌者一样,手的动作总是和目光结合在一起的:信息只能是手和目光的交织结果。

我们在卡拉瓦乔这里碰到了偶然之手,理性和计算之手,以及永恒之手。这是手和时间的三重关系。

五

在绝大多数情况下，手的彼此触摸是情感的传递。传递感情是手的重要功能。触摸导致情动。在伦勃朗的《犹太新娘》（图24）中，男人的左手轻轻地搂住女人的肩头，但他并没有将女人深深地搂到自己的怀抱中来。他不是通过身体和头部来接触到女人的，他仅仅是双手触摸到女人的身体，而且双手并不用力：左手搭在女人的肩头，右手轻抚女人的胸前。两只手一前一后，一高一低，缠绕着女人的上身，它是爱抚，同时也是保护，这是保护式的爱抚。它轻柔而不激进，温暖而不炽烈。这不是大面积的身体的激烈拥抱，而是手的爱抚。女人同样以手来回应这种爱——她轻抚男人抚摸着她的手，她也是轻轻地抚摸着这只手，甚至只有半只手，甚至只抚摸着男人的手指——手指才是手的最纤细的部分，手指才会倾诉、呢喃和低语。两个身体没有剧烈地接触、挤压，没有激进地晃动，两个人的目光也没有对接，他们只是通过手来沟通，只是用手来轻柔地彼此体会。她的目光在往外看，不过，目光并没有聚焦，也许她柔和的目光什么也没有看到，也许她完全沉浸在手和手的抚摸与应对之中，以至于她的目光如此地柔和。双手的交流令他们的目光无限柔和。这是手的交流——完全不是卡拉瓦乔式的对命运的预测。女人的另外一只手抚摸着自己的肚子，微微隆起的小腹也许是表明她怀孕了，她一只手抚摸这个男人的手，另一只手抚摸着她和这个男人的爱情结晶——腹中宝贝。这四只手，全部缠绕在女人身上，由上而下，

图24 伦勃朗,《犹太新娘》,1665—1669年,布面油画,121.5×166.5cm

但是,也将这三个生命缠绕在一起,他们不可分离,血肉相连。男人的金黄色铠甲,女人的红色长裙,都被强光所照射,这是爱的喜悦和祝福:轻微的抚摸只是由此焕发出隐秘的激情。

六

手可以缠绵和呢喃,但是,更多的时候,手是在劳作。在维米尔(Vermeer)这里(图25),女人的双手托着的是牛奶罐。这双手和整个身体一样非常健壮——这是长期劳动的身体和双手。

图25　维米尔,《倒牛奶的女人》,1657—1658年,布面油画,45.5×41cm

手异常熟练,稳定有力,其力量和姿态恰到好处,它们令旁观者安心。她将身子稍稍后倾,使得手、目光和身体有一个恰当的协调姿态,从而保证牛奶能够顺利而准确地倒入碗中。她非常专注,但是,这种专注又并不刻意而精心。这或许是因为她每天如此,这是一种熟练的专注,重复的专注,熟练双手劳作的专注。左手横亘在画的中间,粗壮的手臂犹如一条厚重的画面切割线。右手垂直地和左手相交,并且正对着观众的目光。这双手组成了一个理性的力学视角,使得牛奶罐被纹丝不动地托起,而牛奶则像永不中断的线一样将罐子和桌上的碗勾连起来。牛奶是运动的，但是，它也是静止的；这是运动中的静止，静止中的运动。它是瞬间性的，但它也是永恒的。这是刹那间的永恒。牛奶对罐子和碗的勾连，使得整个画面构成一个整体：女仆和整个桌面没有中断地连接起来：她的双手连接了牛奶罐子，罐子通过牛奶连接了桌子上的碗，既而跟整个桌面——桌面上的面包、篮子、桌布发生了连接。它们是一个未中断的总体——人和物依偎在一起：和谐，安静，紧凑，似乎没有比这更加自然而协调的场景了。这是双手倾倒牛奶的片刻，运动的双手制造了一个无比宁静的片刻，永恒的片刻，和谐的片刻。这是她日复一日的行为，岁月在这双手中被雕琢成不朽。而这个永恒瞬间则被窗户中透露进来的阳光所沐浴，同时，万物的阴影也被它一扫而空。

七

在米勒（Millet）这里，我们看到了另外的不同的农妇之手（图26）。画面上的三个妇女，三只捡麦穗的手，一只手直接触摸到大地，一只手即将触摸到大地，一只手在准备触摸大地——手的目标是大地和大地上的麦穗。农妇的目光垂注于大地，或者说，局限于大地。她们如此地专注，以至于这片大地，就是她们的全部世界。手和大地的分离是人类的一次关键进化，不过，手总是要通过弯曲的身体重返大地。在漫长的人类生活中，手是人生存的最重要工具：生存就是用手去向大地和自然无尽摸索，生存就是手对大地的获取。大地扮演赠予者和储藏者的角色，它等

图26 米勒,《拾穗者》,1857年,布面油画,83.8×111.8cm

待着手来寻觅——这的确是寻觅,而不是手的残暴开掘,手和大地的关系尚未上升到一种对抗和征服的工具关系。在此,技术尚未在大地上施暴,大地在此十分地辽阔,在享受着自己的宽广和深邃,它一望无际,它需要人们在此寻觅,它似乎永远无法被这些手搜索干净。不过,这并不诗意,我们看到了手的艰辛。在那个半直着身子的女人那里,我们看到了劳累之后的不得已的片刻休憩。她伸直了一会儿腰,现在,她正在俯身下垂,将会伸出她的右手,这个动作会没完没了地重复。三个女人的左手都握着一把麦穗,这是另外一只储藏之手,右手在寻觅和拾捡,左手在储

图27　罗中立,《父亲》,1980年,布面油画,216×152cm

藏和保管;右手传递给左手,左手接纳右手。我们有两只手!我们有完美分工的两只手,我们有配合得天衣无缝的两只手,我们有无须借用目光就能相互看见和寻觅彼此的两只手!

八

在米勒的画中,妇女和大地的接触的手是粗糙的,但是,它们还没有暴露出细节。我们在罗中立这里(图27)近距离地看到了劳动之手的细节——他是以端起碗来喝水的方式将这只手展示给我们的，手也因此拉近了同面孔的距离并与之同时出现在画面之中。手是劳动的主要手段，而面孔是劳动痕迹的展示，就此，这肖像是一个纯粹而全面的劳动身体。脸和手的褶皱如此地接近。这手，准确地说，这半只手，这画出来的两根手指——大拇指和食指，几乎就是一层被皮包裹的骨头，它们细瘦、硬朗，看上去锋利而灵巧，像是动物一样的手指。手指上的皮肤几乎全是创伤后留下的疤痕。其中一根手指的最新的创伤还被包扎起来——或许，这全部的手指都被包扎过；或许，这根被包扎的手指一旦恢复后也会像手指其他部位一样布满疤痕。而两根手指指甲的边缘还塞满了黑色的污垢。这两根细瘦的手指，这个身体上极不起眼的手指，此时此刻它们的局部被如此细腻地展示出来，它们占据了画面如此庞大的部分，全是因为它们托起了一只碗，这两根手指（连同其他的隐藏起来的手指）用不同的姿态，从不同的角度相互配合从而将这个碗托起来了。这显现之手指，是久经磨练之手，它和刻满了皱纹的脸一道，记载了高强度和长时间的劳动，记载了生活的重重艰辛、挣扎和悲苦。生活，就是手的无止境的磨砺。

九

同样是手和面孔的呼应。伦勃朗这个老人（图28）的手和脸一样充满皱纹——它们并不一定是因为劳作而布满皱纹和沟壑，它们因为衰老而布满皱纹。这是饱经风霜的手，犹如饱经风霜的

图28 伦勃朗,《红衣老人》,1652—1654年,布面油画,108×86cm

脸。脸和手仿佛一对兄弟。手的斑驳呼应着脸的沟壑。或者说,手是另外一副脸孔,此刻,它在展示,在铭写,在记忆。它是身体最重要的触媒和工具,它触碰了无限多的身外之物,它历经沧桑,辛苦耕耘,劳碌终身,它的动作性掩盖了它的表现性。现在它开始自我展示了——这双手此刻如此之安静、镇定,但又是如此显赫地在场,仿佛它们要从漫长的动作生涯退休了,仿佛它们要将过去的经验全部暴露出来或者相反地全部隐藏起来。这是手对自己历史的总结和了断。这无限多的经验和历史片段凝聚其中,它们既可以说穿透了手的衰老皮肤在没完没了地讲述,也可以说被衰老的手的皱纹所包裹覆盖而沉默不语。无论如何，它们在强烈的光照下和脸一道获得了展示性——手和脸在此同样是表现性的，只不过脸一直是展示性的和符号化的。老人的脸很长，被白胡子深深地包裹，而光是正面照过来的，从额头一直往下到手为止，这正好是充满沟壑和褶皱的部位。光照让脸和手相呼应，让它们连为一体，彼此共振。相较于身体的其他部位而言，只有手和脸一辈子都是赤裸示人。而两只手则紧紧地融合在一起，它们以最自然的方式、最亲密无间的方式合在一起，似乎再也分不开了，似乎再也不愿意分开了。它们长久地配合了一生。在这张也许是最后的见证的绘画中，在它们人生的暮年，两只手相互需要，这是它们一生关系和命运的概括。

十

手即便在衰老，还是会有一层皮肤在保护，它不再有力量了，但是它有故事。但是，在伦勃朗的《杜普教授解剖课》（图29）里，还有死后之手，被解剖的手，被切开的手，充斥着破裂血管和神经之手——这是作为纯粹的物质性之手，生物医学对象的手，将情感和意识形态最大限度地剔除掉的手。这是手对手的研究，手对手的解剖和入侵：一只手在裁剪、撕裂、切割另一只手。主动、智慧和灵敏之手在操纵被动、呆滞和死亡之手。手和手居然有如此之大的差距！活着的手和死后之手居然有如此不同的命运！被切割的手在活着的时候难道没有切割过吗？这只正

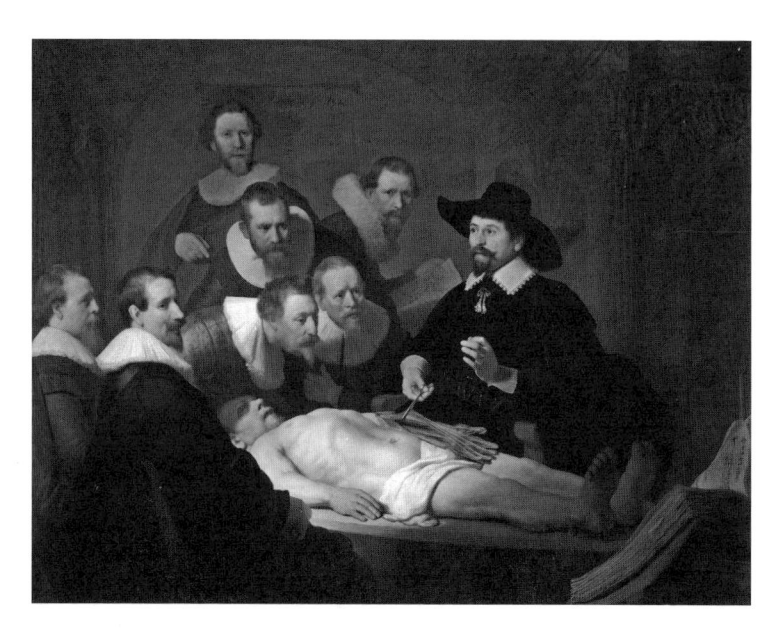

图29　伦勃朗,《杜普教授解剖课》, 1632年, 布面油画, 216.5×169.5cm

在切割的手,死后也会被切割吗?每只手都有它的生前和死后命运。这是手的各种对照:活人的手和死者的手;破裂的手和完整的手;行动之手和表述之手(医生一只手在行动,另一只手在表述,在配合语言来表述);手的内在性(被解剖之手)和手的外在性;作为主体的手(医生的手)和作为客体的手(被解剖的手);一个死者的两只不同的手。别忘了,除了医学博士和死者之外,画面的上方还有两只手:一只无所事事的搭在别人肩头的手和一只拿着纸张的手:手的悠闲和手的工作。手在这幅画中经受着各种对立和分裂。

图30 丢勒,《基督在博士中间》,1506年,木板油画,65×80cm

十 一

手有如此之多的形态,那么,我们回到一个基本的问题:这形形色色的手是如何画出来的?我们会惊叹丢勒(Dürer)这幅画(图30)中的手如此地逼真和一丝不苟(他的《祈祷的手》同样如此)。我们不得不承认,这些纤毫毕现的手是画出来的。画面中间的四只手甚至脱离了人,它们并不在画面中同其他的成分构成一种有意义的呼应,它和人脸、和目光没有关系,这四只手是独立的,手只和手相关,四只手在舞蹈,在盘旋,在游戏,在运动，在悄悄谈话。它们处在画面的中间，但是，好像同画面没有情节的牵扯。它们只是独立而自主地展示手的细节。丢勒让四只手呈现不同的形态，准确地说，不同的扭曲形态。每只手的几根手指都有些夸张地分叉、弯曲，这一方面让它们获得一种独有的符号学，另一方面也让每只手都以螺旋型的形式在转动，并且以手指接触的形式连为一体，四只手变成了一个单独而完满的客体，在画面正中间独立地存在，就像一朵朝向观众目光的盛开之花。这四只手以不同的姿态面对观众，而观众借此可以看到一只手的总体，他们能同时看到手心和手背，看到手和手指的正面、侧面、反面。手的任何一个部位都在这四只手的连接中得以呈现。四只手，就此构成了一只手的视觉总体性。而手的扭曲，使得它们的关节形式能够被充分地展示，画面中的手全是弯曲的，它们似乎就是为了表达关节，它们不放过任何一个细小的关节。正是这种弯曲，手的每个细节都因此得以放大式地表达。它们的结构、骨骼、肌肤、指甲都被呈现出来。正是这运动中不同姿态的手，展现出复杂的手的多样性。

十二

我们在《蒙娜丽莎》（图31）这里看到的则相反。两只手叠在一起，但是手心完全被遮住了，两只手同时以手背的形式呈现出来，而且最大限度地隐去了它们的关节。如果说，丢勒的手是以开放、无限多样的敞开形式来自我展示的话，达·芬奇的这双手则是以封闭的形式出现的，手似乎要隐藏自己的中心和内

图31 达·芬奇,《蒙娜丽莎》,1503—1506年,木板油画,77×53cm

在性,而交出了自己的背面。如果说,在丢勒那里看到的是"条纹"之手的话,《蒙娜丽莎》显示的则是"平滑"之手。它们被涂掉了绘制的痕迹,在这里,手似乎不是画出来的,而是长出来的。这张脸是如此之独一无二(饱满而修长),它只能长这样的独一无二的手(饱满而修长),只有这样的手才能配这样的脸——它们之间毫无落差,毫无迁就。如果手和脸匹配如此之自然,我们怎么会想到它们是画出来的呢?也就是说,它们怎么可能是人工制作出来的呢?它们怎么不去掉绘画的笔触呢?它们的美，来自于它们的必然性——这是一双必然性之手。它们必定以这样的方式出现在座椅扶手上面，借助座椅的支撑，必定从衣袖中伸出来，必定通过它们的垂直方向的肘关节回溯到她的肩膀，必定从肩膀通过被长发遮蔽的脖子上升到她的饱满之脸。脸是手的终点，反过来同样如此，手也是脸的终点。它们中间被两只黑色的手臂所贯穿。这双手没有任何错误——无论是视觉的错误还是力学的错误抑或是生理学的错误。这是文艺复兴时期所特有的科学之手。它们旨在消除技巧和人工痕迹——绘画试图排斥掉绘画技术而将自己设定为一种无偏见的客观记录。

十　三

最后，让我们回到梵高（Van Gogh）的手（图32），让它们和达·芬奇的手对照一下吧。这也是终结文艺复兴时代之手。画面中这么多的手，居然一模一样！男人的手，女人的手，老人的手，年轻人的手，并不能区分开。手在这里就不是一个个具体的形象，没有特定之手，没有从属于个体之手，我们要说，这是手的最早的抽象，这里只有手和手指的构架、草案、图式（相比蒙娜丽莎那完美的手！）——我们正是从这里走出了古典绘画传统。对古典主义来说，每只手都是属于一个人所特有的，每只手因此都应该是可以辨认的，就像每张脸可以辨认一样。但是，梵高这里的手无法辨认和细化。手和身体和脸的必然性被打破了。它们破除了独一性，相互混淆，因此可以互换。可以将男人的手换到女人身上，可以将老年人的手换到年轻人身上。这些手太过

图32　梵高,《吃马铃薯的人》,1885年,布面油画,82×114cm

粗粝,以至于它们的皮肤和色泽变得晦暗不明。显然,这不是根据每个人的手来客观绘制的,这是梵高想象中的手,是他饱含激情绘制的手:农民的手,种植马铃薯、挖马铃薯、吃马铃薯的农民的手——这是被抽象的手,它们被放弃了各种具体之手的圆满性。为此,它们不能被画完,它们正好借助于劳动之手的粗糙和伤痕而无法被画完。这不完整的手,露出了各种各样的破绽:手的皮肤的破绽,绘画技术的破绽——它绘制的痕迹昭然若揭。但是,这不正是一个新的绘画时代的来临吗?农民手上的累累伤痕,既是向一个旧绘画时代告别的苦痛挽歌,也是一个新绘画时代的踉踉跄跄的开篇序曲。

关于手的札记

　　人们总是通过眼睛看到欲望，眼睛是内在性的表达。但是，手同样展示了欲望。手有强烈的意向性。在正常的情况下，手在重力的牵引下是下垂的，紧贴人的身体。但是，手的意向性，往往使得它脱离开人们的身体，脱离它的常态，往其他的方向延伸，往外延伸（一个艺术家的作品《千手观音》，就是一千只手同时往外延伸）。事实上，只有手和脚能够摆脱自己的既定位置，其他的肢体总是被安置好的，总是各就其位，总是无法脱离开自己的身体位置。只有手和脚能行动。而手是唯一可以直接同身体的其他肢体、其他部位相接触的肢体。手是这个受限制的身体的自由表述。手臂可以灵活地大幅度地摆动，可以让手自由地伸向四面八方。手腕相对于手臂而言也可以自由地转动，手指相对于手掌而言也可以自由转动——手可以通过多层面的转动而转动，它远远地超过了脚的活动范围。手的自由运转在网球中得到极大的体现，而足球正是对此的反面注解，它的魅力就来自对手的限制。它试图展示脚的艺术——手的艺术太常见了（大部分球类都在展现手的艺术）。但是，足球史上最伟大的球员曾经借上帝之手将球送进了球门。正是因为手和手的运转能力，手不仅从身体上获得了自由，而且让有限的身体也获得自由。不仅是对身体之外的世界的自由，而且是身体内部的自由：手可以全方位触碰自己所属的身体。它可以处理身体内部的问题，可以对身体进行全方位的呵护。人们可以通过手给自己带来强大的快感（如果没有手带给身体的快感，人生的某些时刻将会令人感到煎熬），可以减轻身体的痛苦和不适，也可以对身体进行自我毁灭和折磨。自杀也是通过手来完成的（它最典型的方式是用其中的一只手来割另一只手的手腕）。手可以操纵外在的世界，也可以操纵它所属的身体，在这个意义上，它是自我身体的主人。

正是因为手的自由，手的多种可能性，手的无限潜能——手和手指有那么多的细微变化，有那么多的搭配方案，有那么多的能力，以至于它有强烈的创造性。世界是以手搭建而成的——手远远不仅创造了艺术品，它同时创造了世界和人类。人们知道，手最终促使人站立起来。手对身体和大脑产生积极的影响。孩童们痛苦不堪地用手指练习钢琴，据说是为了锻炼智力。人或许是通过手同外部世界的接触而不断地发展自身。

但是，不同的手具有完全不同的能力，有完全不同的效果——手和手之间甚至没有太多的可比性。同一双手，甚至在从事完全无关的工作。但是，眼睛只是观看的，耳朵只是倾听的——眼睛和眼睛之间可以比较，人们有视力测定。但是，手却无法比较。不同之手具有完全不同的功能。手有无数的功能，有巨大的面对未知状态的功能。手可以处理各种对象。手的未知能力，显示了它的创造性，正是在创造性中，一种巨大的喜悦油然而生。

手为什么要运动？这是意志的表达。手只有通过意志才能显身。意志正是通过手和脚来实践的。手是欲望的施展形式。人们有时候无法控制地伸出了自己的手。正是在巨大欲望的驱动下，手从身体往外延伸，手里面充满了欲望。手要行动，就如同欲望要生产一样。一个孩子正是因为欲望将手伸向一团危险之火。一个男人正是因为欲望将手伸向一个女人。

但是，手有时候完全意识不到这种意志。人们不假思索地推开面前的门，不假思索地拿起筷子，不假思索地伸向口袋。在所有这些情况下，手受到了意志的控制吗？好像手在自动地运转，好像它脱离了意志和欲望。它是一个自转的主体。事实上，手的诸多行动都是对手的遗忘，都忘记了手的在场，人们在运用手的时候，总是将手遗忘了，似乎手没有发出这样的动作，人们在吃饭的时候，还会想到手的重要性吗？手的自然状态就是让人们忘记了手。一旦人们小心翼翼的时候，手就会作为一个手段被突出出来，手就被意识到。手一旦自我意识到的时候，手就是不老练的，手可能以陌生人或者失败者的形式出现。人们不小心将手割破的时候，手的强烈感受就出现了，它会受到仔细地注视——这是手的悖论。

但是，手有时候既不是无意识地行动的，也不是欲望的施展。手也可能是被动地运转的。手在运动的时候有时并不快乐，它感到痛苦。许多繁琐的体力劳动，是通过手的痛苦来传达的。在用镰刀没完没了地收割麦穗的时候，在机床上一遍一遍重复性配合机器节奏的时候，在巨大的厚重物质需要一遍一遍地扛起来的时候，手会产生强大的抵触。许多体力劳动的艰辛和繁琐通常从手开始。此刻，人们不愿意出手，畏手畏脚。此刻，手是懒惰的。它被看作是付出，是消耗，是巨大的折磨；此刻，手全无喜悦。

无论手是处在喜悦的状态还是痛苦的状态，抑或既不痛苦也不喜悦的无意识状态，手却总是在搜索，在寻找，在摘取。手不仅可以触摸，它似乎能思考，也能观看。在《拾穗者》中，我们看到手同时具备了眼睛的功能，手在寻找，在观察，在摸索，也在思考，似乎手构成了整个存在本身。到底是手在看还是眼睛在看？是手在思考还是大脑在思考？大脑和眼睛仿佛退化了。在这里，手从身体中延伸出来，脱离了身体，和大地联系在一起，和麦穗联系在一起，在这个劳动的过程中唯有手在运动。在此，一只手在获取，另一只手在储藏；一只手在寻找，另一只手在等待；一只手在运动，另一只手却静止。两只手如此之协调，整个身体都以这两只手为中心，或者说在配合这两只手，这两只手缠绕着整个身体。这是双手的配合。在此出现了手的二重性的展开，我们有两只手！我们有左手和右手！它们配合得天衣无缝，闭上眼睛一只手就能找到另一只手。哪怕在黑夜中，它们也能轻易地找到彼此。

一个劳动者的手。罗中立《父亲》中的手。手也有自身的历史,每只手有自己的命运,有自身的传记。手的历史,就是身体的历史,它不仅记载了劳作,还记载了艰辛,记载了时光,记载了它和万物的触碰。一只手,在无数的时刻或轻或重地触摸到了世界,以至于它渐渐衰老。人们可以在手上看到历史,就如同在脸上看到历史一样。手是另外一张经受风霜的脸。手的命运注定是衰败的命运,就如同脸的命运一样。手有它自己的脸。它和脸的另一个相似之处在于,它们都不要遮蔽,也就是说,它们都是人体的裸露部分,都是人体中被看得最多的部分。它们没有羞耻意识。一旦身体上的衣服被剥掉,一旦身体的敏感部位被暴露出来,人们总是用手去遮挡,仿佛手是一件衣服。一件没有穿衣服的衣服。手既是展示的,也是遮蔽的。

手工,既是一种创造性的活动,也是一种非创造性的活动。正是创造性能够带来快感,非创造性活动带来痛苦。所有需要创造性的活动,都可以成为艺术活动。手具有创造性而机器则没有——这正是机器和手的差异。也就是说,在手感受到痛苦的地方,人们总是试图用机器取而代之。但是,在需要手进行创造的地方,在手通过这种创造而获取快感的地方,人们则努力地维持手的功能。在家庭的两大经典手工劳作中,人们用洗衣机取代了手;但是,人们无法用机器取代厨艺。烹饪需要反复的研习培训,甚至会出现众多的烹饪学校,有厨师这样的职业化的烹饪者,还有大量的关于烹饪技术和风格的媒体传授——烹饪似乎蕴藏着深不可测的奥秘，有无穷无尽的需要反复探究的知识和经验，有无数的尝试和创造的潜能，并非每个人都能够轻易地掌握它。烹饪，这一舌头和手的专门领域，赋予了创造的乐趣，它没有既定的语法，人们可以在厨房中充分施展想象的活力，并能体会到创造的成就感。在整个一顿饭的生产环节中，人们可以不断地使用机器（电饭锅煮饭，微波炉加热），但是，始终有些核心性的要素是机器所无法完成的，它需要大脑的灵巧盘算和手的细致估量。相形之下，洗衣服从来不是一门艺术，它就是一个单纯的体力劳动，它没有规则可言——或者更恰当地说，它只有一个死板的规则，就是用除污的化学制品在衣服上一遍遍地涂抹和清洗的规则——没有关于洗衣服的知识和技巧。从来没有专门的洗衣服的技能培训——这是一个最为常见的无师自通的基础行为。正是因为没有想象力和创造性，机器可以取而代之。

　　机器确实在逐渐地取代手的功能，但是，它取代的是手的非意愿性功能。手有行动的意愿，也有不行动的意愿。手的动作，既是一种机械式的本能的被动反应，也是一种主动的创造性行为。手有时候满含欲望，有时候深怀恐惧；有时候无限兴奋，有时候疲惫不堪。手有时候是对生命的肯定，有时候表现了生命的倦怠。只是在手不再有欲望的时候，手充满着厌倦的时候，手不过是被动反应的时候，机器才会想方设法地在这些手的非意愿性领域取而代之。人们会说，机器一方面是极其标准化的，它具有手所无论如何达不到的精确性；另一方面，机器又是极端呆板的，它缺乏手所具有的最低限度的灵活性和创造性。一方面，机器有无限的耐力，它是手的体力所永远难以企及的；另一方面，机器又是中性化的，它缺乏手的微妙感受性——这是机器和手的一种经典区分。洗衣机是这种经典区分的一个范例。它取代的是厌倦之手。它发明出来，似乎天生就是为了证明和强化这种区分，就是为了将手从非意愿性行为中解救出来。无数的机器就是诞生在这种经典的区分之中。

但是，这种区分并不意味着机器和手不能相互接近。在这个传统上由手来实施的洗衣服的领域中——手的活动是非意愿性的——它迫切地需要机器的取代。但是，这只是手和机器关系的一种特殊表达。这种替代关系也是一种分离关系，尽管机器确实是对手的取代，但是，手和机器保持着陌生的距离，它们并不照面。事实上，手和机器还存在着更为广泛的连接形式。机器可以和手形成一种紧密的装置关系，一种增补关系。它们相互不能分离——这是机器和手的更为常见的形态。机器和手相互依靠。它们谁也离不开谁。手和汽车的组装，手和电钻的组装，手和车床的组装，手和手机的组装，手和吸尘器的组装……这种装置关系并不意味着手的能力变强了，也不意味着机器的能力变强了，而是意味着一种新的难以描述的东西的出现，一种新能力的出现，一种新的手-机器的出现。而且，手就意味着活动，手的意义就在于活动（人们总是说动手）。如果考虑到手是人体行动的根本，人的行为通常是手的行为的话，无论是对手的替代，还是同手发生组装，行动的机器总是将手作为它的想象对象，它总是在手的目光中诞生——在洗衣机这里，手几乎是机器的唯一想象对象：

洗衣机就是为手而存在的。

手艺的衰败来自于机器的侵蚀吗？机器确实大规模地让手退场了。这不是因为手艺缺乏创造性，不是因为手艺得不到快感，也不是因为手艺创造不出美，而是因为手艺不够经济，在资本主义的法则下，手艺需要花太多的时间、太高的成本。机器生产打败手艺，这是资本主义的残酷铁律。

手工制品。它来自无名者的手。它没有签名，它甚至没有个性。它的技术是遗传的，甚至有秘方，它广泛存在，它并不达成绝对的精确性，它也不寻求完美的统一。它的各个个体都是独一无二的。但是，它有一种普遍规则，它有共性，它的共性正体现在每个个体之中。也就是说，手工制品同时具有独一性和普遍性。一顶草帽总是有它的共同的编织法则，有共同的材料。但是，单一的草帽之间总是存在差异。这是手艺和艺术的区别之所在，后者总是签名的，总是独一无二的，总是强调个性，而且要将个性推到极端——它的价值正是通过这种极端的个性而获得肯定。手工制品和机器产品也有本质的区别。机器产品也是匿名的，但是，它是高度统一的，是复制的，是大规模地生产的，它只有普遍性而没有独一性。它的价值就在于规范，就在于一个严格的标准——它要根据标准来检验。但是，手工制品没有标准，它只有感觉。不过，它也要将个性束缚，一旦任凭个性猖獗地展示，它就脱离了它的既有范畴，从而被判定为一种失败。

手工制品的美就来自于这点，就来自于它的普遍性和独一性的结合。就像机器之美来自于它的标准，可以被无限地复制的标准；就像艺术之美来自于它对所有标准的打破，来自于它的独一无二的创造性。机器可以消除民族性，消除任何界线，它将世界卷入到它的同质性中来；而艺术则将任何同质性打破，它将狂热的发明作为起点。与这两者不同的是，手工制品是集体的匿名产物，它不是天才之作。相对于艺术而言，它植根于无名大众之间；相对于机器的普世性而言，它植根于一个特定的文化地理境遇。手工虽然来自于个体，但是，它是一个特定群体的历史再生产。在此，民众，是通过一个无名的个体得以表述；文化，则是通过手得以表述；而美，则是通过独一性和普遍性的恰当结合得以表述。

关于脚的札记

　　同手的赤裸不一样，脚通常被袜子和鞋子所包裹。因此，人们不太能看到脚。因为目光和脚的距离比较远（一个是处在身体的最高位，一个处在身体的最低位），脚不在目光的平视范围内，人们很少无意地看到脚——无论是他人的脚，还是自己的脚。总体而言，脚不是一种视觉客体。它是身体各部位中较少被人注意的部分。脚要获得它的可见性，一定要制造出事件，它需要引起目光的注视——它要人们低头。

　　脚最亲密的地方是大地。除了睡觉之外，脚的自然姿态是和大地接触（现代的高楼使得这一古老的亲密关系被破坏了）。它总是停留在大地上，如同手的自然姿态总是离开大地一样。脚的存在就是踏在大地上，以至于人们将脚和大地绑在一起：脚与其说是属于身体的，不如说是属于大地的。脚在大地上才感到稳靠和踏实。它是身体和大地的接壤地带。这也是人的自然状态。在某种意义上，它也暗示着是大地孕育了生命。脚尽管只是踩在无名的浩瀚大地上的一个微末片段上，但它确是生命和大地之间永不割舍的脐带。因此，脚一旦和大地不再保持密切的关系，哲学家们就会将此视作危险的时刻。脚和大地的关系如此亲密，以至于对脚的罕见颂歌，总是与大地相关。人们总是通过脚来抵达大地。人们不仅在脚里面，甚至在鞋子里面都看到了大地，在鞋具里，"回想着大地无声的召唤，显示着大地对成熟的谷物的宁静的馈赠，表征着大地在冬闲的荒芜田野里朦胧的冬眠"（海德格尔）。大地似乎就是为脚而存在的，它是脚的永恒家宅。

　　脚既是对大地的依靠，也受到了大地的束缚。脚有时候想摆脱大地的捆绑。这是许多体育竞赛的隐秘目标。体育在很大程度上就是在试图考验脚在何种程度上能摆脱大地的引力。人们尝试脚能离开大地多远的距离（跳远和跳高），能以什么样的速度和频率来离开大地（跑步），能够如何瞬间而灵敏地摆脱大地（足球）。人们以竞技方式来刺激脚对大地的解放能力。当然，各种各样的交通工具（从马到飞机）早就发明出来，来帮助脚离开大地。也就是说，人们推崇脚踏实地，但也无时无刻不试图摆脱大地对脚的捆绑。此时此刻，人们会感到巨大的喜悦：欢呼的时候会情不自禁地雀跃。这就是脚和大地的悖论关系：脚深深地依赖于大地，但无时无刻不想脱离大地。脚处在这两种欲望的冲突之中——这个冲突变成了一个现代事件。事实上，脚脱离大地的欲望的时间如此之长，它贯穿于人类的整个历史中。先是匍匐在大地上，然后手摆脱了大地，人类完全靠脚站立起来，人类试图使脚也脱离大地。人类的历史，在某种意义上，也可以说是脚试图摆脱大地的历史。现在，许多哲学家觉察到了脱离大地的危险。他们在挖掘大地的魅力：对脚的魅力。

脚总是穿上了鞋——这也是它和手的差异。目光不仅不太指向脚，甚至也很难看到脚——脚总是被鞋所掩盖，它长期处在不可见性之中。人们没有大量的脚的视觉经验。因此，不像对待身体的其他部位一样，人们很难做出一个与脚相关的美学标准（只有在一个特殊的时间内，裹起来的小脚成为美的标准）。就视觉而言，人们对于离脚最近的腿的兴趣远远大于对脚的兴趣。人们也更愿意暴露腿。在裸体中，人们也看不到脚。脚被淹没在一个裸体的总体性中，（看看鲁本斯［Rubens］的那些人体画！丰腴的身体让脚毫无立锥之地！）除非脚有惊人之举，除非脚在讲述一个故事。《草地上的午餐》是一个罕见的例外——这或许就是它的绝妙之处。它是有关脚的绘画。一双赤脚并没有被女人的裸体所吞没，相反，它们顽强地突显出来。这是因为，女人的赤脚位于画的焦点中心，也是观众的目光中心。这里是两只脚：一只展现了脚背，另一只展现了脚底，从而展现了脚的总体性。最关键的是，女人的右脚插进了男人的两腿之间，男人张开了两腿，好像在迎接、在适应、在召唤这只赤脚的进入（看看他的手势）。这是性行为恶作剧般的颠倒。女人的主动性靠的是脚，而男人则成为一个被动的承受者。

唯有脱掉鞋子，穿上衣服，才可能让脚的可见性暴露出来。赤脚才可能让自己处在同着衣的身体的有力竞争中。最常见的方式是躺在床上。床上并不拒绝衣服，但拒绝任何一双鞋子。但是，床上的脚，不再位于地上，不再支撑重量，不再工作，也不再处在整个身体最不起眼的下端。它和脸和手处在同一高度，横卧的身体让脚获得了视觉的平等。此刻，脚不再承受重量，不再位于底部，它彻底放松，彻底袒露，它暴露出它的自由状态，它恢复了自主性。此刻，脚获得了一种特殊的可见性。此刻，人们甚至可以看到脚的呼吸，脚的挪动，脚的细节，脚的沉睡，脚的完全面孔。有时候棉被将身体包裹起来，而脚却从棉被的覆盖中探出头来，这是脚的最显赫时刻——但是，因为它在密室中，无人能看到它。脚最袒露的时候，也是它不为人知的时候。

同手相比，脚的功能相对单一，它常常只是被看作支撑身体和步行的工具。这是它最重要的语义。这一单一语义压抑了它的其他潜能，只是在少数残疾人那里，脚的潜能被大大地拓展了，它们改变了肢体的功能。一旦人们失去了手，脚就会取代许多手的功能，脚在某些时刻就变成了手！但总体而言，脚尽管可以伸展，尽管有灵活性和多变性，但它的语言并不丰富。在脚的指示功能中，脚几乎不表达友善，它甚至没有中性的语言，它更多的是羞辱性的。脚是人身上最具有力量的肢体（它每天通过行走来锻炼自己），它常常用来施暴和击打。脚的暴力较之手的暴力而言，更具有破坏性和侮辱性。手有时候表达友善（握手），而脚通常只有敌意：脚对于别人身体的指示和接触总是一种暴力接触，一种充满侮辱性的暴力接触。为什么脚的暴力让人感到侮辱（相对于手而言）？因为脚是人身上最低（贱）的东西；脚是最脏的东西（它和泥土打交道，它每天应该清洗，它有很多排泄物）。脚施加暴力的同时，也让施暴者高高在上。（它最低贱的脚都可以入侵你的身体！）这是脚的伦理，它的侮辱性来自它的低贱性。

　　脚支撑身体，因此，一直处在过量的劳动状态。但是，人们很少意识到它。人们走路的时候总是忘记了脚在工作。只有长途跋涉，只有脚达到一定极限，只有它耗损巨大，只有它患病之际——也就是说，只有脚出了问题，人们才意识到脚的存在。但是，脚确实很少有内在性的疾病，没有一个关于脚的专科医院或者科室（但脚会经历很多外伤，它们是来自外部的击打）。没有专门诊断脚的医生，但是，有大量的服务于脚的休闲场所。人们在这里洗脚，按摩脚，修整脚，放松脚。这是脚的天堂。脚在劳作的时候人们遗忘了脚，但是，在不劳作的时候人们记住了它，伺候它，有无数的按摩师围绕着它，脚这一低贱的部位受到如此的眷顾因此而得享巨大的虚荣。脚不会生病，但是，它会挥发气味（有时候臭气熏天），它有分泌物，因此，它需要清洗，人们每天临睡之前要对脚进行清洗——洗脚是人们每天生活中最后的快乐，它是对一天的思考和总结，也是对这一天的犒劳——洗脚会让血液快速地流动，会让人们感到安心和舒适。洗脚的时候，尤其是冬天人们用热水泡脚的时候，甚至能感到生活的幸福（这也正是洗脚会作为一个产业而出现的原因）。劳累的一天终于画上了休止符。人们可以暂时无牵挂地上床休息了。一个梦乡在等待着洗完脚的人们。

　　脚既有它的总体性，也有它可分离的局部。足球可以发现脚每个部位能力的不一致，也可以发现每个部位的灵活性和力量。脚背、脚趾、脚侧、脚后跟都可以发力，也都可以展现它的柔韧性和灵活性，都可以将球送进球门。脚在足球中能够展示它的活动潜能。同手有五根手指一样，脚有五根脚趾。但脚趾太短了，远没有手指的灵活性，它的功能极小（如果没有脚趾，对人的生活似乎影响不大），也可以说，因为它的功能退化了，脚趾就变得越来越短。它从脚掌中脱离延伸出来，它是脚的边缘，似乎是脚可有可无的部分，但它也是脚可以活动的部分，是脚的气息和生动之所在。芭蕾舞演员让脚趾在优雅地歌唱，而对于大部分平淡无奇的人来说，脚，是通过脚趾而喃喃低语。

写作生活的勇气*

我很少见到刘柠,甚至忘了第一次见到他的场景。但是,我一直觉得他是一个老朋友——有些人你和他天天见面,但感觉你和他如此地陌生;有些人你只见过一两次,但你总觉得和他有一种特殊的关系,一种特殊的友谊——这种友谊无须见面,无须交谈,保持距离,保持沉默,偶尔想起来,充满敬意——的确,我对见面甚少的刘柠充满敬意。这种敬意一方面来自他的正直和勇气——我没有跟任何人谈论过刘柠,这只是我和他匆匆见过几面后的直觉。另一方面,来自他对写作的忠诚——为了专事写作,他辞掉了工作——他将写作看得如此重要,他相信写作的力量——他试图通过写作来介入社会,最重要的是,他试图通过写作来表达心声。以前,人们将此看作基本的写作要求,但如今,

---

* 本文原为刘柠《前卫之痒》一书的序言。

以写作的方式来表达心声和干预社会似乎是一个古怪的行为——写作除了不是表达心声和干预社会之外，可以成为达到各种目的的手段。在此，我首先想到的是学院中的写作：不计其数的学院写作都是被动写作，人们为了职称和学位而写，为了饭碗而写，为了课题而写，为了年终填表而写，还有许许多多的人是为了说谎和献媚而写——就是从来不依据自己的内心而写，从来不是被一种表达的激情所驱动而写。如果不是有一种强制性的职业律令的话，无数平庸而被动的学院写作将会迅速地死亡。

刘柠的写作刚好是学院写作的反面。对于他来说，写作就是目标本身，写作至高无上。许多人是为了与写作无关的东西而绞尽脑汁地写作，刘柠是为了写作而抛弃了与写作无关的东西。这既需要勇气——在这个时代，单纯过一种写作生活是一种冒险；也需要能力，所有有写作经验的人都知道，写作并非轻而易举。刘柠具备这两种能力——我在报纸上读到刘柠大量的关于日本问题的文章，我的印象是，刘柠写作非常迅速，他总是能够对事件做出及时的回应，这得益于他的积累和熟悉。而且，他关于日本的时政文章，总是超出了时政的范围，而深入到日本文化的深处。准确地说，刘柠的写作和研究属于文化政治的范畴——同专门的谈论日本时政的学者相比，刘柠更加重视文化对政治的影响；同专门谈论日本文化的学者相比，刘柠更加重视政治对文化的影响——他对日本的理解是总体性的。不过，我相信，刘柠对文化的兴趣是决定性的，他不可能不从文化的角度来理解政治。文化，尤其是文学和艺术，对刘柠来说，有一种致命的吸引力。

这本书，正表明了刘柠的文人身份。他的字里行间，处处流露出对文化生活的肯定，流露出他的趣味、他的激情、他的向往、他的迷恋。我能体会刘柠的这一切，因为这也是我的趣味和我的迷恋，我很久以前就有的持续至今的趣味和迷恋。尽管书中的有些艺术家我并不熟悉（我先前并不知道巴尔蒂斯［Balthus］就是皮埃尔·克罗索夫斯基的弟弟），但是通过刘柠的介绍，他们引发了我的好奇，开阔了我的眼界，刘柠生动的叙述抓住了我。他在书中隐约推崇的艺术价值观也是我的价值观。对于他来说，艺术就是生活，生活就是艺术——他总是围绕着艺术家的生活来谈，这些奇妙而有些妄想的艺术生涯，本身就是作品。我要说，幸好有了这些历史，有了这些艺术家，有了刘柠这样的书！它们能让在今天乏味而制度化的生活中的人们，暂时性地解脱出来。刘柠如此理解和热爱艺术，他怎么会不辞去那份刻板的公司工作？

现在，刘柠不依附于任何体制。他是日本问题的专家，但从来不附属于某一个专门的日本研究机构；他是个艺术评论家，但也不依附任何艺术机构。他是个真正独立的写作者：他依照自己的趣味写作，也依照自己的信念写作。他的写作既关注自己的内心，也关注公共生活，关注社会。他在大学之外，但比那些反智主义愈演愈烈的学院中的人来说，他更有智慧，更加崇尚知识和真理，他的写作也更加鼓励人心。他是个写作者，同时也是个行动者；他把写作和行动融为一体。这一切，我再说一遍，都出自于一种生活的勇气。他的书就是勇敢、诚实和责任的见证。

有欲望就写,没有欲望就不写*

写这个序言,我有点不自量力。我之所以答应吴亮的要求,完全是因为我喜欢他的写作,从二十年前我上大学的时代开始,我就读他的著述,直到今天。我有一些心得,我要说出这些心得。我要承认,我曾受惠于他。他的著述给我带来过欢乐。我至今记得,大概是1990年,整天无所事事的我,在图书馆偶然翻到一篇他的论商场的文章,看完这篇文章,我从图书馆走出来,感觉就像是酒足饭饱之后从饭馆出来一样。我记住了吴亮这个名字。那个时候,天气一直有些沉闷,但那一刻我却感到了一点生机。

很难将吴亮进行专业上的分类,他是个文人。对于一个文人来说,观点非常重要,对观点的表达则同样重要。较之观点而言

---

* 本文原为吴亮《另一个城市》一书的序言。

（我同意他的大部分观点），我更喜欢他的表述，喜欢他谈论事物的方式，喜欢他对事物的特殊洞察力。他敏锐，富于洞见，反应迅速，思维密集，他知道自己的能力，有时候也陶醉其中。他能同时进行抽象的冥想和具体的回忆，能同时进行婉转的抒情和率直的雄辩，能同时将玩笑和诚实融于一体。他能够编撰生动的文学细节，也能够进行抽象的理论玄想。他有时候玄妙无比，有时候又具体清晰，他的风格，有时候像个神秘主义者一样充满玄机，有时候像个孩童一样简单而天真。在陈述他的观点的时候，他是个绝对主义者，而大部分时候，他又像个怀疑主义者。他会叙事，会雕刻细节，会申辩，会抒情，会嘲弄，会诘问。他能在同一篇文章中，既扮演作家的角色，也扮演理论家的角色，既能表现出诗人的词语敏感，也能传达出一个教主般的庄重口音——他能呼喊也能低语。所有这些在他这里能毫无冲突地熔于一炉——毫无疑问，吴亮有一种非凡的写作能力。

吴亮尝试过各种文体，但最擅长的还是随笔形式，这可以让他淋漓尽致地发挥，他将随笔形式玩弄得炉火纯青。他从来不固守在某种写作的形式禁区——他让形式屈从于他的表达欲望，表达的欲望决定了它将采取什么写作形式。为此，他发明了各种各样的对他来说适合的形式。他有过自我辩驳的对话，有过严格意义上的文学和艺术评论，有过小说，有过虚拟的自我采访，有过只言片语的警句，有过对《世说新语》的古汉语戏拟，甚至还借用诗歌分行的表达形式。对于吴亮来说，写作是不需要格式的。很多人以一种惋惜的口气说他放弃了文学评论（他最初是以文学评论博得了盛名），事实上，不是他非要放弃这个写作形式，而是文学评论这个形式已经失去自身的活力了，也就是说，当代文学及文学评论已经激发不了他的写作冲动了——他没有必要将自己设定为一个职业化的文学评论家。他不是被职业所限定，而是被他的写作欲望所限定，一旦没有写作欲望了，他宁可不写。他没必要让自己迁就某个格式，迁就某个职业声望。

有欲望就写，没有欲望就不写。所以，我们看到，一旦写作，他就非常投入。吴亮对所有他谈论的对象，都充满了兴趣。即便谈论的事情无足轻重，他也从不敷衍。他一写作，就非常较真——即便他采用的是轻松的戏拟方式。这种较真和投入的表现方式是激情的瞬间的大量损耗。这是消耗身体的写作，并不适于长篇大论。吴亮是灵感式的，我相信他写作之前，也许不知道他要写什么，他的许多作品都是借助于写，而非借助于事前的精心构思而成形的。他喜欢碎片的形式，尽管他有时候非常讲究逻辑，借助于逻辑的力量，他迅速而尖锐地找出别人的破绽；尤其是在与人论辩的时候（他是我见过的最好的论辩家之一）。但有时候他也讨厌逻辑，逻辑对他来说是不折不扣的绳索，逻辑成为他的障碍。我们经常看到，他的上一段和下一段没有关联，甚至是，他的前一句和后一句没有关联。他的一句话就是一个完整的印象，或者是一个独立的观点，或者是一个自主的世界。他的思路并不被总体性所摄撮。这是他的特点，同那种一以贯之的逻辑性相比，他有时候将自己投入到对瞬间、对即时性的兴趣中。

这样，很自然地，他对对象的描述通常是现象学式的，他从各个角度呈现他的描述对象，直接将自己的感觉写出来，他很少在自己和对象之间寻求一个理论中介——他充分信任自己的感觉，事实上，他的感觉，他对感觉的表述，以及建立在感觉上的判断，确实是无与伦比的（这是他最吸引我的地方，我总是对他的感觉会心一笑）。这些感觉总是能抓住谈论对象的要害。这也是吴亮能谈论各种各样的日常事物的原因，他谈论这些事物的时候，不是凭借知识（他并不以博学见长），而是凭借他的细微感觉。这也是为什么他谈文学、谈艺术、谈城市、谈日常事物的原因——如果没有感觉和经验，再大的知识胃口，也无法消化这些东西。

到底哪些对象能够吸引他呢？他总是在找感兴趣的话题，他有认知新世界的欲望。而且，这些兴趣和欲望总是有惊人的预见性。确实，他清楚地知道什么东西值得一谈，什么东西不值一提。通常情况是，他涉及的这些话题过于超前了，在他谈论它们的时候，它们还没有引起人们的注意，等人们都在谈论这些问题的时候，他早就把这些问题抛到脑后了。这样，在某种意义上，他总是和知识时尚擦肩而过。他在二十多年前就写过关于当代艺术的对话（那个时候人们对于艺术一无所知），关于城市的书（看看大学中的人今天如何地涌向城市研究），也是在差不多二十年前他就写过论商场、医院、游乐场和饭馆的文章（人们如今把这类兴趣称作"文化研究"），他甚至还兴致勃勃地论述过麻将。他评论过的作家和作品现在几乎成为当代文学的经典——这全凭他的直觉和良好趣味，他不需要什么学术思潮的引导。在这个方面，他既不需要老师，也不需要学生。他对新理论思潮并不去刻意钻研，但他的字里行间到处都是新思潮的幽灵——事实上，吴亮完全是凭借直觉和经验（而不是书本）在呼应这些新思潮。事实上，我们要问，哪些新思潮的萌芽不是来自于认知世界的欲望？

没有人不对他的语言留下深刻的印象。他总是能在他的词库中搜索到最有表现力的词语，这些词语在句子中夺目而耀眼，熠熠生辉，这些词语要么是非口语化的，要么远离了它们在口语中的运用方式。吴亮是离口语最远的写作者，他通常以最书面化的方式来谈论最日常的对象。这使得那些谈论的日常对象好像布满了光辉。即便他说的很多是常识，正是这些独具匠心的语言，这些常识，就好像上升到真理的层面了。吴亮藐视学院派，蔑视学院派的写作行规和技术。他不需要枝枝节节的论证，不需要大量的事例和注释，也不需要过渡性的废话和行话。他受不了词语和句法的平庸。他宁可将一大堆意义相近的词语或者短句堆积起来，让这些词语和句子既相互挤压，也相互绵延，它们由此进行一种高强度的持续撞击，从而获得一种不依不饶的递进效果。在这方面他偶尔也表现出文人特有的炫耀，但他有资格炫耀：他的语感是天生的，再多的词语，再多的句子的堆积，都不会打乱行文的节奏，相反，它们只能使行文更富于节奏感，使行文变得奢华并由此获得一种骄傲感。而且，他喜欢在写作中寻找假想敌，有了假想敌，他的语气和语感就更加坚定，更加绝对，更加雄辩，更加充满了启示录的气息，更加毋庸置疑——或许也更容易开罪于人。

  今天，人们不怎么注意吴亮了，人们总是说吴亮是属于80年代的。但在我看来，他是属于文学史的。他注定是要以一个文人的身份进入文学史的。就文学和写作而言，人们的注意力总是偏离了文学和写作本身。如今，要么是肤浅的年龄划分，要么是商业的噱头，要么是学术的权力体制在这个领域内占据着主导性的发言权。我们总是忘了倾听吴亮这样的独特声音。一种如此文雅而充满力量的声音，一种如此充满趣味的声音，一种让笔下的俗常事物充满了光辉的声音，仅仅因为它不在大学体制之内，也不在商业的密谋之内，我们就不该倾听吗？

《法兰克福学派内外》的内外

在20世纪的德国哲学中,最有影响的就是海德格尔和法兰克福学派了。这二者有诸多的相似关切——都涉及工具-理性问题,都对技术和艺术有大量的思考,都对启蒙现代性进行了拷问——但是,二者在哲学气质方面有极大的不同。海德格尔更像是一个纯粹的哲学家,他主要讨论的是各种哲学经典文本,而且也是以一个传统的(虽然极其神秘、玄妙和诗意)哲学家形象出现的。但是,法兰克福学派更接近于一种社会理论,它们讨论的问题具体得多,并且总是针对当下,尤其是针对当下的诸种文化现象(当然他们也有非常纯粹的哲学文本)。法兰克福学派前所未有地将文化和社会结合在一起,但同雷蒙德·威廉斯(Raymond Williams)的文化与社会充满历史性的结合不一样的是,法兰克福学派有强烈的哲学和理论欲望,他们是在黑格尔、马克思和弗洛伊德的传统中来工作的。因此,不仅仅是文化和社会的结合,还有哲学和具体性的结合——这是法兰克福学派的特征。正是这两个结合特征，使得它们被接受和产生影响的范围同海德格尔不同。海德格尔牢牢地占据了大学的哲学系。相对而言，法兰克福学派在哲学系的影响不大。这可能是全世界的现象。在中国同样如此，对法兰克福学派的兴趣主要是在中文系而不是哲学系。就像美国一样，对法兰克福学派的接受主要在英文系而不是在哲学系。

法兰克福学派满足了中文系的诸多兴趣：对理论的兴趣，对文化尤其是大众文化的兴趣，对社会批判的兴趣，对美学的兴趣。所以，中国的法兰克福学派专家出现在中文系毫不奇怪——哲学系对大众文化，因此也对大众文化所表现出来的社会症候从未认真地对待过。（这也可能是哲学系远离法兰克福学派的一个原因。或者，他们只对"启蒙辩证法"和"否定辩证法"感兴趣，哲学系对本雅明表现出惊人的冷漠。）一直处在中文系的赵勇教授，其学术兴趣正好容纳了这几点，他体现出中文系从事理论研究的学者的出色趣味——只有在文艺学这个学科，才会出现一些赋予各种各样的文化现象以理论思考的学者。正是他们打破了传统上僵化而保守的文艺学体制。这其中最有效的工具之一正是法兰克福学派，它在美学、文化、社会和哲学之间来回穿梭从而突破了各种既定的封闭边界。它需要开阔的视野，它要求美学敏感、理论修养和对现实的洞见——而这正是一批试图从事跨学科理论研究的学者的愿望。

赵勇是国内研究法兰克福学派最有成就的学者之一。他早年的博士论文就是法兰克福学派研究的力作。现在，他的新书《法兰克福学派内外》进一步延续了他早年的研究。这种研究既是对早期研究的深入，也是一个拓展。在这本书中，他不仅仅局限于对法兰克福学派本身的探讨（尽管这仍是这本书的重要篇章），还讨论了与法兰克福学派相关联的其他理论。我们看到了"延座讲话"，萨特、威廉斯、利维斯（Leavis）以及形形色色的"文化研究"派别——这基本上同法兰克福学派一道构成了一个有关"文化"的20世纪理论星群。赵勇很显然是将讨论的重心放到"大众文化"上面。（因此，海德格尔在此毫无意外地缺席了——我一直感到困扰的是，好像很少有人将这两个差不多同时出现的最重要的德国思想流派做对比，尽管事实上他们也没有太多的直接交往。）还有一点特别重要的是，他回顾了法兰克福学派在中国的理论旅行以及随后产生的效应。这是西学对中国知识分子的冲击的一个晚近范例（当然，这样的例证不限于法兰克福学派）。因此，讨论的范围既在法兰克福学派之内，也在它之外，而且，由内而外并不存在一个难以跨越的沟壑。因此，这与其说是有关法兰克福学派的研究，毋宁说是由法兰克福学派所引发的诸多文化问题的总体研究。

这本书的每篇文章探讨的方式和主题不尽相同，我们在这里既能看到对法兰克福学派的一个提纲挈领的概述（第一章《关键词》），也能看到对某一个重要理论问题的细致考辨（关于大众文化的肯定性话语和否定性话语）；既能看到对一个关键文本的细读（阿多诺［Adorno］的《文化工业述要》），也能看到对一个理论家的总体扫描（马尔库塞 [Marcuse]）。

就法兰克福学派内部讨论而言，赵勇简明扼要地论述了法兰克福学派的基本理论来源：马克思主义、黑格尔主义和弗洛伊德主义。马克思主义当然是法兰克福学派最重要的资源，它确定了法兰克福学派的批判目标和旨趣，以至于人们常常将法兰克福学派当作是西方马克思主义之一种。事实上，马克思主义作为对资本主义"异化"的批判是法兰克福学派的"底色"，但是，黑格尔的存在使得这种批判更多的是从意识形态、文化或者"精神"的角度做出的，这就偏离了马克思的经济决定论——这正是黑格尔哲学带来的影响。同样，黑格尔的"否定"概念和"辩证法"也启发了阿多诺和马尔库塞的绝对"否定"，这种否定一旦从哲学转移到现实中，一旦被具体化的话，就表现出对资本主义的大拒绝和大抵抗。否定，最终是对现实的否定，而且是绝对的否定。或许正是因为黑格尔的持续在场，法兰克福学派的批判和否定最后停留在书本和头脑中（阿多诺在晚年对学生上街持拒绝态度），而无意像马克思所设想的那样去具体而现实地改变世界。这是黑格尔式的马克思主义；同样还有一种弗洛伊德式的马克思主义。就像用黑格尔的"精神"来替代马克思的物质一样，法兰克福学派还用弗洛伊德的"爱欲"来替代马克思的物质。如果说，马克思主义更多的是强调经济和阶级压迫的话，那么弗洛伊德更强调的是对爱欲的压抑。这样，将马克思和弗洛伊德结合在一起，犹如将马克思和黑格尔结合在一起一样，构成了法兰克福学派的两张面孔。他们旨在破除双重压抑：爱欲的压抑和物质的压抑。一旦置于被压抑的状况——无论是哪一种形式的压抑——救赎和解放就不可避免。但是，一旦放弃了经典马克思主义的那种现实救赎（改变世界）的话，那么，救赎和解放就体现在美学方面，或者说，是通过艺术和美学乃至神学来救赎。这就是法兰克福学派重视美学的原因。

这是赵勇对法兰克福学派的一个关键概括。它准确而洗练。赵勇强调，法兰克福学派受黑格尔的影响推崇理性（尤其是霍克海默［Horkheimer］和马尔库塞）。"所有与理性相悖的东西或非理性的东西可以被设定为某种必须铲除的东西，理性被确定为一个批判的法庭。"（马尔库塞）但是，法兰克福学派对理性的看法也许更加复杂。理性并非一个单一的意义，有各种各样的理性，理性在德国传统中有各种各样的历史分支。因此，我们应该确认的是哪一种理性。《启蒙辩证法》中的"理性"也许并不同于《理性与革命》中的"理性"。理性是启蒙时期标榜的旗帜（康德奠定了它的价值）。但是，它一旦被赋予了最高的价值，自然也会遭到诋毁。事实上，对启蒙理性的批判是德国非常重要的一个传统——我们要说，这个传统比法国要深厚得多，正如对理性的推崇也比法国深厚得多一样。从早期的哈曼到晚近的韦伯，以及声势浩大的德国浪漫派，对理性的反思一直强劲地存在。霍克海默和阿多诺的《启蒙辩证法》是最后的最有代表性的批判。它是在韦伯勾勒的历史地平线上展开的。我们知道，韦伯考察了理性一旦被大规模地运用的话，或者说，社会一旦被理性所统治的话，它很可能变成一个密不透风的"铁笼"。而这正是随后的

《启蒙辩证法》的起点之一。因此，对理性的推崇，也许是和对理性的批判一样，同时存在于法兰克福学派的内部，我们要区分法兰克福学派推崇的理性到底是哪一种理性。

法兰克福学派在中国引起的最大的争议是关于大众文化的讨论。人们的印象是法兰克福学派对大众文化，尤其是制造大众文化的文化工业发起过猛烈的攻击——这在阿多诺那里表现得非常明显。这一度也是国内学者猛烈批评大众文化的理论武器。反过来，国内学者有时候也对大众文化持欢呼态度，认为它是无害的解药，甚至认为它具备解放的潜能。出于这样一个原因，他们又对法兰克福学派持攻击态度，认为后者的精英主义立场并不适合中国。围绕着这个问题，产生了明显的分歧。而这显然也一直是赵勇的主要兴趣关切点（他这本书的副标题就是"知识分子与大众文化"）。他本人对大众文化保持着强烈的兴趣，并在这方面有大量的评论。赵勇详细地考察了法兰克福学派的各家观点后，得出的结论是，他们对大众文化的看法并非铁板一块，事实上，既有阿多诺式的对大众文化的强烈否定，也有本雅明式的对大众文化的解放潜能的隐秘肯定。也就是说，大众文化既具备资本主义对大众的"整合"功能（因为阿多诺的大声控诉而众所周知），也起着大众对资本主义宰制的"颠覆"作用（本雅明对电影的积极作用的论述较之阿多诺的否定宣言要委婉得多）。这实际上存在着一个矛盾的辩驳。在法兰克福学派内部，这样的矛盾比比皆是。人们对此不应存在着一个统一的法兰克福学派幻觉。甚至是在同一个理论家这里——比如马尔库塞——有时候强调的是阿多诺式的整合，有时候强调的是本雅明式的颠覆。思想正是在彼此的责难，甚至是自我的责难中产生的。因此，在这里，存在着截然相反的对待大众文化的两种态度。赵勇的细致分析厘清了这一点，尤其是本雅明对大众文化的积极作用的阐述（尽管本雅明也不是无保留地对大众文化持续肯定）。这有效地化解了人们对法兰克福学派的简单指认。事实上，这两种态度都有它的历史具体性和相对性（赵勇的分析特别注重这一点），它们随着语境的变化而变化，因此并非笼而统之的一刀切的总体判断。如果这两种观点都存在，而且有各自针对性的话，那么，它们对我们的启发也许是，在探讨中国的大众文化时，简单的表态指认毫无意义，我们同样要将大众文化尽可能地历史化和具体化，我们要看到它本身蕴含着的多种指向。或许，这样一种对大众文化的判断也并非毫无道理：它确实是文化工业生产出来的，确实是资本主义利润法则的产物，但是，它也确实在无意中起到了某种偏离和颠覆功能。它一方面产生了强烈的愚民效果（看看那些肤浅逗乐的娱乐节目），另一方面，它确实对单一的意识形态起到了解毒的作用（如果生活中被枯燥沉闷所笼罩该是怎样的一种悲哀）。

在本书的与这个问题相关联的另外一篇文章中，赵勇进一步地讨论了知识分子（而不限于法兰克福学派）对大众文化的几种态度：阿多诺和利维斯的批判，本雅明和萨特的利用，威廉斯和霍尔（Hall）的理解，以及费斯克（Fiske）的欣赏。事实上，正是西方知识分子对大众文化的不同态度，也影响了中国知识分子的立场。比如，既有受阿多诺影响的对大众文化所做的精英主义的批判，也有后来受费斯克等人影响的对大众文化的拥抱，对大众文化的态度从来没有达成共识——事实上，也没有必要达成共识。

在赵勇的这本书中，我觉得最重要的一篇是《艺术的二律背反，或阿多诺的"摇摆"》，这篇文章仿佛侦探一般地追溯了阿多诺最著名的"奥斯维辛之后写诗是野蛮的"这一论断。这句看起来明确的论断，在赵勇的解读中表现出异常丰富的含义。赵勇层层推进，将阿多诺以及其他的相关论述一一展现，像剥洋葱一样将这句论断的丰富含义逐渐打开。这篇文章精彩绝伦，它也体现了赵勇最显著的写作风格：赵勇绝对不进行想当然的大胆设想，他严格地信奉材料的支撑，因此，在做出任何一种论断之前，他要尽可能地网罗充分的材料，并将这些看上去是孤立的、有时候甚至是垂死的材料在一个特殊的层面上贯通起来。这些不同来源的材料源源不断，从各处涌现。有时候看上去它们呈现出某种矛盾性，但是，赵勇将它们安置在不同的论述结构之中，或者说，安置在一个总的论述结构中的不同层面上。正是这些不同层面上材料的支撑，使得他的写作不断递进，在人们似乎感觉到最终的论点呼之欲出之际，一个重要的转折又出现了。因为还有更多的证据在现身说话，还有更多的论证尚待完成，因此，一个新的出人意料的篇章又再次启动，它是对前面论述的跟进和深化，但也是一种否定式的跟进和深化。这也是黑格尔式的否定，如同否定辩证法一样的否定。这使得赵勇的文章形成了一个递进而繁复的结构，就像复杂的侦探小说一样令人眼花缭乱。因为所有的论断都以严格的材料为根基，赵勇的结论独到而难以辩驳。

为什么奥斯维辛之后写诗是野蛮的？赵勇既分析了这一论断

提出时的德国的历史背景，也着重论述了阿多诺对文化和文化批评的看法。他引用并赞同阿多诺学生蒂德曼（Tiedemann）的看法，"'写诗'是一种提喻法，它代表着艺术本身，并代表着整个文化"。因此，"奥斯维辛之后写诗是野蛮的"，实际上意味着奥斯维辛之后文化是野蛮的。但为什么文化是野蛮的？这是阿多诺对当时文化的一个基本判断，因为文化已经构成了虚假意识，文化已经放弃了干预和否定，文化已经被商业化和官方化了，总之，文化已经是一种装点门面的肯定性文化了。大屠杀之后这样的粉饰文化，在阿多诺看来，当然是野蛮的。这就是阿多诺所说的"文化和野蛮的辩证法"。文化中有野蛮，野蛮中存在着文化，它们相互缠绕，对立统一。奥斯维辛之后，还能让这种粉饰现实、美化社会的空洞虚伪因而也是野蛮的文化（写诗）继续存在吗？这是它的最基础的意义。如果禁止空洞和粉饰性的文化，那么，相反的方案或许是，激发一种否定性的文化，"批评的任务绝不是去寻找被分配到特定利益集团那里的文化现象，而更是去破译那些体现在这些现象中的社会趋势"。因此，奥斯维辛之后写诗是野蛮的，一方面当然是对肯定文化所表现出的野蛮性的批判，是对这种肯定文化发出的禁令；但另一方面，它也是一种激励，是以否定的方式来激励，即鼓励一种介入和批判的文学，一种否定的文学，"在禁止艺术存在的同时也要求着艺术的继续存在"，阿多诺肯定"毫不妥协的激进主义""具有一种令人生畏的力量"。

因此，"奥斯维辛之后不能写诗"和"奥斯维辛之后必须写诗"同时存在于这一著名的论断之中。阿多诺强调这是一个哲学上的二律背反。在此，它提出了一个无法回避的紧迫问题：既不能写诗，也必须写诗。那么，到底什么是"诗"，或者说，到底什么是艺术？也就是说，我们到底应该从哪一个视角去看待"诗"？也就是，"诗"或者"文化"的问题成为紧迫问题，在催促、逼迫和召唤着我们去面对。奥斯维辛和诗的关系，也就是痛苦和诗的关系。痛苦总是跟诗相伴随。这就是赵勇在一系列论证之后提出的问题："奥斯维辛之后写诗是否野蛮、艺术是否可能的问题虽然重要，但更重要的是阿多诺形成了如此看待文学艺术问题的视角，进而逼迫人们在这样的问题面前注目沉思。"在这个二律背反中，是否写诗实际上不可能有答案，但是，这句话真正的意义不在于寻找确定的答案，不在于真的能够解决这样的问题。相反，它的意义在于提出了问题，提出了不可解决的矛盾和悖论——赵勇的这个结论非常精彩，如果人们想要在阿多诺这里获得一个最终的清晰了然的答案的话，赵勇显然会让他们感到失望，而阿多诺这样的哲学家也绝不会轻易地对读者进行妥协。显然，赵勇这样的结论抓住了阿多诺思想的秘诀，而不仅仅是这句话的秘诀。在某种意义上，这也是思想和哲学本身的秘诀。事实上，许多深邃而紧迫的思想不是以解决问题而凸显自身，而恰恰是以提出难以解决的问题而标注自身。正是这样难以调和的悖论和困境，使得问题的强度和张力豁然显露。阿多诺如此，本雅明同样如此。在某种意义上，德里达的哲学几乎就是徘徊在各种踌躇和犹豫之间。人们在这些思想中感到迷失，是因为还没有学会理解世界本身的aporia（两难绝境）。这是不可能性的可能性，也是可能性的不可能性。法兰克福学派不就是在为某种不可能性而竭尽全部的可能吗？

城市如何进入文学之中

城市的历史源远流长，人们甚至很难找到一个城市的确切起点。每一个大城市都有它的几个决定性的时刻。但是，世界上最早的巨型城市主要是在19世纪中期开始出现的。在1800年，即便是当时世界上最大的城市伦敦，人口也没有超过100万。但是，到了1850年，伦敦人口超过200万，巴黎超过了100万。到了19世纪末期，包括柏林和纽约在内的11个城市超过了100万人口。在整个19世纪，城市人口剧增。没有哪个历史时期在如此短的时间内增长了如此之多的城市人口。我们可以说，自从19世纪中期以来，现代意义上的大都会才开始形成。

这些大都会是如何形成的呢？或者，从最直观的角度来说，这些大都会的人口是如何爆炸性地增长的？城市内部的出生率高于死亡率是一个原因。在此之前，城市经常被瘟疫所侵袭，在短时间内会有大量人口死亡。随着医疗和卫生条件的改善，孩童顺利长大成人,这有效地保证了城市人口的数量。但是,城市人口增长的更主要原因是吸引了大量的迁移人口。外来人口的涌入促进了城市的人口和规模的扩张。19世纪的城市人口扩张速度是前所未有的,尤其是对伦敦和巴黎而言,"从来没有其他已知的城市居住区的人口在如此短的时间内增长得如此之快"[1]。这些人口之所以能够涌入城市,并且能够在城市中获得喂养,首先毫无疑问的是因为交通的改进。铁路取代了马车,而且,海上交通贸易也得到了改善。这样,它们一方面能够顺利地将成千上万的人口从各种偏远地方带入城市,另一方面也可以将异地的货物带入城市,使得大规模的生产和消费成为可能。不仅如此,河道的开凿也让城外的河水源源不断地流进城市。正是这种陆地、海上和河道的运输能力的改进,促使了城市的人流和货物的高速替换。大城市也因此在上空、地面和地下都贯穿着无数的进出通道。

也正是从19世纪中期开始,自由竞争开始出现。金融家、商业文化和休闲娱乐在城市中涌现。它们和从事生产的工厂和企业家同时存在。在一些大城市中,前者的地位变得越来越重要。也正是它们的出现,使得生产型城市开始向消费型城市转变,在"19世纪50年代到70年代,重心开始从生产城市向大城市转移——这一运动打破了社会上迄今为止仍相对隔离的不同阶层之间的藩篱。为了实现最大限度地攫取财富,几乎在每个国家都形成了土

---

[1] 理查德·桑内特:《公共人的衰落》,李继宏译,上海:上海译文出版社,2008年,第169页。

地、工业、金融和官僚制度的结合体"[1]。这个结合体就是大都市的出现。这些要素相互促进，不可分离。行政的集中便于聚集大量的资源，促进生产和交通的快速发展。生产型企业需要银行等金融业的支撑，而保险等行业的出现为企业和人口的稳定与安全提供基础。这些要素相互需要，相互促进，这就构成了大都市的形成根基。

因为高度的资源聚集，大城市有各种新的工作机会。这使得城市人口在19世纪剧烈增长。大量的人口聚集在一起从事新的工作，他们也要有一种新的居住和消费形式，这样，一种新的都市生活方式出现了。人口聚集得越多，它一方面会导致生存的问题越来越急迫，每个人都处在激烈的竞争中，每个人都要在有限的城市空间中拼命地获得自己的立足之地——这就是人们在大都市中看到的冷漠和倾轧。另一方面，大量的人口，也使得生产和创造的可能性越来越多，城市在无数的人力资本的刺激下会获得前所未有的活力，这就鼓励了人们在大都市中的欲望和冒险。人们创造了一个光怪陆离的巨型城市，同时也无时无刻不感受到他们创造出的这个城市机器的冷酷挤压。人口和交通的膨胀像吹气球一样在缓缓地撑大城市，延伸的街道像血管一样贯穿在城市体内从而将无数高楼连接起来。人们匆忙地而又是有规律地出没于楼房和楼房之间的大街上，并在大街上形成一个匿名的人群大

---

[1] 刘易斯·芒福德：《城市文化》，宋俊岭、李翔宁、周鸣浩译，北京：中国建筑工业出版社，2015年，第264页。

众。这些大众在城市中不仅要生存，要日复一日地单调工作，要顺应各种生产机器的节奏；同时还要消费，要醉生梦死地娱乐，要在商品面前反复地斟酌和徘徊。人们不仅在大城市的金融逻辑中瞬间暴富，也可能在城市萧条和危机中一夜之间陷入赤贫。现代城市，就此变成了一个巨大的眼花缭乱的永不停息的生产机器和娱乐机器。它将城市人卷入其中，用马歇尔·伯曼（Marshall Bermann）的说法是，现代城市是一个"不断崩溃与更新、斗争与冲突、模棱两可与痛苦的大漩涡"[1]。人们在这个大漩涡中也获得了应对城市的特殊经验。这也就是19世纪中期开始形成的一种专属于大都市的生活方式。

人们对这种全新的都市生活方式有各种各样的描述。生活在巴黎的波德莱尔将这种大都市生活称为现代生活，以此区别于旧式的乡村生活和城镇生活。这种新的都市生活的特点是瞬息万变，它像一个巨大的万花筒，像是被电能所充斥，并表现出运动的魅力。波德莱尔甚至感觉到这种生活有一种短促的瞬间之美。他将此称为现代之美。不过，另一方面，他在这种现代生活的瞬间之美的背后，也发现了穷人的奥秘，在到处是"光亮、灰尘、喊叫、欢乐和嘈乱"的兴高采烈的街头，在到处都是"生命力的疯狂的爆炸"的街头，波德莱尔发现了一个衰弱老人的"绝对凄惨"，"那流动的人流和光影就距他厌恶的凄惨景状几步之远"[2]。

---

[1] 马歇尔·伯曼：《一切坚固的东西都烟消云散了》，徐大建、张辑译，北京：商务印书馆，2003年，第15页。
[2] 波德莱尔：《波德莱尔散文选》，怀宇译，天津：百花文艺出版社，1995年，第36页。

也就是说，作为艺术家的波德莱尔和作为历史目击者的波德莱尔发现了都市生活的两面：巴黎之美和巴黎之丑，巴黎的欣快和巴黎的忧郁。

在柏林，我们同样看到了大都市的两面。柏林的诊断家西美尔（Simmel）发现，都市的瞬间万变对人们的心理构成了一种强刺激，让人们产生一种不稳定的变幻的心理感受。但是，由于这种不停的刺激，现代都市人发育出了一种独特的冷漠器官，他们越来越麻木，他们需要有一种见怪不怪的漠然气质，事件和刺激不会引起人们的惊奇。人和人之间的好奇和激情消失了。他们之间的交往只能通过中性的货币来完成，货币让一切均等化，并消除了人身上的固有魅力。"在奔流不息的金钱溪流中，所有的事物都以相等的重力飘荡"[1]。不过，反过来，货币也构成了最大的刺激，现代都市人奋不顾身地追逐货币，货币是他们的物神。就此，货币一方面泯灭了个性，另一方面又刺激了个性。货币就这样保留了它的两面性："它一方面使一种非常一般性的、到处都同等有效的利益媒介、联系媒介和理解手段成为可能，另一方面又能够为个性留有最大程度的余地，使个体化和自由成为可能。"[2] 中性而冷漠的金钱媒介在都市生活中成为人和人之间平衡、沟通和估量的纽带，也成为人们狂热追逐的目标。

---

[1] 齐奥尔格·西美尔：《时尚的哲学》，费勇、吴燕译，北京：文化艺术出版社，2001年，第198页。

[2] 齐奥尔格·西美尔：《金钱、性别、现代生活风格》，顾仁明译，上海：学林出版社，2000年，第6页。

这样的都市生活，同传统的乡村生活判然有别。乡村生活中的人们虽然接触面少，但是，人和人之间建立了一种有机关系。他们构成一个熟人社会。而都市中的人虽然每天接触大量的他人，但是这种接触是功能主义的，短暂而肤浅："次要接触代替主要接触，血缘纽带式微，家庭的社会意义变小，邻居消失，社会团结的传统基础遭到破坏。"[1] 没有稳定的关系——无论是人际关系，还是工作关系，抑或居住关系，使得现代人处在一个漂泊动荡的无根状况。现代个体的经验必须直面瞬息万变的都市生活。这种生活内在的"焦虑和骚动、心理的眩晕和昏乱，各种经验可能性的扩展及道德界限与个人约束的破坏，自我放大和自我昏乱，大街上及灵魂中的幻象"等等，锻造了"现代的感受能力"，[2] 而卢梭几乎在所有人之前，就体验到了这种像"旋风一样的动乱的社会"。

所有这一切，在文学中都获得了回应。毫无疑问，巴黎、伦敦、柏林和纽约是19世纪以来的几个最重要的大都市。它们无数次成为文学的主角，也可以说，它们成为文学人物主角的重要舞台。这些城市有相近之处，但也迥然不同。每个城市有自己的特殊个性，但是这几个城市并置在一起恰好可以勾勒大都市生活的总体。正是在这些城市文学作品中，我们看到了19世纪形成的大都会的特征，也看到了人们对这种大都会的全新体验——这

---

[1] 路易·沃斯：《作为一种生活方式的都市主义》，陶家俊译，见汪民安、陈永国、张云鹏主编：《现代性基本读本》（上），开封：河南大学出版社，2005年，第710页。
[2] 马歇尔·伯曼：《一切坚固的东西都烟消云散了》，第19页。

是同传统生活方式的断裂。正是在这个意义上，我们说，大都市开启了现代生活的特征。大都市正是现代性的场所和征兆。也正是在这里，我们发现，大都市的形成，同时创造了一种新的生活方式、新的人格和新的文学形式。就这种新的都市生活方式而言，文学中的每个故事都是虚构的，但也是真实的——在某种意义上，它比历史材料更加真实。或者说，这是另一种进入历史的方式，因此，这不仅仅是讨论城市和文学的关系，也是讨论历史和文学的关系，更恰当地说，是讨论都市生活、现代性和文学的关系。

城市的生活如此之复杂和多面，以至于每个作家笔下的城市都不一样。巴黎是什么？它是巴尔扎克（Balzac）的人间喜剧，是左拉（Zola）的妇女乐园，也是福楼拜（Flaubert）笔下的愚人和闲人聚集的庸碌之地。当然，它的气质是波德莱尔式的忧郁和激情的混合。和巴黎一样，在19世纪，伦敦突然涌现出大量人口，他们"仿佛用法术从地下呼唤出来"。大街上的"人群"这一重要意象出现了。街道是人群展示和表演的舞台，无数陌生人聚集在一起，无数陌生面孔同时向"我"涌现，不过，"掠过我的每一副面孔，都是一个谜"[1]。街道上的人群，既是一种显赫的景观，也包裹了沉默的秘密。它需要侦探，既是警察的侦探，也是作家的侦探，它因此不断地吸引了狄更斯（Dickens）、阿诺德

---

[1] Wordsworth, William. "Residence in London". *The Prelude, or Growth of a Poet's Mind*. London: Oxford University Press, 1933, 121.

（Arnold）、吉辛（Gissing）、夏洛蒂·勃朗特（Charlotte Brontë）、王尔德（Wilde）等作家的注目。而地铁、火车和汽车这些新式的交通工具取代了马车，对伦敦来说，这几乎就是改天换地的重大事件了。它们不仅撼动了伦敦的生活，也撼动了伍尔夫这样的作家的心灵。

而从都市的时尚和现代来说，柏林滞后于巴黎和伦敦。它显得土气和粗俗。柏林给人印象深刻的不是都市的令人目眩的光晕，而是现代人脆弱的孤独和苦痛。这在女性那里尤其明显——这是冯塔纳（Fontane）的发现：物质的丰盛加深了人和人之间的沟壑和隔膜；霍普特曼（Hauptmann）则赤裸裸地展示了底层人物如同动物一般的卑贱人生；德布林（Döblin）干脆将底层人物的伤痛看作柏林的灵魂。因此，柏林的作家较少对都市本身展开描述，而是更多地对都市的生存经验进行直白的剖析。但是，底层悲惨的柏林却也发展出了一种高级的文化。在19世纪下半叶，柏林的哲学、音乐和戏剧都取得了巨大的成就，它们开始对欧洲产生影响，人们将柏林称作"施普雷河畔的雅典"。

而纽约跟欧洲的城市都有所不同。它由一代代移民融合而成。纽约试图在这个融合的过程中形成自己的特殊"精神"。不过，每一代人都有一个不同的纽约。每一代人都试图形成同纽约的特殊关系。早期的亨利·詹姆斯（Henry James）和菲茨杰拉德（Fitzgerald）试图抓住纽约的内在性，抓住纽约隐秘的核心精神，哪怕这种精神充满分裂、冲突和对抗。在这里，纽约和纽约人相互塑造，相互改变对方。但是，一旦纽约获得了自己的独一无二的地位后会变成什么呢？晚近的两位作家保罗·奥斯特（Paul Auster）和德里罗（DeLillo）发现，纽约已经成为一个巨大的机器，但是这个机器却是排斥人的，尽管纽约看上去给每个人提供了机会，但是，每个人无不受到这个现代城市机器的束缚和控制。大都市也是一个大牢笼。纽约给人巨大的自由，但是，也给人以巨大的排斥。在城市中，一旦无法获取资本，就只能是城市的剩余者。这是全球化时代的纽约的特征，但难道这不是今天所有大都市的特征吗？

丛书翻译和知识共同体*

记者： 在学界还未产生剧烈分化的八九十年代，那时三联、商务对西方思想的译介出版共同影响了一整代人（当时知识界还是有共识的，也形成了学术的共同话语，然而今天在知识界剧烈的分化过程中，不同立场甚至不同学科的人似乎只读自己领域的理论和思想了）。能否请您谈谈那个年代西方思想译介的状况以及它对知识界的影响？（您在早年曾受到哪些思潮的启蒙？）那时对西方思想的译介是不是在某种程度上起到了制造知识界"共同体"的作用？

汪民安： 我是80年代末期上大学的，主要的学生生涯是在90年代，因此接触到那些书的时间也是在90年代。那时候印象比较深的除了商务的"汉译名著"外，就是三联的"现代西方学术文库"。三联的这套书相对而言更晚近一些。我是中文系的学生，比较偏

---

* 本文原为答《新京报》记者伍勤问采访初稿。

重美学方面的，我现在瞬间就能想起来的书有尼采的《悲剧的诞生》、本雅明的《发达资本主义时代的抒情诗人》，罗兰·巴特的《符号学原理》等——它们让我兴奋，并且很快地让我对各种各样的理论教科书产生了厌倦。那套书最重要的应该是《存在与时间》，但学生时代我还没有认真读它。80年代的译著大大地开阔了人们的眼界——要知道，那个时候，不读这些书还有什么可读的呢？所以大家都读差不多的书，那些书也卖得很多。这些译著应该是最近几十年来西学研究的基石。相形之下，现在的书太多太丰富，令人眼花缭乱，人们必须选择来读。不过，我不觉得是因为译介所产生的作用而形成了一个特定的知识共同体。相反，我觉得是因为先有一个共同体才开始了一种有组织的译介。80年代的知识分子容易形成团体，但这或许并不仅仅是因为他们读了相同的书，有很多完全不同专业背景的人也都聚在一起——只要是读书人都可以成为朋友。因此，知识共同体的形成可能更多的是源于另外一些原因，比如读书人在特定年代所形成的共同经历背景，他们很多是知青，他们年龄相仿，人数有限，对知识都有强烈的激情，对政治有相近的看法，他们更愿意交流和聚会，他们面对的问题相似，他们有类似的生活方式等，所有这些使得他们很容易形成友谊。80年代的各行各业都有圈子风气，你看看那个时候的艺术家也一样，几乎所有的艺术家都加入到各种艺术小组中去了，几乎没有单打独斗的艺术家。但一旦80年代这个历史背景消失了，共同体和友谊就很容易破裂。

记者：出现在西方不同阶段的历史思潮，在中国改革开放这三十年来几乎同时被引进,而很多重要的理论家似乎还没热就淡出中国学术界的视野。而到今天,据我的观察,这两年可以说迎来了激进理论的热潮,大量留学生在西方接触到了前沿思想,开始投入到了译介工作之中,大家一窝蜂赶时髦一样追着西方最前沿的思想,比如思辨实在论、拉图尔、拉康派(比如这两年齐泽克、巴迪欧很热,却鲜少把他们放入拉康和德国观念论的系统脉络中去译介,德里达也是还没有译介研究充分就因不够时髦而被人遗忘了)。在您看来,西方思想在这三十年的译介过程中是否出现了某些断层?

汪民安:学术和时装一样,有它时尚和潮流的气质。学术越来越呈现出工业化和商业化的一面。这并不是中国独有的情况。这是全世界的现象。我们为什么一波波地赶潮流?还不是因为西方在一波波地制造潮流——西方的大学对新思潮、新的学术明星的欲望同样强烈。比如说,福柯、德里达一代人离世后,美国大学陷入焦虑,他们要找新的法国偶像。这样,巴迪欧、朗西埃、齐泽克就应运而生了。这些人之后呢?哦,现在有更年轻的了,思辨实在论来了!我并不是说这些后来者没有价值,我只是说,市场的需求也许拔高了他们的价值。现在是一个一切都通货膨胀的时代,学术作为商品也在快速地贬值。我不想把这个现象完全归因于将一切商品化和市场化的资本主义,但毫无疑问它与此有关,与大学作为一个资本主义的知识产业基地有关。不过,我还是想说明的是,虽然翻译得不少,但真正去读的人并不多,大学里面的许多人文学科的研究生甚至都没有听说过这些人的名字。这也就出现了你说的还没热就淡出了的现象。

记者：西方的理论思潮大多脱生于思想脉络和现实的土壤。据我的一些了解（可能说得不对），80年代时，西方理论的译介工作很有成果，每一个思潮几乎都有洗心革面的作用（比如尼采、萨特、叔本华［Schopenhauer］、海德格尔等）。在很多时候是不是因为"文革"后知识界对西方思想的渴求、对西方思想的译介工作都带着内在需求和自己的问题视阈（需要思想工具来理解现实）？在您看来，今天年轻一代对西方思想的译介，是否已经跟基于我们现实的问题需求脱节了？您认为译介工作需要和本土现实产生呼应吗？另外，现在的年轻人组织翻译丛书，有时候是通过网络来找译者。您那个时候是怎么找译者的呢？

汪民安：哲学和理论的作用可以从不同的角度来谈。你要问是否有直接的现实功用，可能表面上没有。但是，任何一种有价值的严肃的学术思想——只要它被认真地阅读和消化的话——不可能不起作用。它在不同的时代的作用是不一样的，对每个人的作用也是不一样的。从这个角度来说，我不觉得80年代的翻译就比今天的翻译所起的作用更大。我只能说，它们发挥的是一种不同的功用。80年代因为知识的积累非常贫乏，所以译书和读书的效果非常明显，就像是一个营养不良的人第一次找到了食物，效果会出奇地好。但现在已经康复了，吃再多再好的食品，效果都不会很明显。但如果放在一个更宽阔的历史视野中来看的话，80年代的翻译和现今的翻译是属于同一个时代的同一类工作。至于今天的翻译是否和我们的时代和现实脱节了，我认为恰恰相反，我们和欧洲人、和美国人生活在同一个世界上，生活在所谓的全球化时代，他们感受到的问题我们也能感受到，我不觉得有脱节的问题。如果说有脱节问题的话，我觉得是我们自己对自己的问题和现实存在脱节的倾向。你看看，人文科学期刊上每年发表了那么多论文，有多少对自己的时代和现实有针对性的？我认为80年代的翻译恰恰是和当时的现实脱节的，80年代的中国和尼采、和海德格尔有什么关系呢？当然，这并不意味着那些书没有在那个时代发生影响。同样，我觉得今天的翻译书紧扣我们的时代，但也不意味着它们会马上产生重要的影响。我觉得知识和现实的关系、翻译和接受的关系非常奇特，它们总是通过一种特殊的谁也难以预料到的方式发生关联。

我是90年代末期开始组织丛书的翻译工作的，当时我在出版社工作。最开始的一批译者主要是大学教师以及我的一些博士同学。那个时候的译者主要是找自己认识的或者是有间接关系的人，这些译者通常有一些经验。在我读博士期间，我们几个对理论感兴趣的同学共同编译了一本《后现代性的哲学话语》，这完全是同学之间的合作，我们都研究这一块，就决定编译一本这样的书，而且居然找到了感兴趣的出版社。后来的译者越来越年轻了，不过基本上都是我认识的人，基本上都是相关专业的同行。我们不会去找自己完全不了解不认识的人合作。

记者：西方思想理论的出版从早年的商务、三联几家独大，到今天更多元的机制，学术生产在今天的中国形成共同体有什么困境吗？您在河大社和北大社都主编过思想理论的丛书，能否谈谈您在理论方面的挑选思路？希望它具有怎样的思想脉络上的传承功能以及带来怎样的影响？

汪民安：早年的文化空间很小，任何一个行业只由几个幸运的有能力的人把控着。如今的情势完全不同，空间足够宽裕。只要有能力和意愿，年轻人在许多行业都可以自行行动。但我觉得这样的学术生产并不是非要形成所谓的共同体。知识的历史就是歧见和争论的历史。孤独的个体同样可以产生了不起的思想。至于我选择的书，完全是按照我的趣味来的，我对哪些问题感兴趣，就会选择哪方面的书。比如说，我从没有对英美的分析哲学产生兴趣，我就不会挑选这方面的书。另外，我所知有限，我挑选的只能是我知道的书。我没有特别考虑思想脉络上的传承功能。事实上，也没有一个明确的传承功能。学术的传承充满着各种各样的偶然性。

记者：您在搞哲学理论的同时，一直和当代艺术圈走得很近。为什么当代哲学在今天的中国似乎对于艺术圈的吸引力要大于哲学界？文学界和电影界对哲学的兴趣呢？您如何看待现在的文学研究和电影研究？您对网络上的影评和小说评论了解吗？

汪民安：法国当代哲学从未进入中国的哲学界的主流。它们一开始是在中文系流行的，这跟美国很像，美国也是英文系和比较文学系对法国哲学感兴趣，哲学系非常排斥。但现在的中国大学，中文系整个地表现出一种理论惰性。我觉得中文系以及搞电影理论的不如八九十年代那样开放和充满活力。我偶尔翻一下文学研究杂志，发现当代文学研究令人吃惊地保守，无论是价值观还是批评方法。我印象中的八九十年代不是这样的，那个时候，既能看到理论的渴望，也能看到才华的展现。现在中文系、电影（戏剧）文学系和哲学系一样也拒绝当代理论了。我不怎么关注现在的职业文学研究和电影研究了，但我有时候看完电影，会在网上看一些观众的影评，我觉得有些写得非常聪明，好像比电影研究杂志上的那些论文有意思。但是当代文学评论即便是在网上我也看得不多，或者说印象不深。也许是文章本身的原因，也许是因为大多数小说我没读过的原因。不过，总的来说，网上的各种各样的关于文学和艺术的讨论显得比杂志上的讨论活跃和有趣。

现在对理论的兴趣主要是在当代艺术界。为什么当代艺术对理论感兴趣？我觉得这跟艺术家的角色，以及艺术的概念发生变化有关。今天的艺术家远远不是一个只会画画的手艺人了，他要有各种各样的"观念"，这些观念一方面来自自己的领悟和思考，另一方面来自各种各样的思想阅读。这让他们对哲学的兴趣越来越大。当然，他们和职业的研究者还是不同，对于艺术家来说，他们只需要他们所想要的那部分，他们在哲学书中看到的也许和职业学者看到的不一样。但这并不重要。即便是误读，也不重要。甚至可以说，对哲学的误读是艺术家的必要工作。许多艺术家就是通过对哲学的误读，甚至可以说，是对哲学的"一瞥"而获得灵感的。当然，也有些杰出的艺术家根本不读哲学，他们本身就是哲学家——杜尚和安迪·沃霍尔就是如此。

记者：我很感兴趣您怎么看待知识分子的责任？在朗西埃、巴迪欧、齐泽克等西方左翼知识分子今天在种种大事件中写文章介入现实、鼓舞大众时，研究他们的中国学院左翼知识分子似乎一直对

"现场"保持距离，您怎么看？

汪民安：你说到的知识分子责任，如果指的是"对现实的干预"的话，我得承认，我很少就现实问题发表公开意见。就对现实的看法而言，我并不觉得知识分子有何独到之处。较之他们而言，我更相信，"群众的眼睛是雪亮的"。相反，知识分子有太多的意识形态偏见了，他们总是从他们的既有成见出发去发表意见，他们总是主观地去赋予"现场"一个"意见"。你只要稍稍留意，就会发现，在中国，任何"事件"出现了，哪怕是一些再明白不过的事件——比如说空气污染的问题——也总是会出现那些人，总是会出现两种截然不同的意见，总是用差不多的讽刺性语言，总是把问题引向一个差不多的方向。说实话，我不看我就知道哪些人会说哪些话。如果你的意见还没有说出来就被人预见到了，这样的意见有何意义呢？与其说这是发表意见，不如说这是一次次地抱团站队。我期待知识分子说出一些人们说不出来的话，人们预期不到的话。如果说不出这样的话来，我宁可保持沉默，我宁可站在无名的大多数一边。对我而言，强行去表达，比不去表达，更令人难受。

人有不去做的潜能*

记者：2007年，印象最深刻的一件事情是什么？你最大的收获或者遗憾是什么？

汪民安：感觉每天都在发生各种各样的事情。我记得西美尔在20世纪初期就说过类似的意思，大都市的事件层出不穷，以至于城市人不得不发展出一套冷漠而麻木的感官机器以应对意外事件的打击。我真的感觉有些麻木了。你还未从这个事件当中醒过来，另一个事件就扑面而来。例外状态不折不扣地成为常态了。如果非要让我说一件印象深刻的事的话，我要说的是，我一个朋友的孩子，我认识她，非常健康，因为成绩不太好，按照学校规定，从实验班调整到普通班。这个孩子非常喜欢原先的这个班集体，她喜欢班上的老师和同学。得知被调整到普通班之后，她在家里

---

* 本文原为答《南方人物周刊》记者蒯乐昊问采访初稿。

关在房间里痛哭了一天——你可以想象她和她的父母是如何的心碎。不久之后，她的父亲不得不带她去看心理医生，最后被迫出国读书。她本来置身于一个她感到融洽的共同体，仅仅因为她不会做几道题，就没有资格待在这里，就被排斥出这个共同体。资格确定和排斥，人类这一古老的恶习，在今天，在世界各地，在不同的地区、国家、城市，乃至一个小小的班集体，都在重演。存在着各种理由、各种类型的排斥和驱逐。那些被排斥的人，用阿甘本的说法，都是今天的homo sacer（牲人），都是得不到保护的赤裸生命。

至于我，没有什么收获，或者更恰当地说，没有什么值得一提的事情。因为我也没什么特殊的期待——我已经很久不抱任何期待了——因此也没有什么可遗憾的。

记者：近二十年来，忧郁症正在成为全球性的精神病，甚至在学术领域也如此。人文学者在寻求新知识和新思想的征途上几乎充满了无力感，人文学者（尤其在中国）越来越多地成为解释者、传播者而不是创造者，我们似乎失去了对宏大命题的把握，跌入了碎片化的泥潭，旧有的知识体系逐渐失去了参照意义，你有类似的感觉吗？我们与之对抗的方法是什么？

汪民安：自从福柯、德勒兹和德里达一辈在二三十年前去世之后，确实还没有出现新的大思想家和哲学家。这当然有各种各样显而易见的原因。每个人都知道，在整个世界范围内，人都在变成经济动物，人文科学在衰退，人文知识分子的地位在下降，思想竞争在减弱，对此感兴趣的年轻人在减少；而大学也越来越商业化和公司化，它是以经济的目光来看待和衡量人文科学研究，这是对人文科学的扭曲和异化。所有这一切，都动摇了人文科学研究的根基——这是知识分子感到创造力匮乏并因为这种匮乏而忧郁的原因之一。但这不是全部。大思想家的出现有时候需要机缘，他的产生有时候并不需要理由。有时候在看上去不可能的条件下，也会成批成批地突然产生大思想家。如果是这样的话，我们只能等待一个非常的时机了。

另外，人文科学知识实际上很难通过新旧来区分。新的思想，新的知识，都是通过对前人的思想的重读来展开的。伟大的思想总是有强烈的预示性。哪怕康德没有看到今天的形形色色的驱逐，但是，他早就说过了，人类应该有权利在地球上任何一个地方居住。福柯的时代尚未出现监视器，但是，他强烈地肯定，现代社会就是一个监视社会，每个人都处在全天候的监视中。旧有的知识体系很难说失去了参照，它在等待着今天的人带着今天的现实问题去重读。而正是在这个重读的过程中，一种新的知识诞生了。我不相信有所谓全新的完全与过去没有连续性的人文科学知识。

记者：这些年，我们留意到您越来越多介入当代艺术，以当代艺术作为解读文化和传播思想的表征和切口，为什么会做这样的选择？

汪民安：我在20世纪90年代中期就开始和艺术家来往了。我虽然在大学中，但我自己觉得我的性情并不适合大学。我觉得跟艺术家在一起让我感到更自在。因此，很明显，介入当代艺术有友谊的原因。当然，也有知识兴趣的原因——这一点我的感受越来越明显。当代艺术提出了各种各样古怪的问题，有些问题很无聊但有些问题非常有意思。艺术家和知识分子的差异在于，他们不体系化，没有固定模式和知识束缚，依赖感性和直觉。虽然有浅白的一面，但是也有敏锐的一面。因为不受体制的约束，在行动、实践、语言、想象力以及对现时的啃噬方面，艺术家比知识分子更有活力。

记者： 我们所处的文明阶段，最大的考验和危机是什么？

汪民安： 人类在每个时期都有自己的危机意识。而最大的危机，当然是人的生存危机和安全危机。也就是说，人们总是在操心如何能够回避各种危险而生存下来。一直以来，人就面临着被他人杀死的危机。这个危机在今天依然存在。人类总是在制造敌人，总是在想象杀死敌人以求自保。从霍布斯（Hobbes）到卡尔·施密特（Carl Schmitt）都在强调这一点。对今天而言，杀人的技术在飞速发展，人类投入太大的精力和智能去研究杀人的武器了，就像投入同样多的精力和智能去研究救命的医药一样。只要不放弃将他人看作敌人这样一个观点，人类在这个武器竞赛中就不会停下脚步。这是文明一个长期的危机。除了人杀人之外，今天还面临着另一种可能的杀人形式，这就是技术杀人——很多人担心人工智能最终是否会超出人的控制？如果不受人的控制，它们是否会反过来杀人？还有第三种人的生存危机，就是地球的危机——地球并不会主动地去杀人，但是，人类在地球上的剧烈活动可能从根本上改变地球的性质，进而使得地球无法提供适合人类的生存空间。现在很多人都在谈论"人类纪"（anthropocene），就是说，地球现在进入到一个新的受到人类活动影响的新纪元。我觉得这些危机都来自于人的潜能的充分实现。人是充满潜能的动物。亚里士多德讲到了两种潜能。一种是通过学习将自己隐蔽的但是尚未发挥的潜能激发出来，让它现实化。这种潜能就是今天人类危机的根源：太多的技术，太多的能力，太多的现实化，以至于充分实现潜能的人类可能会毁掉自身。还有另一种潜能，即有能力但是不去实施的潜能，也就是说，不去做的潜能。就像麦尔维尔的小说主人公，一个抄写员巴特比（Bartelby）那样：我能做，但宁可不做（I would prefer not to do）。我有能力，但我不去造核武器，我不去搞人工智能，我不去开垦地球。我让潜能一直保持着潜能的状态，让潜能非现实化。巴特比这种"不去做"的潜能是倦怠的表现。也许，人类今天的根本问题就是缺乏倦怠。

后　记

　　这本书是我这两三年的一些随笔和访谈的合集。它们大都是应朋友们的邀请而作。其中的许多文章只是出现在网上，也有些文章纯属于朋友之间的对话和交流，它们不是为了发表而写，也不是为了工作绩效统计而写（如今大学教师的论文写作越来越像是一种职业要求了）。它们并不期待更多的读者。我在写这些短文的时候感到了自由——我不用强行去适应某种写作体制和发表体制，我可以抛开各种外在框架去写作和说话。

　　幸运的是，这些随笔现在结集出版了——我特别要感谢上海的两位老朋友孙周兴教授和陈恒教授的举荐。它们终于可以走出各种各样的屏幕和网络而永恒地保留在有手感的纸面物质上。尽管数字化是大势所趋，但对于我这样以写作为生的人来说，书页纸张还是更稳靠的凭证。文字一旦被印刷在纸张上，仿佛它就能从无数的书写中脱颖而出，并获得一个庄重的身份。这会让我获得极大的满足。为此,我要感谢商务印书馆的陈小文先生、鲍静静女士和陈雯女士,他们容忍了我这些粗糙的篇章,并对之进行了耐心的打磨,使它们以最合适的书籍形式出现。

汪民安

2018年6月6日

光启随笔书目

《学术的重和轻》　　　　　　　李剑鸣　著
《社会的恶与善》　　　　　　　彭小瑜　著
《一只革命的手》　　　　　　　孙周兴　著
《徜徉在史学与文学之间》　　　张广智　著
《藤影荷声好读书》　　　　　　彭　刚　著
《凌波微语》　　　　　　　　　陈建华　著
《生命是一种充满强度的运动》　汪民安　著